Mark Franley

Treibsand

Das Buch

Ex-Hauptkommissar David Bender verabscheut den paragrafenhörigen Polizeiapparat zutiefst. Deshalb schlägt er sich jetzt in Berlin als Privatdetektiv durch. Doch als sein ehemaliger Informant auf Usedom wegen Mordes an einem Obdachlosen verhaftet wird, will er dessen Unschuld beweisen. Und dafür muss er mit der Polizistin Catharina Adler zusammenarbeiten.

Die Ermittlungen an der Ostsee werden für David und Catharina schnell enger, als sie je gedacht hätten – und hochriskant. Denn sie landen auf der schwarzen Liste des organisierten Verbrechens. Bei einem Brand kommt David nur knapp davon, und auch Catharinas idyllisches Haus am Schilfgürtel ist kein sicherer Ort mehr, sondern eine tödliche Falle …

Der Autor

Mark Franley wurde 1972 in Nürnberg geboren. Mit den packenden Fällen um seine Kommissare Mike Köstner, Lewis Schneider und Ruben Hattinger hat der Bestsellerautor Hunderttausende Leser in seinen Bann geschlagen. »Treibsand« ist der Auftakt zu seiner neuen, spannenden Ostsee-Krimireihe.

Mark Franley

Treib sand

Ein Fall für David Bender
und Catharina Adler

EDITION M

Deutsche Erstveröffentlichung bei
Edition M, Amazon Media EU S.à r.l.
38, avenue John F. Kennedy, L-1855 Luxembourg
Mai 2023

Umschlaggestaltung: zero-media.net, München
Umschlagmotiv: © Wallophoto / Shutterstock;
© Tina Terras & Michael Walter / Getty Images
1. Lektorat: Lektorat Kanut Kirches
2. Lektorat und Korrektorat: Rotkel Textwerkstatt
Gedruckt durch:
Amazon Distribution GmbH, Amazonstraße 1, 04347 Leipzig /
Canon Deutschland Business Services GmbH, Ferdinand-Jühlke-Str. 7,
99095 Erfurt /
CPI books GmbH, Birkstraße 10, 25917 Leck

ISBN 978-2-49671-381-7
e-ISBN 978-2-49671-380-0

www.edition-m-verlag.de

Kapitel 1

Der altersschwache BMW quietschte bei jedem Schlagloch und ächzte bei den vielen kleinen Bodenwellen. David hätte die Stoßdämpfer längst erneuern lassen müssen, doch diese Frage erledigte sich wohl gerade von selbst, denn nun führte kein Weg mehr daran vorbei.

Das Polizeiauto vor ihm, ein nagelneuer SUV, hatte deutlich weniger Probleme. Sein Fahrer ignorierte all die Unebenheiten und jagte den Wagen mit fast sechzig durch den Wald. David musste ihn immer wieder ziehen lassen, was der Fahrer hinter ihm jedes Mal mit der Lichthupe quittierte.

Nach etwa drei Kilometern endete der Wald und damit auch die Abschirmung vor der noch tief stehenden Aprilsonne. David erkannte die Bremslichter des Führungsfahrzeugs erst spät und rutschte bedenklich schnell auf sie zu. Begleitet von einer Staubwolke kam er gerade noch rechtzeitig zum Stehen, löste den Gurt und sprang aus dem Wagen.

Seine ehemaligen Kollegen machten keine Anstalten, auf ihn zu warten, sie waren schon auf dem Trampelpfad entlang der Havel. Während er die Verfolgung aufnahm, wagte er einen Blick auf seine Uhr. Die Frist war seit zehn Minuten abgelaufen.

Hinter ihm stoppte auch der Kleinbus, die Türen wurden aufgerissen und Befehle gebrüllt. Er ignorierte das und hetzte weiter. Von der kleinen Fischerhütte war nur der kurze Bootssteg erkennbar. Alles andere befand sich hinter einer mannshohen Hecke, die offenbar das ganze Grundstück umfasste und am Ufer endete.

An dem einzigen Zugang, einer zwei Meter hohen Gartentür, blieben die beiden Beamten stehen und gingen rechts und links davon in Position.

David erreichte sie nur Sekunden später, atmete aber deutlich ruhiger als Klaus und Tina. Er kauerte sich neben Klaus und raunte: »Wir müssen jetzt da rein, die Zeit ist schon lange abgelaufen.«

Sein früherer Kollege schüttelte den Kopf. »Nein, wir warten auf die Jungs. Ich arbeite im Gegensatz zu dir nach Vorschrift.«

Anders als Klaus hatte David einen Ruf zu verlieren, daher stand er auf und erwiderte: »Dann ist es ja gut, dass deine Vorschriften für mich nicht mehr gelten.« Damit zog er seine Waffe, drückte auf die Klinke und stellte verwundert fest, dass die Tür unverschlossen war und in den Garten aufschwang.

Den Befehl »Du bleibst hier« ignorierend, machte er einen Schritt auf das Grundstück, sah sich in dem kleinen, verwilderten Garten um und rannte dann zu der Hütte, die schon bessere Zeiten gesehen hatte.

An der dünnen Holztür hing zwar ein Vorhängeschloss, aber der damit gesicherte Bügel war so rostig, dass man sich das auch hätte sparen können. Er stellte sich davor und legte alle Kraft in einen Tritt gegen die Tür. Der Metallbügel leistete praktisch keinen Widerstand, was David ungewollt nach vorne taumeln ließ. Seine eingeübten Reflexe befahlen ihm, sich zur Sicherheit fallen zu lassen und sich abzurollen. Eine Sekunde später kauerte er mit der Waffe im Anschlag auf dem Boden und versuchte, so viele Eindrücke wie möglich gleichzeitig in sich aufzunehmen.

Das einzige Geräusch kam von der Tür, die nur noch an einem Scharnier hing und irgendwo gegenschlug. Er wirbelte herum, erkannte das Problem und konzentrierte sich wieder auf den Rest des Raumes.

Das Licht war schwach und feine Staubpartikel hingen förmlich in der Luft. Auf den ersten Blick schien die Hütte leer zu sein. Erst als sich seine Augen an die Dunkelheit gewöhnt hatten, erkannte er das, was er schon auf einem Video gesehen hatte. Er sprang auf, durchquerte den Raum, packte das Tuch und schickte ein Stoßgebet zum Himmel. Dann zog er es herunter und stieß einen Fluch aus.

Das sarggroße Aquarium war bis zu seinem Deckel mit grünlichem Wasser gefüllt und Natalie Iwanow lag leblos darin. In ihrem Gesicht stand das Grauen ihrer letzten Sekunden geschrieben und das lange blonde Haar trieb scheinbar schwerelos um ihren Kopf.

Es blieb keine Zeit für Vorsicht. David stellte sich neben das Becken, zielte auf eine Stelle zwischen ihren nackten Beinen und drückte ab.

Das Glas explodierte regelrecht. Als ihm ein Schwall Wasser über die Füße schwappte, wurde er von einer Sondereinsatzkraft gepackt, entwaffnet und nach hinten gerissen.

In den folgenden Sekunden herrschte Chaos in der kleinen Hütte. Während David von dem Mann festgehalten wurde, hob man die junge Frau aus den Scherben und begann mit der Reanimation.

David wurde hinausgebracht, aber nicht weiter fixiert. Er lief im Garten auf und ab und hoffte einfach nur, dass die SEKler seine Mandantin ins Leben zurückholen würden.

Fünf Minuten später kam Klaus auf ihn zu und erklärte knapp: »Sieht gut aus. Die Sanis werden gleich hier sein.«

David war erleichtert, wartete aber gar nicht erst auf ein Wort des Dankes und fragte stattdessen: »Und meine Waffe?«

Sein ehemaliger Kollege sah ihm in die Augen. »Kannst du dir bei uns abholen, wenn die Staatsanwaltschaft darüber entschieden hat.«

Während kurz darauf zwei Sanitäter und ein Arzt in die Hütte drängten und die SEKler sich sammelten, fiel irgendwo im Wald ein Schuss.

Weitere dreißig Sekunden später meldete jemand über Funk, dass der mutmaßliche Entführer bei der Geldübergabe außer Gefecht gesetzt worden sei, was nichts anderes hieß, als dass man ihn erschossen hatte.

Die Welt um David wirkte plötzlich surreal. Die Sonne schien vom Himmel, Insekten schwirrten über dem Havelkanal, die Bäume raschelten im Wind und hinter ihm wäre die Tochter seines Auftraggebers beinahe ertrunken.

Klaus trat an ihn heran und schaffte es wenigstens jetzt, nicht bissig zu klingen, als er sagte: »Du verlässt jetzt den Tatort und meldest dich morgen bei uns auf der Wache. Du wirst eine Aussage machen und bekommst danach vielleicht auch deine Waffe zurück.«

David deutete ein Nicken an, wandte sich zur Gartentür und ging langsam zurück zu seinem Wagen. In seinem Kopf spielte er noch einmal die letzten Stunden durch und fand nur einen einzigen Fehler.

Es war die Entscheidung seines Auftraggebers Herrn Iwanow gewesen, die Polizei erst ganz am Schluss einzuweihen. Aufgrund dieser Entscheidung hatten ihnen die letzten zehn Minuten gefehlt, die Iwanows Tochter fast das Leben gekostet hätten.

Doch im Grunde spielte es keine Rolle mehr. Natalie Iwanow war am Leben, ihr Entführer tot und sein Job war erledigt.

Eine Stunde später stellte er den BMW bei einer freien Werkstatt unweit seines Büros ab. Beides befand sich in einem kleinen Gewerbegebiet am Stadtrand von Berlin, in dem es kein einziges erfolgreiches Unternehmen mehr gab.

Er kannte Ünal, den Chef der Werkstatt, schon länger und erklärte ihm kurz, worum es ging und dass es nicht zu teuer werden durfte. Der Mann türkischer Abstammung klopfte ihm freundschaftlich auf die Schulter, sagte mit einem Zwinkern: »Du weißt doch, dass Ersatzteile nicht teuer sein müssen«, und nahm den Schlüssel entgegen. Dann hielt er inne. »Du hast aber nicht wieder Munition im Handschuhfach, oder? Ich mein ja nur, weil hier öfter mal die Bullen vorbeischauen. Und ich will keinen Ärger wegen so Scheiß.«

David umrundete den Wagen, holte sein Ersatzmagazin aus dem Handschuhfach und fragte: »Bis wann schaffst du das mit den Stoßdämpfern?«

Der Deutschtürke wirkte zufrieden und dachte kurz nach. »Schau morgen kurz vorbei, dann ich weiß mehr.«

Auf dem Weg zu seinem Büro nahm David noch zwei Kaffee vom Imbisswagen mit. Er hatte die Räumlichkeiten einer ehemaligen Möbelfirma günstig anmieten können. Wie immer bei einigermaßen milden Temperaturen stand die Tür weit offen.

»Oh weh«, waren Claras erste Worte, als sie ihn in der Tür sah. Sie fuhr ihm im Rollstuhl entgegen: »Du musst mir nichts erklären, ich habe den Polizeifunk abgehört.«

David nickte, gab ihr den Kaffee und sagte müde: »Das war wirklich knapp. Meinen früheren Kollegen fehlt es einfach an Spontanität.«

Seine Angestellte hob den Deckel von dem Pappbecher, kontrollierte, ob der Kaffee auch wirklich ohne Milch war, und stellte ihn in die Halterung an ihrem Rollstuhl. Danach sah sie ihn an und sagte belehrend: »Gib dir keine Schuld, so etwas wie heute kann immer passieren.«

David winkte ab. »Ich weiß. Aber lass uns jetzt bitte von etwas anderem reden. Gibt es sonst etwas? Neue Anfragen oder so?«

Claras Mund verzog sich zu einem Grinsen, und obwohl sie den Kopf schüttelte, sagte sie: »Ja, eine Anfrage gibt es. Ein Bauer hat per Mail angefragt, ob du seine Schafherde vor einem Wolf beschützen kannst. Er hat wohl schon sieben Tiere verloren und wirkt ziemlich verzweifelt.«

Nun musste auch David lachen, sagte aber: »Oh mein Gott, wie tief bin ich gesunken?« Dann beschloss er: »Wir machen Schluss für heute. Vielleicht fällt uns morgen etwas ein, wie ich an einen neuen Auftrag kommen kann. Außerdem muss ich noch zu Herrn Iwanow, und der wird vom Ausgang der Entführung nur teilweise begeistert sein.«

Kapitel 2

Der Besuch bei seinem Auftraggeber war wie erwartet kurz und verlief ruppig. Anstatt sich darüber zu freuen, dass David seine Tochter gerade noch hatte retten können, erklärte ihm der Russe, dass er die Rettungsaktion als gescheitert betrachte.

Er war der Meinung, dass der Umstand, dass seine Tochter wiederbelebt werden musste, auch Auswirkungen auf das vereinbarte Honorar haben sollte. Dann drückte er David die Hälfte der Summe bar in die Hand und ließ ihn von seinem Leibwächter von dem Anwesen führen.

Zurück in seinem Kiez ging David in die kleine Kneipe unweit seiner Wohnung und bestellte sich ein Bier und einen Schnaps.

Zwei Runden später, es war erst kurz nach zwanzig Uhr, wurde es ihm zu voll und zu laut. Er wollte seine Ruhe, obwohl er wusste, dass die ihm nicht guttun würde.

Seine Wohnung befand sich in einem typischen Berliner Altbauviertel, mit viel Leben auf der Straße. David bemühte sich wirklich dazuzugehören, aber es wollte ihm nicht recht gelingen.

Vor seinem Haus saßen wie üblich einige Leute zusammen, tranken Bier, redeten und lachten. Er grüßte knapp, stieg in das zweite Stockwerk hinauf und betrat seine Wohnung. Einer der wenigen Vorteile seines Singledaseins war, dass er jetzt so leben konnte, wie er es schon lange wollte.

Nach der Trennung hatte er allen Ballast abgeworfen und besaß nur noch wenige Dinge. Das einzig Schmückende in seiner Wohnung bestand aus einigen Wandbildern, die ihn inspirierten. Ansonsten gab es in den beiden Zimmern nur einen Tisch mit vier Stühlen, ein kleines Sofa, einen Fernseher, der auf einer alten Holzkiste stand, ein Bett und einen Kleiderständer, den er bei einer Ladenauflösung umsonst bekommen hatte. Darunter standen noch zwei Plastikkörbe mit Unterwäsche – und das war es auch schon.

Das Bier aus dem Kühlschrank tat gut. Er nahm es mit ins Bad, stellte sich kurz unter die Dusche und setzte sich anschließend nur mit Shorts bekleidet auf das Sofa.

Jetzt, da er ein wenig zur Ruhe kam, sah er sie wieder vor sich. Er war Natalie Iwanow kein einziges Mal begegnet und kannte sie nur aus den Erzählungen ihrer Eltern. Ihr Entführer hatte zwar drei kurze Filme geschickt, die sie in diesem Glasbehälter zeigten, der sich sehr langsam mit Wasser füllte, aber das war nicht das Gleiche, wie jemandem im echten Leben zu begegnen. Durch die Filme war eine gewisse Distanz zwischen ihr und ihm geblieben. Natürlich hatte er den Schrecken ihrer Situation gespürt, trotzdem hatte er aber die professionelle Distanz aufrechterhalten können.

Und dann heute der Moment, in dem sie vor ihm lag. Obwohl in ihren aufgerissenen Augen kein Leben mehr gewesen war, hatte sie für einen kurzen Moment lebendig und schön gewirkt. Sein Schuss auf das Becken hatte diese Illusion zerstört, und genau dieses Bild hatte sich bei ihm eingebrannt. Der Moment, als die Beamten mit der Reanimation begonnen hatten und ihr weiteres Leben am seidenen Faden hing. Und obwohl sie es geschafft hatten, sie zurückzuholen, wusste niemand, ob sie nicht bleibende Schäden davontragen würde.

David wollte das nicht. Er ließ den Gedanken an sie noch einmal zu, schaltete dann den Fernseher ein und hoffte auf etwas Ablenkung.

Für ihn war es im Grunde unerheblich, was hinter ihrer Entführung steckte. Um das Wer und Warum konnte sich die Polizei kümmern. Sein Job wäre es gewesen, sie rechtzeitig zu finden – und darin hatte er versagt.

Zerstreuung durch das Fernsehprogramm fand er nicht, just in diesem Moment begann eine Sondersendung über den Fall. Der Umstand, dass die Medien so kurz nach dem Einsatz darüber berichteten, konnte nur bedeuten, dass ein Polizist geredet hatte.

Er hörte aufmerksam zu, als der Nachrichtensprecher sagte: »Wie erst heute bekannt wurde, kam es vor einer Woche zu einem Überfall auf den Medienunternehmer Jegor Iwanow, bei dem seine neunzehnjährige Tochter entführt wurde. Die Familie Iwanow verzichtete darauf, die Polizei einzuschalten, was ihre Tochter Natalie Iwanow heute fast das Leben kostete.«

Ein Bild von David wurde eingeblendet und er musste zusehen, wie die Katastrophe ihren Lauf nahm, während der Sprecher erklärte: »Nach noch unbestätigten Informationen wurde der zweiunddreißigjährige Privatermittler und unehrenhaft aus dem Polizeidienst entlassene David Bender mit der Befreiung der jungen Frau beauftragt. Als eine Geldübergabe aus dem Ruder lief, schaltete Familie Iwanow letztlich doch die Polizei ein. Die Befreiungsaktion wäre fast gescheitert, da sich Herr Bender über polizeiliche Anweisungen hinwegsetzte und einen Alleingang startete. Frau Natalie Iwanow konnte daraufhin nur noch tot aus ihrem Gefängnis befreit werden, wurde von den Sondereinsatzkräften aber erfolgreich reanimiert. Über ihren Entführer ist bisher nur bekannt, dass er nach der Geldübergabe von einem Sonderkommando erschossen wurde.« Der Sprecher sah noch kurz betroffen in die Kamera und verabschiedete sich mit den Worten: »Das waren die neuesten Schlagzeilen von News-Heute, mein Name ist …«

David schaltete den Mist ab, ließ einen Schrei los und leerte die Flasche bis auf den letzten Tropfen.

Am nächsten Morgen erwachte David mit Kopfschmerzen und düsteren Zukunftsaussichten. Sein Handy zeigte zwölf neue SMS und drei Mailbox-Nachrichten. Die einzige, die ihn interessierte, kam von seinem besten Freund Florian, der fragte, ob es ihm gut gehe. Alles andere waren Presseanfragen oder wüste Beschimpfungen von Menschen, die sonst nichts Besseres zu tun hatten.

Nach einer Dusche, einer großen Tasse schwarzem Kaffee und einem Apfel war der Kater so weit unter Kontrolle, dass er in den Tag starten konnte.

Die Blicke der Menschen auf der Straße zeigten, dass sich die Sache bereits herumgesprochen und vermutlich auch im Internet verbreitet hatte. Er versuchte, das zu ignorieren, nahm den Bus zum Industriegebiet und stieg zwanzig Minuten später in der Nähe seines Büros aus.

Clara war wie immer frisch und munter. Sie stand mit ihrem Rollstuhl im Schatten unter dem Vordach und rauchte eine Zigarette. Als sie David sah, winkte sie und er fragte sich einmal mehr, ob seine junge Assistentin irgendwas aus der Ruhe bringen konnte. Er kannte ihren Leidensweg nur zu gut. Der Einsatz, bei dem sie als Zweiundzwanzigjährige von einigen Idioten in den Rollstuhl geprügelt worden war, war inzwischen vier Jahre her. Damals war er noch Polizist und als Erster am

Tatort gewesen. Die junge Frau hatte ihm unendlich leidgetan. Doch obwohl sie kurz vor der erlösenden Ohnmacht gewesen war, hatte sie ihn mit ihrer aufgeplatzten Lippe angelächelt und geraunt: »Das wird schon wieder, sind ja nur ein paar Kratzer.«

Ihre Stärke hatte ihm so sehr imponiert, dass er sie mehrfach im Krankenhaus besucht und dadurch miterlebt hatte, wie sie ihre Diagnose bekam. Das Wort »Querschnittlähmung« hatte selbst ihm die Kraft geraubt, doch dieses Wunder von Mensch hatte bald nur mit den Schultern gezuckt und irgendwann zu ihm gesagt: »Hauptsache, mein Kopf funktioniert noch richtig – und Sport war noch nie mein Ding.«

Zwei Monate später waren die meisten Mitglieder der prügelnden Gang gefasst worden und hatten sogar ein Geständnis abgelegt. Der Richter hatte dieses Verhalten in den Himmel gelobt und nur einen von ihnen für drei Monate in den Jugendknast geschickt. Das war der Augenblick gewesen, an dem David zum ersten Mal an seinem Beruf als Polizist gezweifelt hatte.

»Du traust dich noch auf die Straße?«, holte Clara ihn fröhlich aus seinen Gedanken, als er das Gebäude fast erreicht hatte. David deutete auf ihre Zigarette und erwiderte: »Einer muss ja auf dich aufpassen.«

Sie neigte den Kopf etwas zur Seite und sah ihn an. »Na, wie viele Biere waren es gestern? Kaugummi und rote Augen sind ein untrügliches Zeichen.«

»Okay, du hast gewonnen«, gab er sich geschlagen und fragte sinnloserweise: »Und, reißen sich die Klienten um mich?«

Clara zuckte nur mit den Schultern. »Uns bleiben immer noch die Schafe. Der Bauer hat tatsächlich noch einmal nachgefragt, ob du einen Wolf erschießen kannst.« Sie drückte die Zigarette aus, drehte den Rollstuhl zur Tür und rollte hinein.

David folgte ihr ins Büro, das genauso spartanisch eingerichtet war wie seine Wohnung. Das einzig Neuwertige war Claras Computersystem, mit dem sie spielerisch leicht umgehen konnte und das ihnen schon so manche wichtige Information beschafft hatte.

David holte sich eine Flasche Wasser aus dem Kasten, nahm einen dringend benötigten Schluck und fragte: »Also im Ernst. Gibt es was Neues?«

»Willst du erst die schlechte oder die ganz schlechte Nachricht hören?«

Er zuckte mit den Schultern. »Such dir etwas aus.«

Sie kniff kurz die Lippen zusammen. »Die schlechte Nachricht ist, dass Herr König die Überwachung seiner Frau jemand anderem übertragen will. Und die ganz schlechte Nachricht könnte teuer werden. Dein Ex-Kollege hat offenbar Anzeige wegen Behinderung eines Polizeieinsatzes erstattet. Damit hast du heute gleich zwei Termine. Einen bezüglich der Zeugenaussage zu dem gestrigen Einsatz und einen bei der Staatsanwältin Krause.«

David verzog das Gesicht. »Bitte nicht die Krause. Das endet wieder mit einem Abendessen und dem Wunsch nach mehr. Die Frau ist gerade fünfzig geworden und es hat seine Gründe, dass sie noch unverheiratet ist.«

Claras Züge spiegelten die seinen wider, als sie vorsichtig fragte: »Du musstest schon einmal mit ihr …?«

»Fast. Ich habe mir damals Fisch bestellt und ihr spontanen Brechdurchfall vorgespielt. Danach hat sie den Vorwurf des Wohnungseinbruchs zwar fallengelassen, aber ich werde damit bestimmt nicht noch einmal durchkommen.«

Clara grinste ihn an und stellte dabei fest: »Also wäre es wohl besser, wenn ich dir im Darknet ein paar blaue Pillen bestelle.«

»Blöde Kuh«, murmelte er, machte aber eine beschwichtigende Geste. »Also gut, dann fahre ich gleich ins Präsidium. Je früher ich das alles erledigt habe, umso eher kann ich mich um die Schafe kümmern. Einen anderen Auftrag werde ich nach diesen Presseberichten so schnell nicht mehr bekommen.«

Kapitel 3

Auf Usedom klopfte Oskar dreimal im verabredeten Takt an die morsche Tür, trat ein und wartete kurz. Nachdem sich seine Augen an die Dunkelheit gewöhnt hatten, ging er vorsichtig durch das baufällige Haus. An der Tür der kleinen Kammer ganz hinten klopfte er abermals und erntete dafür ein mürrisches: »Wer stört?«

»Oskar«, gab er zurück und trat ein. Sein Freund Udo, den hier alle nur den Berliner nannten, saß auf der uralten fleckigen Matratze und sah ihm mit glasigem Blick entgegen.

Obwohl Oskar wusste, was gleich kommen würde, fragte er: »Wie geht's, Kollege?«

Udo winkte ab, nahm noch einen Schluck aus der Flasche und erklärte papageienhaft: »An der Ostsee ist es schön, haben sie gesagt. An der Ostsee hat man Spaß, haben sie gesagt.«

Oskar schenkte seinem Freund ein Lächeln, trat vor ihn und streckte ihm dabei ein ziemlich großes Päckchen entgegen. Dabei sagte er feierlich: »Alles Gute zu deinem Dreiundfünfzigsten.«

Udo zeigte sich sichtlich gerührt. Seine Stimme wurde beinahe feierlich, als er sanft über das bunt glitzernde Papier strich und dabei fragte: »Wo hast du das denn her? Hab lange nichts mehr so Edles gesehen.«

»Ich kenne da so einige gute Stellen.« Oskar wollte nicht ins Detail gehen. Das Wort »Altpapiertonne« hätte die schöne Stimmung verdorben. Dann streckte er ihm das Päckchen noch ein bisschen weiter entgegen und sagte barsch: »Na, nun nimm schon. Bin ja nicht aus Spaß hier.«

Udo machte mit seiner leicht zitternden Hand eine abwehrende Geste und entgegnete: »Moment. Ich will schließlich sehen, was es ist.« Damit kramte er aus seinem Rucksack eine batteriebetriebene Lampe, die er so platzierte, dass sie das Geschenk anstrahlte. Anschließend nahm er das Päckchen ehrfürchtig entgegen, legte es auf seinen Schoß und öffnete die Schleife des Geschenkbands.

Oskar hatte das Band gemeinsam mit dem Geschenkpapier gefunden, hatte es aber an vielen Stellen zusammenknoten müssen. Der zuvor damit Beschenkte hatte es offenbar nicht mehr erwarten können und es gleich mehrfach zerschnitten.

Nach dem Band folgte jeder Klebestreifen einzeln, bis Udo das Papier endlich ordentlich aufklappen konnte. Er blickte abwechselnd von Oskar zu dem Geschenk und wieder zurück, bis er es schließlich an seine Nase hielt, lange einatmete und fragte: »Warum riecht der so gut? Das ist doch deiner?« Anschließend wischte er sich über die Augen und schüttelte den Kopf. »Den kann ich nicht annehmen.«

Oskar klopfte ihm aufmunternd auf die Schulter und sagte entschlossen: »Doch, das kannst du. Bis zum nächsten Winter besorge ich mir locker einen neuen. Außerdem ist es erst April und du frierst doch immer viel mehr als ich. Also nimm ihn an, sonst rede ich kein Wort mehr mit dir! Ich habe ihn extra für dich reinigen lassen. Ich kenne da jemanden oben am Strandhotel, der in der Wäscherei arbeitet. Darum riecht das Ding auch so.«

Sein Freund faltete den dicken olivgrünen Parka auseinander, hielt inne, runzelte die Stirn und zog auch noch eine Wollmütze aus dem Paket. Damit deutete er auf Oskars Kopf, der fast die gleiche trug. »Das ist aber nicht deine, die hast du ja noch. Wo hast du die denn her?«

Wieder winkte Oskar ab und schimpfte dabei: »Seit wann ist es wichtig, wo ein Geschenk herkommt? Außerdem kannst du die beiden Sachen gleich anziehen, wir werden erwartet!«

»Erwartet?«, Udo verstand nicht.

»Ja, erwartet. Mehr sage ich nicht. Also kommst du jetzt oder nicht?«

Früher hatte es außerhalb der Ferienzeiten kaum Touristen auf der Insel gegeben, doch inzwischen kamen sie das ganze Jahr nach Usedom. Für Oskar und seine Bekannten war das Segen und Fluch zugleich. Einerseits gab es bei den Touris immer etwas zu holen, andererseits waren sie als Obdachlose den Gemeinden immer mehr ein Dorn im Auge.

Für neunzehn Uhr war Udo, der sonst oft schon mittags mit dem Trinken begann, noch ganz gut beieinander. Er hatte in etwa die gleiche Statur wie Oskar und trug seinen neuen Parka mit Stolz. Oskar hatte sich am Vortag eine neue Jacke besorgt. Der dazugehörige Mann war kurz darauf abgereist und würde sicher keine Anzeige mehr stellen.

So liefen sie erst ein Stück über die Hauptstraße von Zinnowitz in Richtung Küste, bogen an der Bäckerei links ab und folgten der Beschilderung zum Kulturhaus. Danach ging es in Richtung Therme und schließlich raus aus dem Ort.

Man sah den Feuerschein erst kurz bevor man ihren Zielort erreichte. Die Mulde in den Dünen war der ideale Treffpunkt. Sie störten keine anderen Menschen und das feine Stadtbild blieb von ihrem Anblick verschont.

Paula, Richard, Agnes und Timo waren schon da. Neben der alten Blechtonne lag ein ordentlicher Haufen Treibholz und irgendjemand hatte einen Kasten Bier organisiert.

Als Oskar mit Udo im Schlepptau den sandigen Hang herunterkam, drehten sie sich alle zu ihnen um und begannen, für Udo ein ziemlich schräg klingendes Geburtstagslied zu singen. Nach den Glückwünschen bekam er eine Flasche Bier in die Hand gedrückt und es wurde auf ihn angestoßen.

Oskar mochte Alkohol nicht besonders. Er nahm anstandshalber einen Schluck, wobei ihn im Augenwinkel etwas irritierte. Die Person saß oben am Rand der Mulde und zeichnete sich kaum gegen den dunklen Nachthimmel ab. Er zog Paula zur Seite und fragte: »Wer ist das da drüben?«

Paula, deren Gesicht von einer langen Drogenvergangenheit erzählte und die kaum noch Zähne im Mund hatte, winkte ab und nuschelte dabei: »Ach, die. Kam heute Nachmittag hier an und fragte Richard und mich nach einem guten Schlafplatz in der Gegend.« Sie machte eine abfällige Geste und fluchte grob: »Soll sich zum Teufel scheren.«

Oskar wusste, dass eine Diskussion nur Streit bringen würde. Seine Bekannten waren dünnhäutig und leicht reizbar. Heute hielten sie zusammen und morgen würden sie sich wieder um den besten Platz zum Betteln prügeln. Er versuchte, alldem aus dem Weg zu gehen, nur deswegen ließen sie ihn in Ruhe.

Er holte unbemerkt eine Flasche Bier aus dem Kasten, stieg damit durch den losen Sand nach oben und fragte aus ein paar Metern Entfernung: »Darf ich?«

Die Beleuchtung des Strandwegs war zu weit weg und das Licht des Feuers zu schwach. Alles, was er erkennen konnte, war, dass die Frau um einiges jünger war als er.

Sie antwortete mit einem friedlich klingenden »Natürlich« und ihre Stimme bestätigte seine Annahme bezüglich ihres Alters.

Oskar ging noch etwas näher heran, ließ sich nieder und reichte ihr die Flasche. Dann nickte er zu den Feiernden hinunter. »Meine Bekannte sagte, Sie suchen einen Schlafplatz?«

Die Unbekannte nahm die Flasche entgegen, murmelte: »Danke«, und fügte hinzu: »Die sind überall gleich.«

»Wie meinen Sie das?«

Sie zuckte mit den Schultern: »Ich komme aus Hamburg und hatte gehofft, dass es hier etwas friedlicher zugeht. Aber an dem Gesetz der Straße ist offenbar etwas dran. Anstatt sich zu helfen, treten wir uns noch gegenseitig.«

»Wie lange schon?«

»Auf der Straße?« Die junge Frau öffnete den Bügelverschluss der Flasche und nahm einen Schluck. »Seit letztem Herbst. Und du?«

»Zwei Jahre, drei Monate und dreizehn Tage.«

In ihrer Mimik zeigte sich Erstaunen: »Wow, hätte ich nicht gedacht. Du klingst so kultiviert.« Es folgte ein weiterer Schluck, dann reichte sie ihm die Hand. »Ich bin Frauke und ab jetzt lassen wir das mit dem Sie.«

»Oskar«, sagte er knapp. »Kennst du dich hier schon aus? Ich könnte dir zwei, drei Adressen nennen, wo du die Nacht verbringen kannst.«

Frauke stieß ein vorwurfsvolles Lachen aus, deutete auf ihn und erklärte: »Na, du bist mir ja einer. Wenn ich deinem Rat folge, weißt du, wo du mich finden kannst.«

Oskar ließ sich nicht provozieren und hob beide Hände. »Ich wollte nur helfen.«

Fraukes Blick ging wieder zu der Feuertonne, in deren Schein die anderen immer ausgelassener tranken. Sie nickte in die Richtung und fragte unsicher: »Treffe ich an diesen Orten auf die da?«

»Nein. Die haben ihre festen Plätze. Paula und Richard haben einen Verschlag im Küstenwald, Timo pennt in einer Garage, und Agnes, die Jüngste von uns, legt sich ganz gerne einmal zu einem Touristen ins Bett.«

»Und der, für den sie vorhin gesungen haben?«

»Der wohnt in einem einsturzgefährdeten Haus, dessen Besitzverhältnisse seit der Wende noch nicht geklärt sind.«

Am Horizont fuhr ein Blitz ins tiefschwarze Meer und eine erste Böe erreichte die Küste. Frauke zog den Reißverschluss ihrer Jacke nach oben. »Und du? Wo kommst du unter?«

Oskar überlegte kurz, wie viel er preisgeben sollte. Er sah die Frau an und glaubte, bereits die ersten Zeichen der Obdachlosigkeit in ihrem hübschen Gesicht erkennen zu können. Dann gab er sich einen Ruck. »Der Bauer mag es nicht, wenn ich noch jemanden mitbringe. Aber für eine Nacht dürfte es kein Problem sein. Erwarte nicht zu viel. Ist nur eine Ecke in einer Scheune.«

Sie lachte wieder, dieses Mal unsicher, und fragte dann etwas hämisch: »War das jetzt eine Einladung zu irgendwas?«

Oskar überging die in der Frage versteckten Bedenken der Frau und zuckte mit den Schultern. »Ist deine Entscheidung. Entweder du kommst mit oder du suchst dir selbst etwas, wo du trocken bleibst.« Damit deutete er auf das aufgewühlte Meer. »Wird mit Sicherheit eine ungemütliche Nacht.«

Sie erreichten den Bauernhof, als die ersten dicken Tropfen vom Himmel fielen. Oskar führte Frauke in die Scheune, knipste seine Taschenlampe an und erklärte über die Schulter: »Kein offenes Feuer und keine Zigaretten.«

»Geht klar«, gab sie zurück und sah sich um. »Schön hast du es hier. Mir gefällt dieser bäuerliche Stil und einen

Traktor haben wirklich die wenigsten in ihrem Wohnzimmer stehen.«

Oskar gefiel dieser Humor. Sie gingen bis zur Mitte der Scheune und stiegen eine Leiter hoch. Oben angekommen machte er eine einladende Geste. »*Mi casa es su casa.*«

Sie nahm seine helfende Hand, stieg die letzten Leitersprossen hoch, folgte ihm zwischen ein paar Heuballen hindurch und deutete auf einen Haufen Stroh. »Wusste ich es doch. Das sieht aus wie ein Doppelbett.«

Kapitel 4

Im Grunde hatte Catharina nichts gegen Wochenenddienste, nur die frühe Uhrzeit war so gar nicht ihr Ding. Sie betrat die kleine Dienststelle kurz vor sechs, zog sich um und legte die Waffe an. Gleichzeitig fragte sie Petra, wie die Nachtschicht gelaufen war.

»Ist einiges durch die Gegend geflogen«, lautete die knappe Antwort.

»Gab es größere Schäden?«

Petra gähnte ausgiebig und schüttelte dabei den Kopf. »Sei mir nicht böse, aber ich bin für heute durch. Aber nein, soweit ich weiß, musste die Feuerwehr nur ein paar Bäume von der Straße räumen. Der Rest steht in den Protokollen.« Sie zog ihre Jeans hoch. »Musst du morgen auch ran?«

Catharina nickte. »Jepp, der Chef hat mir das ganze Wochenende aufs Auge gedrückt.« Damit drehte sie sich zur Tür und wünschte ihrer Kollegin ein schönes Wochenende.

Ihr erster Weg führte sie zur Kaffeemaschine, die bereits von Holger belagert wurde. Der machte natürlich keine Anstalten, ihr auch einen rauszulassen, und erklärte stattdessen: »Der Chef hat uns zusammen eingeteilt. Ich würde vorschlagen, wir starten um sieben und schauen, was der Sturm von der Insel übrig gelassen hat.«

Catharina fluchte innerlich, murmelte wenig begeistert: »Ja klar«, und drückte auf die Taste für einen doppelten Espresso. Die Aussicht, die nächsten acht Stunden mit diesem Idioten im Streifenwagen zu sitzen, war Gift für ihre Stimmung. Holger war nicht nur einfältig, er wurde auch noch vor ihr befördert. Und das, obwohl er drei Dienstjahre weniger hatte. Natürlich stritten es alle ab, doch es half ungemein, wenn man auf Usedom aufgewachsen war. Ihr Chef hielt das offenbar für eine Art von Qualifikation.

Sie nahm die Tasse aus der Maschine, setzte sich an ihren Schreibtisch und las die letzten Einsatzprotokolle. Auch wenn man es sich angesichts des heftigen Sturmes kaum vorstellen konnte, war die Nacht tatsächlich einigermaßen glimpflich verlaufen. Neben einigen umgefallenen Bäumen waren ein paar idiotische Touristen an den Strand gegangen und hatten in Sicherheit gebracht werden müssen. Darüber hinaus hatte es zwei Autofahrer mit zu viel Alkohol im Blut und einen versuchten Einbruch gegeben. Alles ganz normal für eine stürmische Freitagnacht.

»Wir übernehmen den Westen der Insel«, bestimmte Holger, startete den Wagen und verließ den Parkplatz des Polizeireviers in Heringsdorf. Für einen Samstagmorgen war die einzige Hauptverkehrsstraße angenehm frei. Über ihnen zogen noch die letzten dicken Wolken hinweg, doch im Norden zeigte sich bereits ein Streifen blauen Himmels.

Catharina mochte diese Atmosphäre, wenn ein Sturm das Wetter änderte. Und wenn die weiteren Aussichten stimmten, standen ein paar ungewöhnlich warme und schöne Tage bevor.

Sie fuhren in den kleineren Strandortschaften ein paar Gassen ab, doch bis auf herumliegende Äste schien alles in

Ordnung. Holger zeigte sich heute in friedlicher Stimmung, und so schafften sie es, sich einfach nur über Banalitäten zu unterhalten. Kurz vor Zinnowitz fragte er: »Kaffee und Brötchen am Strand?«

»Klingt gut«, stimmte Catharina zu, wobei ihr die Obdachlosen in den Sinn kamen. Ihre nächste Frage könnte zwar die Stimmung für den restlichen Tag versauen, trotzdem bat sie: »Können wir dann kurz nach Paula und Richard schauen?«

Holger sah sie verständnislos von der Seite an.

Noch nicht einmal ihre Namen hat er sich gemerkt, ging es ihr durch den Kopf und sie erklärte: »Das sind die beiden Obdachlosen, die im Küstenwald leben.«

Ihr Kollege hatte heute offenbar einen ausgesprochen guten Tag, denn außer: »Das mit denen wird sowieso bald aufhören. Der Bürgermeister hat dazu eine klare Meinung«, sagte er nichts.

Wenig später fuhr er tatsächlich durch Zinnowitz und bog auf den Forstweg, der ein Feld vom Küstenwald trennte. Nach fünfhundert Metern stoppte Holger den Wagen und brummte verächtlich: »Also dann, sieh nach deinen nutzlosen Freunden. Ich rauche so lange eine.«

Catharina stieg aus und folgte einem kaum erkennbaren Trampelpfad. Nach etwa dreißig Metern lagen ungewöhnlich viele große Äste herum. Die Strategie dahinter war nicht dumm, denn kaum einer der Touristen aus dem Ort oder vom nahen Campingplatz machte sich die Mühe, darüberzusteigen, und so blieb das Versteck meist von ihnen verschont.

Als der Verschlag aus Brettern und Planen in Sichtweite kam, blieb sie stehen und rief: »Paula, Richard, seid ihr da? Geht es euch gut?«

Nach einigen Sekunden rief sie noch einmal und ging noch ein paar Schritte weiter. Dann hörte sie einen Fluch und eine

Plane wurde zur Seite gezogen. Paulas vom Drogenmissbrauch ausgemergeltes Gesicht erschien. Sie sah Catharina einen Augenblick lang an und fragte schließlich verwirrt: »Wat?«

»Ob es euch gut geht, wollte ich wissen. War ein ganz schön heftiger Sturm heute Nacht.«

Paula blinzelte gegen das Licht und stellte dann fest: »Ach, du bist es. Ich weiß nichts von einem Sturm.«

Auch wenn es eigentlich traurig war, konnte sich Catharina ein Grinsen nicht verkneifen. Sie rief: »Gut, alles klar. Und Richard geht es auch gut?«

»So wie der schnarcht, würde ich sagen, mit dem ist alles gut.«

»Okay. Prima. Aber passt ein bisschen auf eure Köpfe auf. Kann sein, dass noch ein paar abgebrochene Äste herunterkommen.«

»Alles klar«, rief Paula zurück und verschwand wieder hinter der Plane.

»Na, alles klar bei den Heinis?«

Wie so oft ignorierte Catharina den herabwürdigenden Tonfall, antwortete knapp »Ja, alles gut« und fügte um des Friedens willen hinzu: »Lass uns frühstücken.«

Zurück im Ort zwang sie das System aus Einbahnstraßen zu einem Umweg. Holger stöhnte gerade: »Mann, hab ich einen Hunger«, als Catharina der Anblick eines Hauses einen Stich versetzte. Sie rief: »Halt an!«, und war schon aus dem Wagen, bevor er nach dem Grund fragen konnte.

Das ehemals schöne Reetdachhaus stand von der Straße zurückgesetzt und der verwilderte Vorgarten sprach Bände. Auf den ersten Blick schien alles in Ordnung, doch der hintere Bereich des Daches war um einige Meter abgesackt.

»Was ist jetzt wieder?«, rief ihr Holger genervt hinterher.

Catharina ignorierte ihn, betrat das Grundstück und ging bis zu der morschen Eingangstür. Er kam ihr hinterhergelaufen und fragte barsch: »Sagst du mir jetzt vielleicht mal, was los ist?«

Catharina sah ein, dass sie es erklären musste: »Einer der Obdachlosen hat da drin sein Lager. Und so wie es aussieht, hat der Sturm den hinteren Teil einstürzen lassen.«

Holger schien kurz darüber nachzudenken und beschloss widerwillig: »Gut, okay, dann lass uns die Feuerwehr rufen.«

Sie nickte zwar, erwiderte aber: »Ja, mach das.« Damit öffnete sie die unverschlossene Tür, zog ihre Taschenlampe aus dem Gürtel und rief: »Udo? Bist du da?«

Nichts rührte sich. Sie richtete den Strahl der Lampe ins Innere des Hauses und fand ihre schlimmsten Befürchtungen bestätigt. Der gesamte hintere Teil war ein einziges Durcheinander aus Brettern, altem Reet vom Dach und Staub, der in der Luft hing.

»Udo?«, versuchte sie es noch einmal. Es folgte erst Stille, dann ein kaum merkliches Stöhnen. Catharina drehte sich zu ihrem Kollegen, der gerade in sein Funkgerät sprach, und rief: »Er ist noch da drinnen. Wir müssen helfen! Und wir brauchen einen Rettungswagen.«

Holger wirkte einen Moment lang überfordert, sagte erst etwas ins Funkgerät und dann zu ihr gerichtet: »Wir gehen da nicht rein. Das ist viel zu gefährlich.«

Sie tat so, als hätte sie es nicht gehört, und trat vorsichtig ein.

Im vorderen Teil des Hauses wirkte alles stabil und unbeschädigt. Vom hinteren Bereich konnte sie noch nicht viel erkennen. Sie durchquerte den Eingangsbereich und den Durchgang zum früheren Wohnzimmer, das fast das gesamte Erdgeschoss einnahm.

Um bis ganz nach hinten sehen zu können, musste sie weiter rein. Sie wusste, dass Udo in einer kleinen Kammer hauste, und genau dort war alles zerstört. Aus Angst, sich irgendwo zu verletzen, richtete sie den Lichtkegel meistens auf den Boden vor sich. Plötzlich erfasste der Strahl der Taschenlampe ein Paar Schuhe zwischen zwei alten Möbelstücken.

Sie umrundete den Sperrmüll und dann sah sie ihn. Der alte Mann lag auf dem Bauch und stöhnte kaum hörbar. Sie überwand den letzten Meter, kniete sich neben ihn und fragte leise: »Udo? Was ist passiert?«

Am Kopf klaffte zwar eine Platzwunde, die aber nicht für seinen Zustand verantwortlich sein dürfte. Er stöhnte noch einmal, sah sie mit glasigem Blick an und hauchte: »Finde das Schwein … bitte …«

Catharina verstand nicht und fasste nach Udos kalter Hand. »Nicht sprechen. Schone dich. Wir bekommen das schon wieder hin.«

Hinter ihr brüllte Holger: »Bist du wahnsinnig? Komm da sofort raus.«

Sie dachte *Leck mich* und rief zurück: »Wir brauchen einen Notarzt. Der Mann ist schwer verletzt.« Dabei fiel ihr Blick auf Udos Rücken. Sie nahm die Lampe wieder auf und beleuchtete die Stellen. Die einzelnen Blutflecken waren nicht besonders groß, zeichneten sich aber deutlich auf dem olivgrünen Parka ab. Außerdem war der Stoff an diesen Stellen durchstochen. Im selben Moment verkrampfte sich Udos Hand für einen kurzen Moment, um dann völlig zu erschlaffen.

Catharina fluchte: »Bitte nicht«, hielt zwei Finger an die Ader an seinem Hals und spürte nichts. Sie atmete einmal durch, drehte ihn auf den Rücken und begann, mit beiden Händen fest und rhythmisch auf seine Brust zu drücken.

Kapitel 5

Der Sonnenstrahl fand eine kleine Lücke zwischen den Dachbalken der alten Scheune. Oskar wischte im Halbschlaf über die Stelle im Gesicht, aber das warme Gefühl blieb. Er drehte sich auf den schmerzenden Rücken, blinzelte nach oben zu den Spinnweben und brauchte einen Moment, um zu sich zu kommen.

Der Sturm war vorbei, so viel war sicher. Erinnerung reihte sich an Erinnerung, wobei ihm auch Frauke wieder in den Sinn kam. Er drückte sich in eine sitzende Position und sah hinüber zu dem improvisierten Schlafplatz, doch da war nichts. Also überhaupt nichts, sie hatte sogar das Heu, auf dem sie geschlafen hatte, weggeräumt.

Hatte er den Abend und die Nacht nur geträumt? Wenn er nicht langsam senil wurde, konnte das eigentlich nicht sein. Er hatte die Frau gestern bei der Feier für Udo getroffen und sie eingeladen, hier zu nächtigen. Frauke war mitgekommen, sie hatten noch eine Weile geredet und sich dann irgendwann schlafen gelegt. Nachts war er aufgrund des Sturmes noch einmal wach geworden und da hatte er sie im Schein eines Blitzes genau dort drüben liegen sehen.

Oskar wusste zwar, dass Obdachlose meistens ihr eigenes Ding machten, trotzdem hatte er von dieser Frau nicht erwartet, dass sie einfach sang- und klanglos abhaute. Er hätte einfach gerne jemanden bei sich gehabt, aber vielleicht war sie ja noch in der Nähe.

Draußen fuhr ein Einsatzwagen mit Sirene vorbei und holte ihn aus seinen Gedanken. Er schälte sich aus dem Schlafsack und stellte dabei fest, dass es merklich wärmer geworden war. Seine Armbanduhr zeigte kurz nach acht, was sein Magen mit einem Knurren bestätigte. Er stand auf, ging noch einmal ungläubig auf die andere Seite des Heulagers, das sich auf einem Zwischenboden auf halber Höhe zwischen Erdboden und Giebel befand. Doch so sehr er auch suchte, nichts deutete mehr auf Fraukes Anwesenheit hin. Er würde sich wohl damit abfinden müssen.

Der Schreck kam zeitgleich mit dem Gedanken. Was, wenn …? Oskar ging im Laufschritt zu der Ecke hinter einem Heuballen, in der er seine wenigen Habseligkeiten lagerte.

Auf den ersten Blick schien nichts zu fehlen. Er zog den kleineren von zwei Rucksäcken heraus, öffnete eine Seitentasche und atmete durch. Auch die alte Postkarte war noch da. Er nahm sie behutsam in die Hand, sah sich um und steckte sie zwischen zwei Bretter des Dachstuhls. Anschließend verstaute er den Rucksack wieder, ging zu dem Holzbrett, das auf zwei Backsteinen liegend seine improvisierte Küche bildete, und schnitt sich eine Scheibe Brot ab. Als draußen ein weiteres Einsatzfahrzeug vorbeifuhr, beschloss er nachzusehen, was da los war.

An der großen Doppeltür war Vorsicht geboten, da sie sich in fast sechs Metern Höhe befand. Oskar entfernte das quer liegende Brett, öffnete eine Seite der Luke, durch die man im Herbst die Heuballen hereinhob, und blickte hinaus.

Von hier aus war nicht viel zu sehen. Dass aber zeitgleich ein weiterer Streifenwagen die nahe Hauptstraße entlangraste und dann in das Wohngebiet abbog, in dem sich auch Udos Unterschlupf befand, bereitete ihm Sorgen. Er aß die letzten Bissen seines Brotes, zog sich dabei seine Jacke über und stieg die Leiter hinunter.

Draußen lief er dem Bauern Johansson über den Weg. Der Mann hatte ein gutes Herz, war es aber gewohnt, Anweisungen zu geben. So sagte er nach einer knappen Begrüßung auch: »Drüben an der Koppel liegen allerlei abgebrochene Äste herum, die müssen heute noch weg.«

Oskar erwiderte nur: »Wird gemacht«, und verließ den Hof. Offenbar hatte der Bauer nichts von Fraukes nächtlichem Aufenthalt mitbekommen.

Die Stelle, an der die Einsatzfahrzeuge standen, bestätigte seine Sorge. Oskar verfiel in einen Laufschritt und sah das Desaster, kurz bevor er das Haus erreichte. Der gesamte hintere Teil war wie ein Kartenhaus zusammengefallen, und dass der vordere Teil noch stand, grenzte an ein Wunder.

Die Polizei hatte inzwischen ein Flatterband gespannt, an dem sich bereits einige Schaulustige eingefunden hatten. Er stellte sich dazu und sah, wie man einen zugedeckten Körper auf einer Trage aus dem Haus brachte.

Unweit davon erkannte er Catharina unter den herumstehenden Polizisten. Als er ihren Namen rief, zuckte sie kurz zusammen. Sie winkte, wechselte ein paar Worte mit ihrem Kollegen und kam dann in dessen Begleitung auf die Absperrung zu.

Beide schlüpften unter dem Flatterband durch und Catharinas Kollege postierte sich direkt neben ihm. Sie selbst sagte ernst: »Hallo, Oskar.«

Er deutete auf den Krankenwagen und fragte mit belegter Stimme: »Ist das …«

Sie deutete ein Nicken an, sah kurz in eine andere Richtung und fragte dann: »Wie kommt Udo zu deinem Parka? Hat er den gestohlen?«

»Was?«, fragte er irritiert.

»Beantworte bitte einfach meine Frage«, erwiderte sie barsch.

Oskar antwortete, dass er Udo den Parka geschenkt habe, und fragte dann: »Aber was hat das mit diesem Unglück zu tun?«

Anstatt einer Antwort mischte sich nun Catharinas Kollege ein: »Gibt es dafür Zeugen?«

»Wofür?«

»Dass Sie ihm die Jacke geschenkt haben.«

Oskar drehte sich langsam zu dem Mann und sah ihm streng in die Augen. »Ich unterhalte mich gerade mit Ihrer Kollegin.«

Der Polizist ging auf die Provokation ein, packte ihn am Oberarm und sagte: »Gut, ich kann auch anders. Sie kommen jetzt mit zur Wache.«

Oskars Versuch, sich aus dem Griff zu lösen, scheiterte an der Ausbildung des Bullen. Die nächsten Bewegungen waren gekonnt ausgeführt und beförderten ihn direkt auf den Boden. Anschließend spürte er kaltes Metall um seine Handgelenke und hörte die Aufzählung seiner Rechte.

Oskar hasste das Gefühl der Hilflosigkeit, drehte sich mit einem Ruck zur Seite und schrie Catharinas Kollegen an, was der Scheiß sollte.

Zu seinem Erstaunen blieb der Typ jetzt ganz ruhig. Er kniete sich neben ihm auf die Straße und raunte so leise, dass die umstehenden Passanten es nicht hören konnten: »Wie wäre es mit einer Mordanklage, du Scheißpenner?«

»Mord?«, wiederholte Oskar gespielt fassungslos und ihm schwante, was passiert war.

So kannte Oskar Catharina nicht. Die junge Polizistin gab sich ganz anders als bei der Essensausgabe. Wenn sie ehrenamtlich bei der Tafel arbeitete, war sie immer freundlich und einfühlsam, heute sagte sie jedoch kein Wort zu viel. Sie saß neben ihm auf der Rückbank des Polizeiwagens, starrte zum Fenster hinaus und vermied jeden Blickkontakt.

Kurz vor dem Präsidium versuchte er es erneut und blieb dabei betont freundlich, als er fragte: »Könnt ihr mir jetzt bitte sagen, um was es geht? Warum geht ihr von einem Mord aus, wenn dieses verdammte Haus eingestürzt ist?«

Die beiden Polizisten schwiegen weiter.

Wenige Minuten später erreichten sie das Präsidium, wo man ihn aus dem Wagen holte und direkt vor eine der Zellen brachte. Dort nahm man ihm alles ab, was irgendwie gefährlich sein könnte.

Oskar kannte das Prozedere und folgte jeder Anweisung. Am Ende gab ihm dieser Polizistenarsch noch einen Stoß in die Seite und sagte dabei laut: »Hey, hey, Bürschchen, immer schön ruhig bleiben.« Oskar ließ auch diese Schikane über sich ergehen, hörte aber endlich Catharina sagen: »Hör auf, Holger, das muss wirklich nicht sein!« Dann schloss sich die schwere Tür hinter ihm und er atmete durch.

Kapitel 6

»Ich brauche jetzt erst mal einen Kaffee. Willst du auch einen?«

Catharina spürte nichts als Verachtung für ihren Kollegen. Holger tat so, als hätte er einen schweren Einsatz hinter sich. Dabei war er ihr erst in das Haus gefolgt, als es halbwegs sicher war. Und am Tatort hatte er sich dann bewegt wie der berühmte Elefant im Porzellanladen. Alles, was dieser Strohkopf sah, waren zwei wertlose Obdachlose. Für ihn war Oskar jetzt schon Udos Mörder, vielleicht sogar, weil er einfach seinen freien Sonntag retten wollte.

»Hallo? Erde an Cathi?«

Sie sah ihn an und zischte: »Nein, ich will jetzt keinen Kaffee – und nenn mich nicht Cathi.« Damit drehte sie sich um, ging den langen Flur bis zum Ausgang und stellte sich draußen in die Raucherecke. Der erste Zug brannte etwas in der Lunge, danach entspannte sie der Rauch ein wenig. Es hätte ein schöner Tag werden können, aber die Sache ging ihr nahe. Natürlich musste sie objektiv bleiben, dennoch wollte sie Oskar nicht als Mörder sehen.

Sie kannte durch ihr Ehrenamt so gut wie jeden Obdachlosen auf dieser Insel. Es gab unter ihnen die ganze Palette menschlicher Charaktere, und Oskar war einer der ruhigsten und friedlichsten. Außerdem konnte man Udo und ihn durchaus als Freunde bezeichnen. Sie teilten das Essen der Tafel genauso wie ihre Sorgen, wenn sie zusammensaßen.

Catharina konnte die Gespräche oft mithören, und die Idee, dass einer von den beiden den anderen umbrachte, war für sie unvorstellbar.

Sie kannte den Wagen, der gerade auf den Parkplatz abbog, zu gut. Das Gleiche galt für die Fahrerin, wobei Catharina nicht so recht wusste, wie sie zu der Frau stehen sollte. Sie drückte ihre Zigarette aus, ging ihr entgegen, streckte die Hand aus und sagte: »Hallo, Frau Paulsen. Das ging schnell.«

Die Kriminalhauptkommissarin erwiderte den Gruß. »Ja, war erstaunlich wenig Verkehr heute. Der Staatsanwalt möchte, dass ich mich mit Ihrem Verdächtigen unterhalte. Ihr Kollege, Herr Krug, hat ihn über die Verhaftung unterrichtet und Staatsanwalt Obermann findet die Begründung für die Festnahme etwas dürftig.«

Catharina überlegte kurz, ob sie gegen Holger sprechen sollte, entschied sich aber für den diplomatischen Weg. »Kann ich verstehen, aber ich bin da etwas voreingenommen, da ich sowohl das Opfer als auch den Tatverdächtigen kenne.«

»Wie kommt's?«, erkundigte sich die Kommissarin, deutete zum Raucherplatz und bat: »Lassen Sie uns noch eine rauchen.«

Während der Zigarette erzählte Catharina kurz den Ablauf der morgendlichen Kontrollfahrt und woher sie die Obdachlosen kannte. Anschließend gingen sie gemeinsam zu ihrem Büro, wo ihnen Holger erst skeptisch entgegenblickte, dann aber ganz den Schleimer heraushängen ließ. Schlussendlich fragte er mit einem Lächeln: »Kaffee, Frau Hauptkommissarin?«, was Frau Paulsen dankend annahm.

Catharina sah zu, wie er der Frau eine Tasse brachte, und ihre Wut auf diesen Typen wuchs. Und da sie schon immer ein

Problem mit ihrer Selbstbeherrschung gehabt hatte, sagte sie bissig: »Fehlt nur noch der Verdächtige zum Kaffee. Ich hole Oskar und bringe ihn ins Verhörzimmer.«

Oskar saß niedergeschlagen auf der Pritsche. Als er sie in der Tür erkannte, hellte sich seine Miene etwas auf und er fragte mit zynischem Unterton: »Kann ich jetzt wieder gehen oder möchte mich dein Kollege noch ein wenig schikanieren?«

Catharina versicherte sich, dass niemand in der Nähe war. Dann musterte sie den knapp fünfzigjährigen Mann, dem die kleinen Lachfältchen neben den Augen eine sympathische Ausstrahlung gaben, und erwiderte: »Sei vorsichtig mit ihm. Holger geht es in der Regel nur um sich selbst, und welche Meinung er von euch hat, weißt du selbst.«

»Und du schaust dabei zu?« Der Satz enthielt so viel Vorwurf, dass es Catharina schmerzte. Trotzdem blieb sie standhaft und sah ihm in die Augen. »Das hier ist eine andere Welt als die da draußen. Ich muss und ich werde neutral bleiben. Was ich denke, ist im Moment egal, es geht nur darum, was wir finden oder eben nicht. Ich bringe dich jetzt zum Verhör. Sag einfach die Wahrheit und alles wird gut.« Sie hielt kurz inne und bat: »Und duze mich bitte nicht, wir sind hier nicht im Sozialzentrum. Mein Name ist Adler, Catharina Adler.«

Oskar dachte einen Augenblick nach. »Darf ich fragen, was überhaupt passiert ist? Hat man Udo umgebracht?«

»Das wirst du sicher gleich erfahren. Ich kann dazu nichts sagen.« Catharina lag diese Härte nicht besonders, trotzdem forderte sie: »Steh jetzt bitte auf und dreh dich mit dem Gesicht zur Wand. Ich muss dir Handschellen anlegen.«

Als sie zusammen mit Oskar den Raum betrat, saßen Holger und Frau Paulsen bereits am Tisch. Sie führte ihn auf die andere Seite, fragte an die Kommissarin gewandt: »Sind die

Handschellen nötig?«, und nahm die Fessel ab, als diese den Kopf schüttelte.

Oskar rieb sich die Handgelenke, setzte sich und bat: »Bevor Sie mir gleich erzählen werden, dass ich das Recht auf einen Anwalt habe, wäre es hilfreich, wenn ich wüsste, um was es hier überhaupt geht. Ich habe nämlich nicht die leiseste Ahnung, warum ich hier bin.« Beim letzten Satz wechselte sein Blick von Frau Paulsen zu Holger und wurde dabei deutlich stechender. Catharina hatte sich in eine Ecke hinter der Kommissarin gestellt und verfolgte das Geschehen von dort aus.

Wie schon bei früheren Begegnungen irritierte sie auch heute wieder etwas an Oskar. Aber vielleicht war es einfach der Umstand, dass er nicht wie die meisten Obdachlosen wirkte. Ihre Neugierde auf seine Vergangenheit wurde nun teilweise durch Kommissarin Paulsen gestillt, die sich entspannt zurücklehnte und dabei sagte: »Herr von Thiemen. Ich konnte noch kurz einen Blick in unser System werfen und habe absolut nichts über Sie gefunden. Wie kommt es, dass Sie so gut über Ihre Rechte informiert sind?«

Catharina glaubte, nicht richtig gehört zu haben, und ihr rutschte ein: »Du bist ein *von*?«, heraus, was ihr einen strafenden Blick ihrer Kollegin einbrachte.

Oskar winkte ab: »Hab nur einen langen Stammbaum, das *von* bedeutet schon lange nichts mehr.« Dann beugte er sich nach vorne, sah Frau Paulsen an und erwiderte: »Dass ich meine Rechte kenne, können Sie mir kaum vorwerfen. Also, warum bin ich hier? Was ist mit Udo passiert?«

Die Kommissarin atmete einmal durch: »Weil Sie Verdächtiger in einem Mordfall sind.«

»Mord?« Oskar rieb sich mit der Hand über seinen angegrauten Dreitagebart. »Ach du Scheiße. Wie?«

»Kein Kommentar.«

Nach einer kurzen Stille fragte er: »Und warum bin ich verdächtig? Weil Udo meinen Parka trug?«

Paulsen deutete ein Nicken an, wirkte aber unsicher. »So wie es aussieht. Ja! Aber um das abzuklären, wäre es gut, wenn Sie uns alles erzählen, was in den letzten Stunden passiert ist und wie dieser Mantel von Ihnen zu Udo Dümmler wechselte.« Und nach einer kurzen Pause fügte sie hinzu: »Ach ja, der Ordnung halber: Sie haben übrigens das Recht zu schweigen. Alles, was Sie sagen, kann und wird vor Gericht gegen Sie verwendet werden. Sie haben das Recht, zu jeder Vernehmung einen Verteidiger hinzuzuziehen. Wenn Sie sich keinen Verteidiger leisten können, wird Ihnen einer gestellt. Haben Sie das verstanden?«

Oskar nickte und lehnte sich zurück. »Ja, habe ich. Aber für die Erzählung der letzten Stunden werde ich vorerst keinen Anwalt brauchen.« Dann erzählte er alles, was sich seit dem gestrigen Nachmittag ereignet hatte.

Catharina hörte aufmerksam zu und sah dabei auch immer wieder interessiert auf die Notizen, welche sich die Kommissarin machte. Die Kripo war eine andere Liga, da war jeder Einblick interessant.

»Und diese Frau, die angeblich bei Ihnen die Nacht verbracht hat?«, begann Paulsen, nachdem Oskar alles berichtet hatte: »Sie sagen, Sie kennen sie nicht.«

»So ist es. Ich habe sie gestern Abend zum ersten Mal gesehen und heute Morgen war sie weg.«

Die Kommissarin runzelte die Stirn. »Ist das normal? Also, dass man gleich jemanden mit zu seinem Schlafplatz nimmt?«

Oskar neigte den Kopf etwas zur Seite und erwiderte frech: »Noch nie einen One-Night-Stand gehabt?« Dann schüttelte er den Kopf, wurde wieder ernst und erklärte sachlich: »Tut mir leid, ich wollte nicht persönlich werden. Und ich hatte gestern Abend auch keinen Sex. Aber erstens ist es auf der Straße nicht unüblich, dass man sich zusammentut. Schließlich sind gute

Übernachtungsplätze rar. Und zweitens war dieser Sturm nicht ungefährlich. Da lässt man niemanden im Stich.«

»Verstehe«, merkte die Kommissarin an. »Und warum, denken Sie, ist diese Frauke einfach verschwunden? Gab es Streit?«

»Nein, gab es nicht. Aber auch das ist nicht unüblich. Wir sind niemandem Rechenschaft schuldig und machen unser eigenes Ding. Wenn wir sonst schon nichts haben, diese Freiheit nehmen wir uns.«

Paulsen dachte kurz nach, bevor sie feststellte: »Das ist schlecht. Die Frau wäre eine wichtige Zeugin, um Sie zu entlasten.«

»Ist mir klar, aber was soll ich denn machen? Lassen Sie mich frei und ich suche sie.«

Catharina hatte es irgendwie erwartet und tatsächlich machte Holger nun zum ersten Mal den Mund auf: »Das hättest du wohl gerne.«

Die Kommissarin würdigte die Aussage mit einem strengen Blick und Oskar bat an sie gewandt: »Dann finden Sie sie für mich. Sie nannte sich Frauke, ist Mitte dreißig, etwa 1,75 groß, hat halblanges aschblondes Haar. Sie hat eine schlanke Figur und trägt einen alten US-Militärrucksack bei sich.«

»Keine schlechte Beschreibung«, murmelte Paulsen, notierte sich alles und fragte dabei: »Irgendwelche auffälligen Merkmale oder hat sie gesagt, wie ihre weiteren Pläne sind?«

Oskar überlegte kurz. »Sie sagte, dass sie aus Hamburg kommt, aber nicht, wo sie noch hinwollte. Und nein … oder doch, warten Sie … ihr linkes Bein schien nicht ganz in Ordnung, sie zog es immer ein wenig hinterher.«

»Na gut, das ist doch schon was.«

»Und wie geht es jetzt weiter?«

Die Kommissarin erhob sich. »Wir werden noch ein paar Nachforschungen anstellen und Ihren Schlafplatz untersuchen.

Leider ist heute Samstag, ich denke also, dass nicht vor Montag darüber entschieden wird, wie es mit Ihnen weitergeht.«

Oskar sah sie missmutig an. »Na gut. Aber wenn ich vorerst auf einen Anwalt verzichte, möchte ich wenigstens ein Telefonat führen.«

Sie nickte. »Das sollte möglich sein.«

Kapitel 7

Nach Oskars Telefonat brachte ihn Catharina wieder in seine Zelle und ging anschließend in ihr Büro. Holger stand dort mit dem Rücken zum Fenster und wartete offenbar darauf, dass die ebenfalls telefonierende Kommissarin ihr Gespräch beendete.

Catharina setzte sich an ihren Schreibtisch, drehte sich aber ebenfalls in Richtung von Frau Paulsen. Diese ging während des Gesprächs auf und ab, sagte schließlich: »Alles klar, weiß ich Bescheid«, und legte auf. Anschließend steckte sie das Gerät weg, verschränkte die Arme vor ihrem Körper und erklärte ihren Kollegen: »Das war die Gerichtsmedizin. Sie konnten einen ersten Blick auf Udo Dümmler werfen. Bisher war es ja noch eine Vermutung, aber alles spricht dafür, dass der Mann mit fünf Messerstichen in den Rücken getötet wurde. Genaueres wissen wir noch nicht, da die Kollegen genauso überlastet sind wie wir auch.« Paulsen strich sich fahrig eine Haarsträhne aus dem Gesicht. »Und da kommen wir auch schon zu einem anderen Thema. Ich will ehrlich sein. Natürlich handelt es sich hier um ein Kapitalverbrechen, das aufgeklärt werden muss, aber es wird keine besondere Priorität bekommen können.«

»Was soll das heißen?«, fragte Catharina kritisch dazwischen.

Paulsen sah sie an. »Das soll heißen, dass wir keine Kapazitäten frei haben, um uns ausschließlich dem Mord an einem Obdachlosen zu widmen.« Noch während sie das sagte, hob sie die Hand und verhinderte damit Catharinas Protest. »Bevor Sie mich jetzt verurteilen, hören Sie mir bitte zu, und behalten Sie das, was ich zu sagen habe, für sich. Wir haben zurzeit mit einem Bandenkrieg zwischen polnischen und deutschen Drogenschmugglern mehr als genug zu tun. Abgesehen davon, dass wir immer wieder mal tote Kuriere an der Grenze finden, scheint es Planungen für eine große Lieferung zu geben. Daher geht es nicht darum, dass hier …«, sie zeichnete mit der Hand Gänsefüßchen in die Luft, »… *nur* ein Obdachloser ermordet wurde, sondern dass uns wie gesagt die Kapazitäten fehlen. Folglich bin ich auf Ihre Hilfe angewiesen. Ich werde das nachher noch mit Ihrem Chef besprechen, aber ich fürchte, ohne die Mitarbeit der hiesigen Polizei wird es nicht gehen. Natürlich bekommen Sie Unterstützung von mir und meinen Kollegen aus der Kriminalpolizeiinspektion in Anklam, doch diese Hilfe wird sich auf die Auswertung der von Ihnen gefundenen Spuren beschränken.«

»Dann sind wir jetzt die Kripo?«, warf Holger flapsig ein.

Paulsen sah ihn an. »Na, so weit würde ich jetzt nicht gehen. Aber ich schlage vor, dass Sie beide sich am Schlafplatz von Oskar von Thiemen umsehen. Wie Beweissicherung geht, dürften Sie ja irgendwann einmal gelernt haben. Außerdem wäre es gut, wenn Sie Fotos machen. So kann man es später besser nachvollziehen.« Sie schwieg einen Augenblick, sah von einem zum anderen und fragte: »Schaffen Sie das, neben Ihren sonstigen Aufgaben?«

»Kein Problem«, bestätigte Holger, und Catharina hoffte inständig, dass er am morgigen Sonntag trotzdem seinen freien Tag nahm. Sie war dann mit Michael eingeteilt, der ihr als Kollege deutlich lieber war.

»Gut, ich muss dann jetzt los.« Damit nahm Paulsen ihre Jacke und drehte sich zur Tür, hielt aber noch einmal inne. Da Holger der Ranghöhere war, sprach sie ihn an: »Die Beschreibung der Frau, die angeblich die Nacht bei dem Tatverdächtigen war, haben Sie?« Sie interpretierte sein Schweigen richtig, zog ihren Notizblock heraus und diktierte Catharina ihre Aufzeichnungen. Danach verließ sie das Büro.

Nachdem die Kommissarin gegangen war, drehte sich Catharina zu ihrem Monitor. Sie meldete sich im System an und öffnete die Personensuche.

Holger trat hinter sie. »Und was wird das jetzt? Wir sollen Spuren sichern.«

Sie ließ sich nicht irritieren und gab den Namen Oskar von Thiemen ein, worauf tatsächlich ein kleiner Hinweis mit dem Text »Keine Einträge gefunden« erschien.

»Das macht ihn nicht unschuldig«, brummte Holger und bestimmte: »Also komm jetzt. Unsere Schicht dauert noch drei Stunden und ich möchte Ergebnisse.«

Nein, du möchtest Oskar als Täter. Sie verkniff sich den Kommentar und sperrte ihren Rechner wieder.

»Herr Johansson?«

»Ja?« Beim Anblick der beiden Polizisten wirkte der Bauer alles andere als begeistert.

Holger erklärte ihm kurz, dass Oskar einer Straftat beschuldigt wurde, und fragte dann: »Wo schläft der Mann?«

Der Bauer nickte quer über den Hof zu einer etwas abseits stehenden Scheune und murmelte: »Das hat man nun von seiner Nächstenliebe.«

Catharina fühlte sich berufen, etwas dazu zu sagen. Auch weil ihr gerade klar wurde, dass diese Durchsuchung vermutlich das Ende von Oskars einigermaßen komfortablem Schlafplatz bedeuten würde. Also erklärte sie ruhig: »Noch ist nichts bewiesen. Wir müssen nur sichergehen, dass Herr Thiemen sich nichts zuschulden hat kommen lassen.«

Der Bauer legte seine Stirn in Falten: »Wer ist Herr Thiemen?«

Sie begriff, dass der Mann Oskars Nachnamen zum ersten Mal hörte, und antwortete: »Oskar. Oskar von Thiemen.«

»Ein *von*. Soso. Na, eigentlich mochte ich ihn ja«, brummte der Bauer und rieb sich dabei mit seiner schmutzigen Hand über die Bartstoppeln. Dann deutete er zur Scheune. »Kommen Sie mit, ich zeige Ihnen den Platz.«

»Haben Sie etwas für die Unterkunft verlangt?«, fragte Catharina auf dem Weg über den schlammigen Hof.

»Er ging mir etwas zur Hand«, lautete die knappe Antwort. »Ist das ein Problem? Heutzutage muss man ja alles anmelden und versteuern.«

Catharina dämpfte ihre Stimme und sagte, so leise, dass es Holger nicht hören konnte: »Wenn Sie jemand fragt, sagen Sie einfach, dass er nur ab und zu hier schlief und Sie es duldeten.«

Die Luft im Inneren der Scheune war nach dem Regenwetter der letzten Tage immer noch feucht und muffig. Licht kam nur durch das offene Tor und durch einige Ritzen zwischen den Brettern herein. Sie folgten dem Bauer zu einer Leiter, wo er nach oben deutete und sagte: »Passt mit der Leiter auf. Die ist zwar stabil, aber die Sprossen können feucht und glatt sein. Früher haben wir da oben das Heu gelagert, aber inzwischen haben wir keine Viecher mehr und es sind nur noch Reste da.«

»Alles klar.« Catharina zog sich ein Paar dünne Einweghandschuhe über und begann mit dem Aufstieg. Holger wartete, bis sie oben war, und folgte ihr dann.

Als er kurz darauf neben ihr stand und sich umsah, stellte er fest: »Kein schlechter Platz für so einen.«

Catharina konnte den abwertenden Tonfall nicht länger ertragen und drehte sich zu ihm. »Was ist denn *so einer* für dich? Stehen diese Menschen unter dir oder hast du gar Angst vor ihnen?«

Holger machte eine abwehrende Geste. »Ist ja gut. Mein Gott. Ich denke nur, die meisten von denen haben sich selbst in diese Situation gebracht. Und jetzt liegen sie unserer Gesellschaft auf der Tasche. Sie stehlen, pöbeln anständige Menschen an und offenbar bringen sie sich auch noch gegenseitig um.«

Catharina atmete ihre Wut weg, schüttelte den Kopf und erwiderte resigniert: »Du bist so was von einfältig. Einfach unglaublich.« Damit beendete sie die Diskussion und konzentrierte sich auf ihre Aufgabe. Der Zwischenboden erstreckte sich über etwa ein Drittel der Scheune. Heuballen gab es nur noch wenige und nur im hinteren Bereich, wo sich eine große doppeltürige Luke befand, über der eine Kranführung angebracht war. Oskar hatte die Heuballen offenbar so in Position gerollt, dass fast eine Art Wohnung entstanden war.

Sie folgte Holger durch den einzigen Durchlass, hinter dem ihre Vermutung bestätigt wurde. Es gab eine Schlafecke mit einigen Decken und einem Schlafsack, ein großes Holzbrett, das als improvisierte Küche diente, und einen Blecheimer für die Notdurft in der anderen Ecke.

»Na, da schau her«, tönte ihr Kollege triumphierend, ging zu dem Küchenbrett und holte eine Asservatentüte aus seiner Jackentasche. Doch bevor seine Hand das im Brett steckende Messer ergreifen konnte, befahl ihm Catharina: »Stopp!«

Holger hielt tatsächlich inne, fragte aber barsch: »Was?«

Sie zog ihr Handy heraus und deutete damit auf ihn. »Du hast die Fotos vergessen. Erinnerst du dich? Frau Paulsen bat darum.«

Holger gab sich tatsächlich einsichtig, stellte fest: »Wo du recht hast …«, und ging aus dem Weg. Catharina öffnete die

Kamera-App, ging noch einmal zurück zur Leiter und fotografierte von dort aus alle Abschnitte des Heubodens. Als sie damit fertig war, fragte Holger: »Also, können wir jetzt?« Damit zog er das Messer aus dem Brett und ließ es in den Plastikbeutel gleiten. So arbeiteten sie sich Stück für Stück durch Oskars Unterschlupf. Als sie in der hintersten Ecke auch seine wenigen Habseligkeiten fanden, fühlte sich Catharina wie eine Verräterin. Sie unterdrückte das Gefühl, öffnete zuerst den kleineren Rucksack und legte dessen Inhalt auf den Boden.

Holger sah ihr erst dabei zu, wartete wieder die Fotos ab und kniete sich schließlich hin, wobei er auf einige leere, aber bereits frankierte Postkarten, eine Rasierklinge und einen Klebestift deutete und sowohl sich selbst als auch Catharina fragte: »Was soll das? Für was braucht der den Scheiß?«

Sie nahm die Rasierklinge vorsichtig auf und hielt sie in einen der wenigen Sonnenstrahlen, die es durch die Ritzen hereinschafften. »Sieht benutzt aus, da hängen noch ein paar Bartstoppeln dran, aber wir sollten alles mitnehmen.«

»Und wofür sind die Postkarten?«, fragte Holger, während er ein weiteres Tütchen öffnete.

Catharina zuckte mit den Schultern: »Auch Obdachlose haben Freunde und Familie.«

Eine Viertelstunde später nahmen sie die Rucksäcke und gingen wieder zur Leiter. Auch wenn sich in beiden nichts von Wert befand, wollten sie die Sachen nicht hierlassen.

Unten stand der Bauer an seinem Traktor und werkelte daran herum. Catharina bezweifelte, dass es wirklich etwas zu tun gab, aber sie konnte ihm seine Neugierde nicht verdenken. Er kam zu ihnen und nickte nach oben. »Na, war er es?«

»Was?«, fragte Catharina zurück, da sie ihm kein Wort von dem getöteten Obdachlosen erzählt hatten.

»Na, hat er ihn umgebracht? Das ganze Dorf spricht davon.«

Sie sagte: »Kein Kommentar«, fragte aber: »Haben Sie gestern Abend beziehungsweise heute Nacht eine Frau auf Ihrem Hof gesehen? Oder Herrn von Thiemen?«

Der Bauer dachte kurz nach. »Nee. Bei dem Sauwetter ist keiner vor die Tür.« Dann fiel sein Blick auf die Rucksäcke, doch ihn interessierte nur: »Hat Oskar noch Essen oben?«

»Ja, aber alles in Tüten verpackt.«

Der Bauer murmelte: »Das ist den Ratten wurscht«, und begann mühsam, die Leiter hinaufzusteigen.

Catharina und Holger gingen zum Wagen, packten alles in den Kofferraum und stiegen ein. Ihr Kollege warf einen Blick auf die Uhr, wobei er feststellte: »Eine Stunde müssen wir noch. Was hältst du von einem Döner? Immerhin ist schon unser Frühstück wegen diesem Pe… sorry … Fall ausgefallen.«

Eigentlich wäre Catharina lieber noch einmal zu dem eingestürzten Haus gefahren. Da sie sich aber nicht noch mehr mit Holger anlegen wollte, stimmte sie zu, fragte aber: »Und die Beweismittel?«

»Kann die Spätschicht nachher zur Kriminaltechnik fahren. Unser Job ist für heute erledigt.«

Kapitel 8

Vor dem Wochenende war nicht mehr viel passiert. David hatte sich bei der Zeugenaussage zu dem Fall der entführten Natalie Iwanow nicht von seinen früheren Kollegen einschüchtern lassen, auch wenn diese nichts unversucht gelassen hatten. Im Gegensatz dazu war sein Gespräch mit der Staatsanwältin erstaunlich gut verlaufen. Frau Krause hatte es offenbar geschafft, einen Mann kennenzulernen, und war in Gönnerlaune. Nach seinen Schilderungen hatte sie ihn zwar mit diesem ganz besonderen Blick gemustert, aber auf ein gemeinsames Abendessen verzichtet. Und da David die üblen Aussagen der beteiligten Polizisten gegen ihn hatte relativieren können, hatte sie die Anschuldigungen gegen ihn fallen lassen. David hatte seine Waffe wiederbekommen und bis zum endgültigen Abschluss des Falles würden sicher noch Wochen oder Monate vergehen. Wie überall im Land waren gerade in Berlin sämtliche Richter überlastet.

Da es außer ein wenig Bürokram kaum etwas zu tun gab, reduzierte David Claras Arbeitszeit auf eine Stunde. Er selbst verbrachte viel Zeit im hinteren Teil des alten Möbelladens, wo er sich ein kleines Fitnessstudio eingerichtet hatte. Der Frust musste raus und er entschied sich in solchen Fällen nie dauerhaft für Alkohol.

Jetzt musste der Boxsack für seine Wut auf die Presse herhalten. Er bearbeitete ihn schon seit zwanzig Minuten und bemerkte Clara erst, als sie mit dem Rollstuhl in sein Sichtfeld kam. David schlug ein letztes Mal gegen das Leder, wischte sich den Schweiß aus den Augen und fragte: »Was ist das?«

Sie wedelte mit dem Zettel in ihrer Hand und erklärte triumphierend: »Dein nächster Job«, allerdings nur, um diese Aussage gleich wieder zu relativieren. »Ist nur eine Kleinigkeit, aber besser als nichts. Und da könnte ein gutes Trinkgeld drin sein.«

»Worum geht's?«

»Wir haben eine Anfrage von einem chinesischen Geschäftsmann. Er ist beruflich in der Stadt und möchte heute Abend Berlin kennenlernen. Und da er offenbar mit der westlichen Welt ein wenig fremdelt, hätte er gerne jemanden, der ihm die Stadt zeigt und ihn gleichzeitig beschützen kann.«

David konnte es sich im Moment nicht leisten, einen Auftrag abzulehnen, und fragte daher nur: »Welches Honorar hast du vereinbart?«

Clara rollte noch etwas näher heran und gab ihm den Zettel mit den Kontaktdaten und dem Treffpunkt. »Hundert die Stunde und keine Zeitbeschränkung. Soll ich den Auftrag bestätigen?«

Er nickte. »Hundert die Stunde klingt gut. Sag dem Mann, dass er den besten Fremdenführer bekommt, den man in Berlin buchen kann.«

Nach der Nacht mit dem wildgewordenen chinesischen Geschäftsmann begann David den nächsten Tag erst um elf und war um halb zwölf in seinem Büro. Dieses Mal kamen die

Kopfschmerzen nicht von zu viel Alkohol, trotzdem war die stechende Sonne unerträglich.

Als er sich dem ehemaligen Möbelgeschäft näherte, drang lautes Lachen aus dem Büro. Außerdem stand sein BMW neben dem Eingang. Zumindest ging er davon aus, dass es sein Wagen war, auch wenn irgendetwas daran nicht stimmte.

Das dämmrige Licht im Inneren tat gut. David sah sich um und entdeckte Clara und Ünal hinten am Pausentisch. Jeder von ihnen hatte eine Tasse Tee vor sich und sie waren angeregt in ein Gespräch vertieft, das immer wieder von lautem Lachen unterbrochen wurde.

David ging zu ihnen und fragte dabei: »Lacht ihr über mich?«

Clara sah erst nur kurz auf, wieder zu Ünal, dann wieder zum ihm, wobei ihr das »Hi, Chef« fast im Hals stecken blieb. Sie drehte ihren Rollstuhl zu ihm, musterte ihn eine Weile und fragte schließlich erschrocken: »Ach du Schande, wer ist dir denn aufs Gesicht getreten?«

David brachte sie mit einer Geste zum Schweigen und brummte: »Sollte jemals wieder ein chinesischer Geschäftsmann anrufen, kannst du einfach auflegen.«

Ünal begann erst zu kichern, dann zu lachen, bevor er erklärte: »Ja, die Typen sind scheiße. Hab mal Zoff mit einer Gang gehabt. Die sind völlig durchgeknallt.«

Clara bat nur: »Na los, erzähl. Was war los letzte Nacht?«

David setzte sich mit an den Tisch, nahm Claras Teeglas und trank einen Schluck, was seine aufgeplatzte Lippe mit höllischem Brennen quittierte. Danach schüttelte er vorsichtig den Kopf und erklärte: »Ich habe keine Ahnung, was der Typ genommen hat. Am Anfang wirkte er noch steif und seriös, doch nach dem ersten Nachtclub ist er völlig eskaliert. Wir waren letzte Nacht in zwei Bordellen, beim Konzert einer Rockband und am Ende noch einmal in einem Club. Und als dieser heute früh um fünf zumachte, ist Luan auf einen Türsteher losgegangen. Ich bin natürlich dazwischen und hab das hier abbekommen.« Damit deutete er auf sein Gesicht.

»Bekommst du jetzt wieder eine Anzeige?«, schien Claras einzige Sorge zu sein.

»Nein, ich denke nicht. Berliner Türsteher zeigen niemanden an, die lösen das Problem selbst.«

»Sieht man«, bestätigte Ünal noch immer fröhlich. Dann nickte er zur Tür und erklärte: »Hab dir deinen BMW wiedergebracht.«

David hatte Zweifel. »Und warum sieht der jetzt irgendwie anders aus?«

Ünal winkte ab. »Alles gut. Habe nur beste Teile verbaut. Er ist jetzt zehn Zentimeter tiefergelegt und Mehmet hat noch Chiptuning gemacht. Hast jetzt ganze zehn Prozent mehr Power.« Er nahm unbekümmert einen Schluck Tee und fügte hinzu: »Chiptuning ist umsonst. Stoßdämpfer und das andere Zeug kosten nur eintausendzweihundert Euro … oder ohne Rechnung neunhundertneunundneunzig Euro. Brauchst du 'ne Rechnung?«

David war zu kaputt, um über die Umgestaltung seines Wagens eine Diskussion anzufangen. Er zog das Honorar der Nacht aus der Hosentasche, schob es Ünal zu und sagte: »Es sind tausend. Stimmt so.«

Nun beeilte sich der Automechaniker, den Tee auszutrinken, legte den Autoschlüssel auf den Tisch, nahm das Geld und erklärte, dass er noch viel zu tun habe. Keine zehn Sekunden später saßen nur noch David und Clara am Tisch.

Seine Assistentin dachte kurz nach, rollte zum Kühlschrank und holte zwei Kühlpacks heraus. Diese wickelte sie in Geschirrtücher, kam zurück zum Tisch und drückte sie ihrem Chef in die Hand. Dann wartete sie, bis sie Davids

Aufmerksamkeit hatte, und fragte: »Sag mal, kennst du einen Oskar von Thiemen?«

David musste nicht nachdenken. »Ja, klar kenne ich Oskar. Warum? Wie kommst du auf ihn?«

»Er hat vor ein paar Minuten angerufen und wollte dich sprechen. Und da er dich am Handy nicht erreichen konnte, bat er mich, das Gespräch aufzunehmen.«

»Hm«, brummte David. »Warum ruft er nicht einfach noch einmal an?«

»Das wirst du gleich hören.« Damit zog Clara ihr Handy aus der Hosentasche, legte es auf den Tisch und startete eine Audiodatei. Da Oskars Stimme zuerst recht leise war, stellte sie das Gerät lauter, und David hörte seinen alten Bekannten sagen:

Hallo, David. Ich habe leider nur diese eine Möglichkeit für ein Telefonat. Ich weiß, dass ich dich nicht an dein Versprechen erinnern muss, aber ich brauch jetzt deine Hilfe. Im Moment sitze ich in Usedom in einer Gefängniszelle und man wirft mir den Mord an einem Obdachlosen vor. Ich habe das natürlich nicht getan und muss so schnell wie möglich hier raus. Du weißt, wie das läuft. Für die hiesige Polizei ist meine Festnahme ein schneller Erfolg. Sie werden nicht viel Mühe darauf verwenden, nach dem echten Täter zu suchen. Daher möchte ich dich bitten, dass du so schnell wie möglich herkommst und nach Spuren suchst, solange es noch welche gibt.

Ach ja, eins noch: In der letzten Nacht war eine Frau bei mir. Sie nannte sich Frauke und ist am Morgen verschwunden. Wenn du sie findest, hätte ich ein wasserdichtes Alibi. Ich hoffe, wir können später noch einmal telefonieren, dann erzähle ich dir mehr. Mein Nachtlager befindet sich auf dem Bauernhof von Herrn Johansson, der mich über den Winter in seiner Scheune schlafen ließ.

Es folgte eine kurze Pause, dann …

Bitte, David. Enttäusche mich nicht. Bis bald. Oskar.

»Wer ist dieser Oskar?« – Clara steckte das Handy wieder ein und sah ihn neugierig an.

David nahm sich etwas Zeit, um über das Gehörte nachzudenken. Schließlich erklärte er: »Oskar lebte während meiner Zeit als Polizist in Berlin auf der Straße. Er gab mir immer wieder einmal einen Tipp, wo sich eine Razzia gerade lohnt. Außerdem half er bei einem größeren Fall, durch den ich kurz vor meinem Ausscheiden befördert wurde. Ich versprach ihm damals, dass er bei mir etwas gut hat. Und so, wie es aussieht, werde ich diese Schuld nun begleichen müssen.« Dann stand er auf und bat: »Kannst du im Netz nach Informationen zu diesem angeblichen Mord auf Usedom suchen? Ich packe derweil ein paar Sachen zusammen.«

»Du willst dahin?«

»Ja.«

»Wann?«

David zuckte mit den Schultern, was ihn schmerzhaft an letzte Nacht erinnerte. »Jetzt. Ich nehme das Wohnmobil. Mordfälle lassen sich in der Regel nicht in Stunden lösen und eine Unterkunft ist mir zu teuer.«

Clara ließ nicht locker. »Und was zahlt dir dieser Oskar dafür?«

»Nichts. Der Mann ist obdachlos. Und wie ich schon sagte, schulde ich ihm etwas.«

Sie beließ es dabei, drehte ihren Rollstuhl und rollte damit zu ihrem Schreibtisch.

Da er immer einen Rucksack mit den wesentlichen Dingen im Büro stehen hatte, war David um zwölf Uhr startklar. Clara wusste, worauf es ankam, und gab ihm einen USB-Stick. »Den kannst du dir auf der Fahrt von deinem Laptop vorlesen lassen.

Ich habe alle wesentlichen Informationen in ein einziges Word-Dokument kopiert. So musst du nicht zwischen Dateien wechseln. Der Tatort ist in Zinnowitz, dort solltest du beginnen.«

Er lächelte sie an: »Du bist ein Schatz.«

Sie streckte ihm die Zunge heraus und antwortete: »Weiß ich.«

David klopfte ihr freundschaftlich auf die Schulter, ging zu seinem alten Wohnmobil, das bei der Laderampe des ehemaligen Möbelladens stand, und stieg ein. Dort holte er den Laptop heraus, startete ihn und legte ihn auf den Beifahrersitz. Nachdem die besagte Datei startklar war, ließ er den alten Diesel an und fuhr los. Sein Blick fiel ein wenig wehmütig auf den BMW, dessen Verbesserungen er gerne auf dieser Fahrt ausprobiert hätte.

Kapitel 9

Um kurz nach fünfzehn Uhr verließ Catharina das kleine Präsidium in Heringsdorf. Das Wetter hatte sich inzwischen komplett gewandelt. Aus dem unbeständigen Frühlingsmorgen war fast ein Sommertag geworden. Sie atmete die milde Luft ein, dachte kurz an Oskar, der vielleicht unschuldig in einer Zelle saß, und beschloss, erst einmal nach Hause zu fahren.

Der grüne Mini Cooper war noch ein Relikt aus ihrer Zeit in Berlin, wovon auch einige Schrammen zeugten. Doch obwohl oder vielleicht auch weil so viele Erinnerungen daran hingen, konnte sie sich nicht von dem Wagen trennen. Sie startete den Motor, öffnete alle Fenster und fuhr auf die Hauptstraße, die sich bis zur polnischen Grenze einmal der Länge nach über die Insel zog.

Ihr Weg führte sie erst einige Kilometer nach Westen, dann ein Stück ins Hinterland, bis zu dem kleinen Ort Balm. Kurz vor dem Ortseingang bog sie auf einen schmalen Weg ab, an dessen Ende das kleine Haus stand.

Bis vor drei Jahren hatte sie noch nicht einmal gewusst, dass es das Haus gab. Dann war der Brief von einem Erbschaftsfahnder gekommen und Catharina war sofort hin und weg gewesen. Der Bruder ihres Vaters war verstorben und sie die einzige Erbin. Sie hatte es sich angesehen, den schlechten Zustand des alten Inselhauses ignoriert und sich bei der hiesigen Polizei beworben. Seitdem wohnte sie inmitten eines großen Gartens mit alten Obstbäumen und einer Terrasse, von der aus sie einen unverbauten Blick auf das Achterwasser hatte. Und egal wie stressig die Schicht auch gewesen war, es genügten ein paar Minuten auf ihrem Grundstück und alles war okay.

Heute verzichtete sie darauf, das etwas morsche Gartentor zu öffnen, und ließ den Wagen einfach davor stehen. Die alten Steinplatten der Zufahrt lagen nicht mehr ganz im Lot, waren aber unverwüstlich. Sie ging auf ihnen bis zum Haus, öffnete die Tür und fühlte sich zu Hause.

Die ersten Wochen hier waren ein Kampf gewesen, den sie ohne ihre Freunde aus Berlin nicht gewonnen hätte. Fast alles hatte rausgemusst und einige Wände mussten nicht nur gestrichen, sondern auch neu verputzt werden. Zu tun gab es immer etwas, aber inzwischen trug ihre Villa, wie sie das Haus liebevoll nannte, eindeutig ihre Handschrift. Die ganze Einrichtung war hell, aber urtümlich. Sie kaufte fast nichts neu, sondern übte sich in Geduld und fand immer wieder schöne Sachen bei hiesigen Flohmärkten und über Kleinanzeigen.

Catharina zog schon auf dem Weg in das kleine Badezimmer ihre Uniform aus, legte alles auf den alten Lehnstuhl, der davorstand, und stellte sich erst einmal unter die Dusche. Danach holte sie eine Jeans und ein T-Shirt aus dem Schlafzimmer, machte sich einen Kaffee und setzte sich hinaus in die Sonne. Bei einer Zigarette dachte sie darüber nach, wie der Tag weitergehen sollte. Eigentlich wäre heute Gartenarbeit angesagt, doch die Erlebnisse des Tages gingen ihr nicht aus dem Kopf.

Jetzt, wo sie ein wenig zur Ruhe kam, sah sie Udos letzten Blick noch einmal vor ihrem inneren Auge. Dazu hörte sie ihn hauchen: »Finde das Schwein«, was ihr zusätzlich einen Stich versetzte. Ausgerechnet Udo.

Zum Teil hatte Holger schon recht. Sie kannte durch ihre ehrenamtliche Tätigkeit bei der Tafel fast alle Obdachlosen der Insel. Und einige von ihnen waren nicht nur unsympathisch, sondern auch selbst verschuldet in ihrer Situation. Aber es gab auch andere, und Udo gehörte eindeutig zu den armen Säuen, denen das Leben übel mitgespielt hatte. Er kam wie sie aus Berlin, war durch einen Arbeitsunfall Alkoholiker geworden und dann vom System aussortiert worden. Sie hatte ihn vom ersten Tag an gemocht und er war auch einer der Gründe, warum sie ihre Freizeit für das Ehrenamt opferte.

Und als dann vor ein paar Wochen auch noch Oskar auf die Insel gekommen war, war sie froh, dass Udo einen Freund gefunden hatte. Oskar schien ein aufgeräumter Mensch zu sein und hatte Udo eindeutig in die richtige Richtung gezogen. Für sie war es weiterhin völlig unvorstellbar, dass er ihm etwas angetan haben sollte. Und im Grunde war der Umstand, dass Udo Oskars Jacke getragen hatte, ein geradezu lächerliches Motiv. Aber so war das hier mit Menschen, die nicht der Norm entsprachen. Die sperrte man lieber vorsorglich weg. Und genau deswegen hätte sie nicht zulassen dürfen, dass Holger Oskar so behandelte. Sie hätte Stellung beziehen und einschreiten müssen.

Catharina atmete einmal tief durch, sagte laut mit Blick über das ruhige Achterwasser: »Scheiße, Udo. Komm einfach gut rüber und im nächsten Leben wird alles besser!« Dann zündete sie sich eine weitere Zigarette an und fasste dabei einen Entschluss.

Eigentlich wollte sie nur noch etwas einkaufen, aber ihr Weg führte sie zunächst nach Zinnowitz. Die Sache mit Udo ließ ihr keine Ruhe, daher wollte sie sich das eingestürzte Haus noch einmal ansehen. Erst dachte sie, die vielen Touristen wären wegen des schönen Wetters hier, dann fielen ihr die beginnenden Osterferien ein. Es war Samstag und damit der Hauptanreisetag der Urlauber.

Catharina fand mit Mühe einen Parkplatz und schlenderte gemütlich bis zu der Ruine, die bis gestern noch Udo als Unterschlupf gedient hatte. Wie sie wusste, war sie der Gemeinde schon lange ein Dorn im Auge. Man hätte das alte Haus am liebsten abgerissen und das Grundstück für viel Geld verkauft. Doch selbst einunddreißig Jahre nach der Wende waren die Eigentumsverhältnisse noch ungeklärt und der Gemeinde damit die Hände gebunden.

Catharina blieb auf dem Bürgersteig stehen und betrachtete das Haus, wobei sie sich über ein im Halteverbot abgestelltes Wohnmobil ärgerte.

Der Vorgarten war noch immer mit einem Flatterband abgesperrt. Sonst erinnerte hier draußen nichts daran, was im Inneren passiert war. Sämtliche Einsatzkräfte und die Spurensicherung waren längst weg und Udo lag sicherlich schon einsam im Kühlhaus drüben in Greifswald. Dort brachte man alle hin, die auf der Insel aus ungeklärter Ursache verstarben.

»Ist das jetzt ein Geisterhaus?«, fragte ein kleiner Junge seine Mutter und holte Catharina damit aus ihren Gedanken. Sie machte den beiden Platz und ging bis an den Vorgarten des Grundstücks. Dort überlegte sie kurz, ob sie sich selbst noch einmal im Inneren umsehen sollte. Ihr Blick fiel auf das Siegel der Kriminalpolizei, das über dem Türschloss klebte. Oder besser gesagt kleben sollte, denn auf der Seite des Türstocks hatte es sich abgelöst. Natürlich kannte sie diese Aufkleber und wusste, dass das ohne Fremdeinwirkung nicht sein konnte.

Sie schlüpfte unter dem Band durch und ihr Puls beschleunigte sich mit jedem Meter, den sie dem Haus näherkam. Sollte sie Verstärkung rufen oder erst einmal nachsehen? Sie entschied sich für Letzteres, blieb vor der Tür stehen und sah sich das Polizeisiegel näher an. Es war nicht einfach abgegangen. Vielmehr war einfach die oberste morsche Holzschicht, auf der der Streifen klebte, abgelöst.

Nur ein kurzer Blick hinein, mahnte sie sich selbst. Die Tür war angelehnt und ließ sich ohne ein Geräusch nach außen öffnen. Im Inneren herrschte Stille und die Sonne stand so günstig, dass sie im hinteren Bereich durch das eingestürzte Dachgebälk schien. Catharina machte einen Schritt ins Haus, dann noch einen, bis sie einen Teil des ehemaligen Wohnbereichs überblicken konnte. Das Haus gab ein leises, aber beängstigendes Knarren von sich, was sie für einen kurzen Moment ablenkte.

Eine kleine Staubwolke zog durch einen Sonnenstrahl. *Zu viel Staub.*

Der Gedanke wurde von einer anderen Beobachtung abgelöst, denn da war noch ein Lichtkegel, der nicht natürlichen Ursprungs war. Er huschte von einer nicht einsehbaren Seite des Zimmers einmal quer durch den Raum.

Catharinas Hand ging automatisch zu ihrer nicht vorhandenen Waffe, was sie einen tonlosen Fluch ausstoßen ließ. Sie hielt den Atem an und sah sich in dem Chaos aus zerstörten Möbeln und anderem Unrat um. Anschließend ging sie in die Hocke, griff nach einem abgebrochenen Stuhlbein, stemmte sich wieder in die Höhe, presste sich an den Türrahmen des Windfangs und warf einen schnellen Blick um die Ecke. Der Mann stand in etwa drei Metern Entfernung mit dem Rücken zu ihr.

Sie atmete so leise wie möglich ein, umfasste das Stuhlbein noch etwas fester und drehte sich mit rasendem Puls in den großen Raum. Zu einem Schrei kam sie nicht mehr. Erst flog ihre improvisierte Waffe durch den Raum, dann spürte sie einen stechenden Schmerz im Handgelenk und nur einen Sekundenbruchteil später schlug sie so hart mit dem Rücken auf dem staubigen Boden auf, dass ihr die Luft wegblieb. Für einen kurzen Augenblick wurde ihr schwarz vor Augen, und als sie wieder zu sich kam, schwebte das Gesicht eines Mannes über ihr. Er parierte ihren Schlag ohne Probleme, umgriff ihre beiden Handgelenke und fixierte diese rechts und links neben ihrem Kopf. Sie rang nach Luft und brachte keinen klügeren Spruch heraus als: »Bitte tun Sie mir nichts. Ich bin Polizistin.«

Kapitel 10

Catharina gab ihren Widerstand auf, funktionierte aber als Polizistin. Egal was noch passieren würde, Details waren wichtig. Der Typ über ihr hatte volles, dunkelblondes Haar, keinen Bart und auf der Nase war eine kleine Stufe, die auf einen früheren Bruch hinwies. Außerdem war seine Lippe aufgeplatzt und er hatte ein frisches Veilchen am Auge. Sein Alter schätzte sie auf Anfang bis Mitte dreißig. Neben den Augen zeigten sich erste Lachfältchen, was ihn trotz der Situation sympathisch erscheinen ließ. Er erwiderte ihren Blick und fragte leise: »Kann ich Sie jetzt loslassen, ohne mir blaue Flecken zu holen?«

Sie deutete ein Nicken an, woraufhin er noch einen kurzen Moment lang über ihr verharrte. Dann gab er ihre Handgelenke frei und zog sich zurück. Catharina blieb noch einen Augenblick lang liegen, drehte sich zur Seite, stand auf und fragte scharf: »Wer sind Sie und was machen Sie hier? Das ist ein Tatort und das Siegel an der Tür ist ganz sicher nicht von allein abgefallen.«

Er klopfte sich den Staub aus der Jeans, wobei kurz der Griff einer Waffe unter seiner Jacke sichtbar wurde.

Catharina wich erschrocken zurück. Er erkannte den Grund dafür, setzte ein Lächeln auf und erklärte: »Keine Sorge, ich darf die tragen.« Anschließend machte er einen Schritt auf sie zu und streckte ihr die Hand entgegen.

Sie rührte sich nicht und fragte: »Sind Sie Polizist? Wenn ja, möchte ich jetzt Ihren Ausweis sehen.«

Er wirkte belustigt, was sie wütend machte. »Und was ist mit Ihrem Ausweis? Oder war das nur eine Ausrede, weil Sie mit dem Rücken im Staub lagen?«

Sie zog das flache Mäppchen aus der hinteren Hosentasche, klappte es auf und streckte es ihm entgegen.

»Okay«, war alles, was er sagte. Er fuhr sich mit einer verlegenen Geste über die Wange und erklärte weniger souverän: »Dann habe ich jetzt wohl ein Problem.«

Catharinas Anspannung war sofort wieder da und ihre Augen suchten nach dem Stuhlbein.

Auch das bekam er mit. Er hob die Hände zu einer beschwichtigenden Geste und erklärte: »Keine Sorge, ich bin keiner von den Bösen. Mein Name ist David Bender. Ich bin Privatermittler, war davor Polizist und habe eine entsprechende Berechtigung für diese Waffe.«

Catharina wusste nicht, ob sie das beruhigen sollte, und erwiderte pampig: »Sie können hier sonst etwas behaupten.«

Seine Hand ging zur Jacke, verharrte auf halbem Weg und er fragte: »Darf ich Ihnen meinen Waffenschein zeigen?«

»Ja, aber langsam.«

Nachdem sie einen Blick auf das Dokument geworfen hatte, schlug er vor: »Rufen Sie Ihre Kollegen an und lassen Sie mich überprüfen.«

»Keine schlechte Idee«, stimmte sie zu, forderte aber: »Erst gehen wir nach draußen. Sie voran.«

Nach dem dunklen staubigen Hausinneren empfand sie das grelle Sonnenlicht als fast schon unangenehm. Auf dem Weg hinaus vervollständigte sie das Bild des Mannes, der sie gerade außer Gefecht gesetzt hatte. Er war ein Stück größer als sie, trug einfache, aber keine billigen Klamotten und wirkte sportlich. Er ging bis zu dem Schatten eines Baumes, blieb dort stehen und bat: »Könnten Sie die Sache mit dem Siegel bei Ihrem Telefonat bitte erst einmal weglassen, bis ich Ihnen erklärte habe, warum ich hier bin?«

Catharina versuchte, den Mann einzuschätzen, und kam zu dem Schluss, dass sie ihm diese Chance geben konnte. Sie zog ihr Handy heraus, wählte die Nummer ihrer Dienststelle und bat um eine Personenüberprüfung. Als ihr Kollege nach dem Grund dafür fragte, sagte sie: »Ich will mein Auto verkaufen, bin mir aber nicht sicher, ob der Käufer seriös ist.« Nachdem sie seinen Namen durchgegeben hatte, brauchte sie noch das Geburtsdatum. Sie hielt ihre Hand über das Mikrofon und fragte danach. Seine Mundwinkel verzogen sich zu einem leichten Grinsen. »24. Dezember 1990.«

»Ernsthaft?« Er deutete ein Nicken an und sie gab die Daten an ihren Kollegen weiter. Danach dauerte es eine Weile, bis dieser erklärte: »Da hast du wohl einen ehemaligen Kollegen von uns vor dir. Der Mann war bis vor einem Jahr Kriminalhauptkommissar, wohnt aktuell in Berlin und scheint keine Probleme mit der Justiz zu haben. Außerdem … oh …«

»Was?«, fragte sie alarmiert.

»Er hat die Erlaubnis, eine Waffe zu führen.«

Catharina überging das, bedankte sich und legte auf. Sie sah diesen David Bender an und erklärte: »Okay, die erste Hürde haben Sie geschafft. Bleibt aber noch die Straftat bezüglich des geöffneten Siegels.«

Die Gelassenheit des Mannes regte sie auf. Er deutete die Straße hinunter und fragte: »Da drüben gibt es ein Café. Darf ich Sie als kleine Wiedergutmachung einladen?«

»Was?«, entgegnete sie fassungslos.

»Kaffee, Kuchen und ein Gespräch«, erklärte er ungerührt.

Ihre Neugierde siegte. Sie schüttelte den Kopf, sagte aber: »Sie haben wirklich Nerven. Aber gut, ich kann nur hoffen, dass mir Ihre Geschichte gefällt. Sonst muss ich einiges zur Anzeige bringen.«

»Ist mir klar«, lautete seine Antwort. Damit deutete er auf das Wohnmobil im Halteverbot. »Kennen Sie einen Parkplatz, wo ich die Kiste ordnungsgemäß abstellen kann?«

Während der Typ sein Wohnmobil in eine Seitenstraße umparkte, setzte sich Catharina im Außenbereich des Cafés an den letzten freien Tisch. Sie schickte die heraneilende Kellnerin vorläufig weg und dachte darüber nach, was gerade passiert war. Für den Umstand, dass sich ein privater Ermittler für Udos Tod interessierte, hatte sie keine Erklärung. Daher war sie umso gespannter darauf, was ihr dieser David Bender gleich erzählen würde. Abgesehen von seinem frechen Auftreten schien er ein sympathischer Kerl zu sein.

Sie zündete sich eine Zigarette an und sah gegen die Sonne blinzelnd dabei zu, wie er aus der Seitenstraße auf sie zukam. An der Umfriedung des Cafés blieb er kurz stehen, suchte die Tische mit den Augen ab und lächelte, als er sie erkannte. An ihrem Tisch angekommen, fragte er unsinnigerweise: »Darf ich?«, und setzte sich erst, als sie eine entsprechende Geste machte.

Nachdem sie sich beide einen Cappuccino bestellt hatten, deutete Catharina auf seine linke Brust und fragte: »Halten Sie es für eine gute Idee, hier mit der Waffe herumzulaufen?«

Er zuckte nur mit den Schultern. »Was soll ich denn machen? Im Wohnmobil kann ich sie nicht lassen. Das würde gegen die Vorschriften verstoßen.«

»Auch wieder wahr«, stimmte sie zu und schlug auch gleich vor: »Wie wäre es, wenn Sie das Ding gar nicht erst mitnehmen würden?«

Er verzog den Mund zu einem schelmischen Grinsen und raunte verschwörerisch: »Ich habe gehört, dass es hier einen Mord gegeben hat. Außerdem brechen immer wieder Leute in Häuser ein und legen junge Polizistinnen aufs Kreuz. So übertrieben ist die Waffe also gar nicht.«

Catharina sah es nicht ganz so locker, außerdem spürte sie, wie ihr die Wärme ins Gesicht stieg. Irgendwie schaffte es der Typ, sie permanent zu ärgern. Sie erwiderte pampig: »Ihr Angriff auf mich war im Grunde genommen ebenfalls eine Straftat.«

Er machte eine abwehrende Geste. »Also das sehe ich ganz anders. Wer stand denn mit einem abgebrochenen Stuhlbein hinter mir? Das war Selbstverteidigung, wie sie im Gesetzbuch steht.«

Beide warteten ab, bis die Kellnerin die beiden Tassen auf dem Tisch abgestellt hatte. Doch anstatt wieder zu gehen, blieb sie stehen und sah ihn an. Er fragte: »Ist noch was?«, worauf sie erwiderte: »Sie müssten es gleich bezahlen.«

Catharina war auf seine Reaktion gespannt, doch er verzog keine Miene und gab sogar ein großzügiges Trinkgeld. Als sie sich wieder ungestört unterhalten konnten, sagte sie: »Danke für den Cappuccino«, schüttete etwas Zucker auf den Schaum und sah David erwartungsvoll an. »Den Kaffee habe ich, jetzt fehlt nur noch Ihre Geschichte.«

Kapitel 11

Bis vor einer Stunde hatte David noch schlechte Laune gehabt. Er fand Usedom in etwa genauso attraktiv wie einen Job ohne Bezahlung. Und nun hatte er beides auf einmal.

Auf der anderen Seite gab es allerdings diesen unerwartet warmen Frühlingstag und Catharina Adler. Die Frau hatte eine erfrischende Art und erschien auch im Internet völlig uneitel. Er hatte das Umparken seines Wohnmobils für einen kurzen Check genutzt, in den sozialen Medien von ihr aber nur einige Fotos aus der Gegend gefunden. Ihre Freundesliste war kurz und ihre Posts beschränkten sich auf freiwillige soziale Arbeit und einige Postkartenbilder.

»Wenn Sie weiterhin so schweigsam sind, wird das ein teurer Nachmittag.«

Er verdrängte die Gedanken, fragte aber irritiert: »Warum?«

»Weil ich so lange Kaffee trinken werde, bis Sie mir endlich erzählt haben, was Sie in dem Haus wollten.« Sie schien es ernst zu meinen, winkte die Bedienung an den Tisch, bestellte sich aber nur ein Wasser.

David sortierte kurz seine Gedanken, lehnte sich nach vorne und verschränkte die Hände ineinander. »Sagt Ihnen der Name Oskar von Thiemen etwas?«

Die Polizistin reagierte professionell, indem sie ausweichend erklärte: »Ja, den kenne ich. Das ist ein Obdachloser aus der Gegend.« Allerdings verriet ihr unruhiger Blick, dass sie mit dem Mann heute schon zu tun gehabt hatte. Trotzdem fragte sie: »Was ist mit ihm?«

»Er wurde heute von Ihnen festgenommen.«

Sie reagierte wie erwartet und runzelte die Stirn. »Woher wissen Sie das?«

»Von einem Pressefoto.«

Das »Okay« kam ziemlich lang gezogen, dann lehnte sich die junge Frau ebenfalls nach vorne, stützte sich mit den Ellenbogen auf dem Tisch ab und sagte dabei: »Na, jetzt bin ich aber gespannt, wie ein Obdachloser und ein privater Ermittler zusammenpassen.«

David konnte nicht anders und musste lächeln. Er nahm noch einen Schluck von dem inzwischen kalten Kaffee, bevor er erklärte: »Zusammenpassen ist vielleicht übertrieben. Ich kenne Oskar eher flüchtig, aber er hat noch etwas gut bei mir.«

»Sie haben Schulden bei ihm?«

»Aber nein, das hat nichts mit Geld zu tun. Ich kenne Oskar aus meiner Zeit bei der Berliner Kripo. Wir waren damals kurz davor, einen Drogenring auszuheben, steckten aber in einer Sackgasse. Und wie Sie sich vielleicht denken können, gibt es in dieser Szene kaum Informanten. Schon gar keine verlässlichen. Außer eben unserem Oskar. Er lebte damals in Berlin auf der Straße und gab mir den entscheidenden Hinweis, wer sich nachts in welchen Wohnungen traf. Was für uns ein erheblicher Ermittlungsaufwand gewesen wäre, war für ihn Alltag. Er musste sich nur in die entsprechende Straße legen und bekam alles mit, ohne dabei selbst aufzufallen. Lange Rede, kurzer Sinn, ich hatte ihm meine Beförderung zu verdanken und versprach ihm dafür, dass er etwas bei mir gut hat. Daran hat er sich offenbar erinnert und sich vorhin bei mir gemeldet.«

»Und warum?«

David entspannte sich etwas. »Er hat mir Stein und Bein geschworen, dass er nichts mit dem Tod des Mannes zu tun hat, und er schenkt eurer Arbeit wenig Vertrauen. Salopp gesagt möchte er möglichst schnell aus der Zelle und erhofft sich von mir, dass ich Beweise finde, die ihn entlasten.«

»Berlin?« Sie wirkte misstrauisch. »Dann haben Sie offenbar nicht viel zu tun, wenn Sie so schnell herkommen konnten.«

Sie denkt mit, ging es David durch den Kopf. »Gut kombiniert«, gab er zu. »Und ja, ich habe im Moment tatsächlich eine kleine Flaute.«

Er sah ihr eine Weile beim Schweigen zu und fragte: »Brauchen Sie noch mehr Informationen, um mich nicht anzuzeigen?«

Catharina Adler hielt seinem Blick stand und atmete durch. »Ich glaube auch nicht, dass es Oskar war. Ich kenne Udo, das ist das Opfer, und ihn schon eine ganze Weile. Oskar würde Udo nicht abstechen, weil er ihm die Jacke geklaut hat.«

David wurde hellhörig. Die Frau bemerkte ihren Fehler und bat: »Vergessen Sie bitte, was ich gerade gesagt habe, das geht Sie nichts an.«

David musste seine Fassungslosigkeit nicht spielen. Er beugte sich wieder nach vorne und fragte: »Oskar sitzt in U-Haft, weil dieser Udo seine Jacke hatte? Das ist euer Anfangsverdacht? Ernsthaft?«

Sie machte eine entschuldigende Geste. »Sorry, nicht meine Schuld. Das hat jemand entschieden, der einen Rang höher ist.«

David kannte genügend Polizisten und hatte einen Verdacht, daher versuchte er es mit einer Spekulation. »Lassen Sie mich raten. Ihr Kollege hält nicht viel von den Randgruppen unserer

Gesellschaft und wollte die Sache schnell vom Tisch haben. Und nach dieser Frau, die Oskar letzte Nacht mit in sein Nachtlager genommen hat, sucht vermutlich auch noch keiner?«

Auch ein Schweigen konnte viel sagen. Er dachte nach und beschloss: »Gut, das dürfte meinen Aufenthalt hier verkürzen. Ich besorge Oskar jetzt einen Anwalt, dann dürfte er in wenigen Stunden wieder auf freiem Fuß sein. Und wenn der äußerst dünne Tatverdacht nicht genügt, um ihn aus dem Gefängnis zu holen, suche ich selbst nach dieser Obdachlosen. Weit wird sie ja nicht gekommen sein.«

Nun war sie es, der die Antwort nicht gefiel, und sie erwiderte zornig: »Das ändert aber nichts daran, dass hier ein Mörder herumläuft. Und wenn es dieser Jemand auf Obdachlose abgesehen hat, sind Oskar und alle anderen ebenfalls in Gefahr. Es wäre ja nicht das erste Mal, dass irgendein Psycho meint, das Land säubern zu müssen.«

David gab ihr zwar recht, sagte aber: »Das ist nicht mein Problem. Ich bin nicht mehr bei der Polizei und bearbeite das, wofür ich bezahlt werde. Oskar hatte diesen Einsatz bei mir gut und ich werde ihn aus dem Gefängnis holen. Alles andere ist euer Job.«

»Echt jetzt?«, fauchte sie zornig.

Es fiel ihm schwer, aber er nickte. »Echt jetzt!«

In ihrem Blick lag Wut. »Gut, dann sind wir hier fertig.« Damit stand sie auf, sagte noch: »Wenn ich Sie noch einmal bei etwas Illegalem erwische, wird Ihnen kein Kaffee aus der Sache helfen.« Sie wandte sich ab und ging davon.

David sah ihr hinterher. Irgendwie tat es ihm leid, aber als Selbstständiger musste man lernen, auch einmal Nein zu sagen. Er zog sein Handy heraus, suchte im Internet nach einem Anwalt in der Gegend, der auch am Wochenende erreichbar war, und wählte die angezeigte Nummer. Die Frau ging beinahe umgehend ans Telefon und klang noch recht jung. Sie hatte ihre Kanzlei hier in Zinnowitz und stimmte einem persönlichen Treffen zu.

Es war bereits kurz vor achtzehn Uhr, als David vor dem Haus stand und auf den Klingelknopf drückte. Die Anwältin stellte sich als nicht übermäßig sympathisch, aber engagiert heraus. Sie stand noch am Anfang ihrer Berufstätigkeit, wirkte jedoch kompetent.

Nachdem sie ihn in ihr winziges Büro geführt hatte, schilderte er ihr kurz, was er wusste. Sie notierte sich alles, stellte aber fest: »Das Mandat muss natürlich der Beschuldigte selbst vergeben, was mich zu der Frage bringt, wie Oskar von Thiemen mich bezahlen will. Prozesskostenhilfe wäre eine Möglichkeit, aber da habe ich ehrlich gesagt keine Ahnung, wie sich das bei Menschen ohne festen Wohnsitz verhält.«

David hatte so etwas schon geahnt und schlug vor: »Bringen Sie das in Erfahrung, aber versuchen Sie bitte umgehend, Oskar aus dem Gefängnis zu holen. Sollten die Kosten nicht übernommen werden, springe ich ein.«

Die Anwältin nahm das ohne jede Regung zur Kenntnis, tippte ein wenig auf ihrem Laptop herum und druckte anschließend zwei Blätter aus. Eines davon legte sie ihm vor und bat: »Wenn Sie hier unterschreiben würden. Außerdem müsste ich mir Ihren Ausweis kopieren. Wenn das erledigt ist, werde ich rüber nach Heringsdorf fahren und mich mit Oskar von Thiemen unterhalten. Wenn er ebenfalls unterschreibt, kann ich mit der Arbeit beginnen.«

David mochte die Frau zwar nicht, aber ihre pragmatische Herangehensweise gefiel ihm. Er unterschrieb die Kostenübernahme und hinterließ ihr noch seine Kontaktdaten. »Ich werde bis Montag in der Gegend bleiben. Sie können mich jederzeit anrufen, falls es Probleme gibt.« Anschließend verabschiedete er sich und ging hinaus.

Zinnowitz' Lebensader mit dem schönen Namen »Neue Strandstraße« führte ihn bis zur Ostsee. Kurz vor dem Strand stand eine Fischbude, die ganz annehmbar wirkte. Dort kaufte David sich ein Fischbrötchen und eine Flasche Cola. Er setzte sich auf eine niedrige Mauer in der Nähe und genoss den Ausblick, was sich ein bisschen nach Urlaub anfühlte. Das einzige Störende waren die Touristen, von denen offenbar immer mehr in den kleinen Ort strömten und von denen schon einige zu viel getrunken hatten. Vor allem die Jüngeren waren laut und hatten offensichtlich keinen Sinn für diese schöne Landschaft.

Nachdem er aufgegessen hatte, suchte er mit dem Handy nach einem Campingplatz in der Nähe. Inzwischen war die Sonne untergegangen, und wenn er noch eine heiße Dusche wollte, kam er nicht drum herum. Im Grunde konnte er überall stehen bleiben, doch ein Campingplatz bot einfach mehr Komfort.

Sein Wohnmobil stand weiter weg als gedacht, und er brauchte fast zwanzig Minuten bis zu der kleinen Seitenstraße abseits des Zentrums.

An der Tür zu dem eigentlichen Wohnaufbau zog er den Schlüssel aus der Hosentasche, hielt inne und machte einen Schritt zurück. Das Schloss wurde nur von einer nahen Straßenlaterne beleuchtet, doch der Kratzer zwischen der Plastikklinke und dem Rahmen war eindeutig neu. Er umrundete sein Gefährt, fluchte über sich selbst, da er immer alle Rollos geschlossen hielt und nun selbst nicht in das Gefährt hineinsehen konnte. Die einzige Möglichkeit war die Frontscheibe, doch im Wageninneren war es so dunkel, dass er auch von hier aus nichts erkennen konnte.

David dachte kurz nach, versicherte sich, dass niemand in der Nähe war, und zog seine Waffe. Dann ging er wieder zur

Tür, zählte wortlos bis drei und riss an der Klinke. Die Tür ließ sich tatsächlich ohne Schlüssel öffnen, schlug nach außen auf und fiel dort ziemlich laut in die Halterung.

Er hielt die Waffe im Anschlag, suchte mit der freien Hand nach dem Lichtschalter und knipste die batteriebetriebene Beleuchtung an. Drinnen ignorierte er das Chaos, drehte sich nach beiden Seiten, öffnete die winzige Nasszelle und fluchte dann erst: »Was für eine gottverdammte Scheiße!«

Kapitel 12

Auf den ersten Blick war bis auf das Schloss des hinteren Eingangs nichts zerstört. Der oder die Einbrecher hatten nur seine Klamotten und den Inhalt der kleinen Küchenschränke auf dem Boden und dem Bett verteilt. Viel anderes gab es auch nicht. David ließ niemals Unterlagen oder gar Waffen im Wohnmobil.

Die unwichtigen Dinge schienen auch vollzählig. Seine Aufmerksamkeit gehörte jetzt einer Zwischenwand, die er mit einem weiteren Brett zu einer Doppelwand mit einem Hohlraum dazwischen umgebaut hatte. Er entfernte das Furnier an der Stirnseite und atmete auf. Sein flaches Notebook steckte noch da, wo es hingehörte. Anschließend stopfte er die Klamotten zurück in die Schränke, setzte sich aufs Bett und dachte nach.

Im Grunde gab es nur zwei Möglichkeiten. Die beruhigende Version wäre, dass es ein ganz profaner Einbruch gewesen war, bei dem jemand Wertsachen gesucht hatte. Die schlechte Version wäre, wenn jemand gezielt nach etwas gesucht hatte. Denn das würde wiederum bedeuten, dass der Einbrecher beobachtet hatte, wie er in das halb eingestürzte Haus eingedrungen war.

Ein Gedanke führte zum nächsten und auch wenn David Spekulationen hasste, konnte er nicht außer Acht lassen, dass dann auch diese junge Kommissarin in Gefahr sein könnte. Sollte jemand ihn beobachtet haben und vermuten, dass er in dem Haus etwas Wichtiges gefunden hatte, hatte dieser Jemand sicherlich auch Catharina Adler gesehen. Blieb also die große Frage, welche Version stimmte.

Sein Blick ging nach vorne zum Führerhaus, was ihm die Frage praktisch beantwortete. Sein Gefährt verfügte über kein eingebautes Navi und das von ihm extra gekaufte, hochwertige Gerät hing noch in seiner Halterung. Diese hatte der Einbrecher sogar zur Seite gebogen. Also hatte er das Teil gesehen, aber ignoriert. Und da es so ziemlich das einzige verkaufbare Ding im Wohnmobil war, war es hier nicht um Wertsachen gegangen.

David schloss kurz die Augen. Er suchte in seinen Erinnerungen nach den Begebenheiten bei dem eingestürzten Haus. Konnte sie dort jemand beobachtet haben?

Nach einigen Sekunden gab er allerdings auf, da er sich eingestehen musste, dass seine Gedanken ständig zu Catharina Adler wanderten.

Er verscheuchte die Gedanken und ein Blick auf die Uhr zeigte, dass er sich entscheiden musste. Wenn er noch einen Campingplatz ansteuern wollte, blieb ihm nicht mehr viel Zeit. Diese Plätze schlossen in der Regel um zwanzig Uhr ihre Schranken und es war bereits halb acht.

Eine Sache wollte er noch prüfen. Er zog sein Handy heraus und spielte das aufgezeichnete Telefonat mit Oskar ab, das ihm Clara weitergeleitet hatte. Die Stelle, an der er ihm schilderte, wo er in der letzten Zeit untergekommen war, hörte er sich zweimal an. Danach gab er »Bauer + Johansson« in die Suchmaschine ein und bekam tatsächlich einen Hofladen in der Nähe angezeigt. Er ging nach vorne, gab die angegebene Adresse in das Navi ein und beschloss, die paar Minuten Fahrt zu investieren. Außerdem lag der Hof sowieso auf halber Strecke zum Campingplatz.

Kurz darauf stellte David das Wohnmobil in der Zufahrt zu dem besagten Hof ab. Er stieg aus, sah sich um und ging dann zur Tür des Bauernhauses. Nach dem zweiten Klopfen hörte er, wie drinnen ein Mann fluchte: »Wenn das schon wieder wegen Oskar ist, schick sie weg. Die können morgen wiederkommen.« Gleich darauf wurde die Tür von einer Frau älteren Semesters geöffnet. Sie sah ihn zweifelnd an und fragte unhöflich: »Was ist?«

David brauchte einen Plan B, deutete auf sein Fahrzeug und log: »Es tut mir leid, Sie so spät noch stören zu müssen. Leider ist der Campingplatz schon ausgebucht und ich bräuchte einen Stellplatz für die Nacht. Wäre es möglich, dass ich mich hier irgendwo hinstelle? Ich brauch auch sonst nichts von Ihnen.«

»Moment«, lautete die barsche Ansage. Die Frau schloss die Tür, kam aber kurz darauf wieder zurück. »Mein Mann sagt, für dreißig Euro können Sie drüben an der Scheune übernachten. Und da …«, damit nickte sie zu einem Wasserhahn auf dem Hof, »… gibt es Trinkwasser.«

»Sehr freundlich«, gab sich David höflich, zog seinen Geldbeutel heraus und reichte ihr drei Scheine.

Die Frau murmelte: »Danke«, und fügte hinzu: »Kann aber morgen früh schon recht bald laut werden. Wir sind ja keine Kuranstalt!«

»Kein Problem«, erwiderte David und wünschte eine gute Nacht. Anschließend fuhr er den Wagen neben die Scheune, von der er vermutete, dass Oskar darin sein Lager gehabt hatte.

Der Tag war lang gewesen und im Augenblick konnte er sowieso nichts unternehmen. Also räumte er seine Sachen wieder ordentlich in die Schränke, machte sich ein alkoholfreies

Bier auf und ging hinaus, holte seinen Campingstuhl aus dem Kofferraum und versuchte, etwas zur Ruhe zu kommen.

Die Scheune stand etwas abseits und nur über dem Eingang zu dem Bauernhaus brannte eine altersschwache Glühbirne. Irgendwo gackerten Hühner leise vor sich hin und über ihm erschienen immer mehr Sterne am wolkenfreien Nachthimmel.

Eigentlich ein schöner Ort, kam es ihm in den Sinn. Er nahm einen Schluck aus der Flasche, schaffte es wieder einmal nicht, gegen den Drang anzukommen, und holte eine Zigarette heraus. Mit der ersten Rauchwolke gingen seine Gedanken zu Oskar. Bis jetzt hatte er immer ein schlechtes Gewissen gehabt, wenn er an den Mann dachte. Schließlich war er damals nicht freiwillig aus Berlin verschwunden. Seine Informationen über den Drogenring hatten ihn in Gefahr gebracht. Erst hatte Oskar nicht gehen wollen, aber David hatte ihn so lange bedrängt, bis er einsah, dass es besser war.

Oskar hatte eine lächerlich kleine Summe aus der Staatskasse erhalten, die er vermutlich in eine Bahnfahrkarte investiert hatte. Von heute auf morgen war er aus der Stadt verschwunden. David hatte seitdem nichts mehr von ihm gehört. Bis zu dem Anruf, in dem Oskar die alte Schuld einforderte und ihn darum bat, die Sache hier aufzuklären.

In dem aufgezeichneten Telefonat klang der Mann immer noch wie früher. David kannte aus seinen Polizeidienstzeiten viele Obdachlose. Und auch wenn diese die ganze Palette der Gesellschaft abbildeten, waren wenige so wie Oskar. Er hatte nie verzweifelt gewirkt, so gut wie keinen Alkohol getrunken und immer einen wachen Blick gehabt. Außerdem war er stets so gepflegt gewesen, wie es das Leben auf der Straße zuließ.

Mit dem letzten Zug von der Zigarette sprangen Davids Gedanken zu dieser Polizistin. Ob er es wollte oder nicht, sie hatte sein Interesse geweckt. Sie schien engagiert, ehrlich und nordisch verschlossen. Und genau diese Verschlossenheit reizte ihn. Das war schon immer so gewesen – und auch einer der Gründe, warum er damals Polizist geworden war. Es war dieses Spiel zwischen zwei Mächten, das er unbedingt gewinnen wollte. Auf der einen Seite gab es die Täter, die etwas verschweigen wollten, und auf der anderen ihn, der diese Geheimnisse offenlegen wollte.

David mahnte sich zu anderen Gedanken, denn in der Vergangenheit war so gut wie jede seiner Beziehungen an dieser Sucht nach der Wahrheit gescheitert. Er erfuhr dadurch Dinge, die man als Partner besser nicht wissen sollte.

Nachdem er die Flasche geleert hatte, ging er in sein Wohnmobil, legte sich aufs Bett und stellte seinen Handywecker auf zwei Uhr morgens. Dann schloss er die Augen und schlief mit einem letzten Gedanken an Catharina Adler ein.

Kapitel 13

Catharina ging nach der Sache mit diesem David Bender noch ein paar Kleinigkeiten einkaufen. Danach fuhr sie zu ihrem Häuschen. Der Typ ärgerte sie so nachhaltig, dass er ihr überhaupt nicht mehr aus dem Kopf ging. Sie hasste es, wenn man einen Gedanken nicht mehr loswurde.

Als sie ihre Einkäufe verstaut hatte, setzte bereits die Dämmerung ein. Sie stellte sich vor ihre Terrassentür und ließ ihren Blick über das Achterwasser schweifen. Ein leichter Wind raute das sonst so ruhige Gewässer auf. Richtige Wellen gab es auf diesem vom Meer abgetrennten See nur bei Sturm. Laut Definition war es eine Lagune, aber dieser Begriff passte für Catharina nicht. Eine Lagune hatte in ihrer Vorstellung Sandstrände und türkises Wasser. Das Achterwasser erschien dagegen meist bräunlich grau und an seinen Ufern wuchs Schilf.

Und wieder schoben sich die Ereignisse des Tages in den Vordergrund. Udo, wie er tot in diesem Haus lag und seine letzten Worte sagte. Oskar, der nicht wusste, wie ihm geschah, als ihn ihr Kollege Holger festnahm, und natürlich wieder dieser David.

Sie spürte ihren Rücken immer noch. Die Bewegungen, mit denen er sie auf die Bretter gelegt hatte, hatten sich konsequent und professionell angefühlt. Und der Umstand, dass sie bei einem echten Verbrecher keine Chance gehabt hätte, ärgerte sie umso mehr.

Catharina bemerkte, wie sie die Zähne zusammenbiss. Sie fluchte über sich selbst und ging ins obere Stockwerk, wo sich nur das Badezimmer und ihr kleines Schlafzimmer befanden. Dort holte sie ihre Laufklamotten aus dem Schrank.

Fünf Minuten später schnallte sie ihr Handy an den Arm, drückte die kleinen Kopfhörer in die Ohren und startete die Musik.

Ihr Weg führte sie ein Stück durch den winzigen Ort Balm, dann hinaus auf die weitläufigen Felder und Wiesen. Zusammen mit der milden Luft waren auch die wenigen Wolken verschwunden und der Vollmond tauchte alles in Schwarz-Weiß-Schattierungen. Noch war der Mais auf den Feldern nur wenige Zentimeter hoch und man konnte weit blicken.

Die ersten Kilometer taten etwas in den Beinen weh, und da sie heute mehr als sonst geraucht hatte, meldete sich auch ihre Lunge. Doch je besser sie in ihren Takt fand, umso leichter wurde es. Außerdem fiel mit jedem Meter Stress von ihr ab und sie konnte sich ganz und gar auf ihren Körper fokussieren.

Hier draußen, weit außerhalb des Dorfes, verzichtete sie auf die Musik. Sie blieb kurz stehen, nahm die Kopfhörer heraus und steckte sie in die Tasche ihrer dünnen Jacke. Dann nahm sie einen tiefen Atemzug und joggte weiter.

Sie umrundete den kleinen Weiher, beschleunigte kurz an dem Wäldchen daneben und zwang sich, nicht an irgendeinen der gestörten Horrorfilme zu denken, die sie im Lauf ihres Lebens angesehen hatte.

Auf dem Rückweg waren die Lichter des Dorfes ihr Ziel, und obwohl es gerade einmal neunzehn Uhr war, fiel die Temperatur nun doch etwas. Catharina zog den Reißverschluss ihrer Jacke bis oben zu, blieb aber bei ihrer Wohlfühlgeschwindigkeit.

Etwa einen Kilometer vor den ersten Häusern spürte sie, wie eine schwache, aber kalte Windböe durch ihr Haar fuhr. Die feinen Härchen in ihrem Nacken reagierten sofort darauf und schickten ihr einen Schauer den Rücken herunter. Sie drehte sich im Laufen um, doch da war nichts.

Vor ihr allerdings schon. Der Stein ragte nur wenige Zentimeter aus dem Forstweg, blockierte den nächsten Schritt und brachte sie zum zweiten Mal an diesem Tag zu Fall.

Ihr rechtes Knie schlug hart auf den Boden und kleine Steinchen rissen feine Wunden in ihre Hände. Nun holten sie die Horrorfilme doch ein. Ihre Umgebung wirkte auf einmal stiller und die Luft noch kälter. Trotz der Schmerzen drückte sie sich wieder in den Stand und sah sich in alle Richtungen um. Da war nichts … fast nichts.

Die beiden kleinen Augen reflektierten das wenige Licht wie Diamanten. Der Fuchs sah sie einen Augenblick lang an und es schien ihr, als würde er überlegen, was mit ihr zu tun sei. Dann wandte er sich ab und verschwand ohne Eile in der Dunkelheit.

»Was für eine Scheiße«, fluchte Catharina laut, auch, um sich Mut zu machen. Sie versuchte einen vorsichtigen Schritt, was ihr Knie mit einem schmerzhaften Stich quittierte. Das Brennen ihrer Hände trat in den Hintergrund und die Lichter des Dorfes erschienen ihr plötzlich unerreichbar weit weg.

Sie machte den nächsten Schritt, wobei sie das rechte Bein so wenig wie möglich belastete. Es ging, wenn auch mühevoll und langsam.

Zehn Schritte später musste sie sich allerdings eingestehen, dass es sinnlos war. Sie nahm das Handy aus dem Klettband am Arm und wählte den Notruf.

Catharina kannte den diensthabenden Arzt. Der Mann stand kurz vor der Rente und schien zu jeder Tageszeit gut gelaunt. Er schloss die Sprechzimmertür der Notaufnahme hinter sich, kontrollierte den Stützverband und bescheinigte seiner Krankenschwester gute Arbeit. Danach setzte er sich hinter seinen Schreibtisch und betrachtete eine Weile seinen Monitor, bevor er feststellte: »Kein Bruch, kein Totalabriss, nur eine Schwellung am Kniegelenk. Also nichts, was Ihnen Angst machen sollte. Etwas Ruhe, Kühlung und ein Schmerzmittel sollten genügen.«

»Sport ist Mord«, erwiderte Catharina etwas erleichtert.

Der alte Mann grinste sie an. »Man rennt ja auch nicht in der Dunkelheit herum. Aber im Ernst, Sie haben Glück gehabt. Der Schmerz wird noch ein paar Tage bleiben, aber wirklich kaputt ist nichts.« Dann sah er sie durch seine Brille an und fragte: »Was arbeiten Sie? Sie sind bei der Polizei, oder?«

»Ach du Schande«, rutschte es ihr heraus. Sie nickte und erklärte dabei: »Habe ich ganz vergessen. Ich hätte morgen früh Dienst.«

Er schüttelte den Kopf: »Daraus wird nichts. Die werden ein paar Tage auf Sie verzichten müssen.« Damit tippte er etwas, woraufhin der Drucker einen Zettel ausspuckte, den er unterschrieb und ihr reichte: »Erst einmal bis Mittwoch. Wenn es nicht besser wird, kommen Sie noch einmal vorbei.«

Catharina nickte zwar, doch im selben Moment meldete sich auch ihr schlechtes Gewissen, da ihr Ausfallen für einige ihrer Kollegen noch mehr Überstunden bedeuten würde.

Der Arzt erhob sich, bat um einen Augenblick Geduld und verschwand kurz aus dem Zimmer. Gleich darauf kam er mit einer Krücke zurück, half ihr in den Stand und stellte das Ding auf ihre Höhe ein.

Catharina nahm die Krücke, doch als sie sich das erste Mal darauf abstützte, wurde sie daran erinnert, dass sie den Sturz mit den Händen abgefangen hatte. Sie stieß einen leisen Fluch aus, ignorierte die brennende Handfläche und machte noch einen Schritt.

»Wird es gehen?«, fragte der Mann mit skeptischem Blick.

Sie nickte gezwungen und erwiderte zynisch: »Vor einer Stunde war ich noch kein Pflegefall.«

Er lachte. »Das wird schon. Achten Sie nur darauf, dass Sie das Bein so wenig wie möglich belasten. Und vielleicht ist es doch besser, wenn Sie morgen noch einmal vorbeikommen. Ab acht Uhr hat mein Kollege Doktor Schrempp Dienst. Der ist Chirurg. Aus meiner Sicht ist zwar nichts nachhaltig verletzt, aber eine zweite Meinung kann nicht schaden.«

Catharina nickte wenig begeistert, stimmte aber zu und humpelte hinaus.

Am Eingang der Notaufnahme setzte sie sich erst einmal in den Wartebereich, rief auf dem Revier an und meldete sich krank. Dabei nutzte sie auch gleich die Gelegenheit und fragte nach Oskar. Ihr Kollege erzählte ihr, dass der gerade mit einer Anwältin spreche, er aber auch noch nicht mehr wisse.

Sie legte wieder auf und dachte an David Bender, der offenbar Wort gehalten hatte. Oskar musste bei ihm wirklich etwas gut haben, wenn ihm dieser Bender an einem Samstagabend sogar eine Anwältin besorgte.

Sie steckte das Handy weg, sammelte Kraft, stemmte sich wieder in die Höhe und verließ die Klinik.

Bei der Ankunft an ihrem Haus zeigte sich das nächste Problem ihres neuen Handicaps, denn natürlich hatte sie keinerlei Bargeld oder eine Kreditkarte dabei. Den Taxifahrer amüsierte es wenig, dass er ihr schleppend langsam ins Haus folgen musste, doch ihm blieb keine Wahl.

Drinnen bezahlte sie den Mann und war froh, als dieser die Tür von außen schloss. An eine heiße Dusche war wegen des Verbands nicht zu denken. Also öffnete sie den Kühlschrank und holte sich eine Flasche Becks heraus. Damit setzte sie sich an den Esstisch und hing noch ein wenig ihren Gedanken nach.

Mit der zweiten Flasche wechselte sie wenig später zum Sofa und schaltete den Fernseher ein. Da die normalen Programme nur langweilige Sachen zeigten, startete sie eine Serie bei Netflix und die Realität trat endlich etwas in den Hintergrund.

Kapitel 14

David zuckte zusammen, riss die Augen auf und wusste erst einmal nicht, wo er sich befand. Im Wohnmobil war es inzwischen empfindlich kühl geworden. Er gab sich ein paar Sekunden, setzte sich auf und hörte es wieder. Das Quietschen, begleitet von einem leisen Knarren, klang wie eine alte Tür, die langsam bewegt wurde. Im ersten Moment kam ihm die aufgebrochene Wohnmobiltür in den Sinn, doch diese war geschlossen. Er tastete nach seiner Waffe.

Bevor er eingeschlafen war, hatte er das Brustholster neben sich abgelegt, und alles war noch da, wo es sein sollte.

Die kleine Digitaluhr zeigte kurz vor Mitternacht. Er rollte sich auf dem Bett zu dem einzigen Fenster im hinteren Teil des Wagens. Dort zog er das Rollo ein Stück nach oben und blickte hinaus.

Der gesamte Hof lag bis auf die trübe Lampe über dem Eingang zum Wohnhaus im Dunkeln. Er konzentrierte sich, konnte aber keinerlei Bewegung oder etwas Ungewöhnliches erkennen.

Da sich die Scheune, neben der das Wohnmobil parkte, auf der anderen Seite befand, musste er aufstehen. Das einzige Fenster, das in diese Richtung zeigte, war das der kleinen

Sitzecke. David verzichtete darauf, Licht anzuschalten, und bewegte sich langsam. Dann setzte er sich auf die kurze Sitzbank, zog auch hier das Rollo ein wenig nach oben und glaubte, kurz einen Lichtschimmer zu sehen. Er stand mit seinem Gefährt nur etwa fünf Meter von der Scheunenwand entfernt, was sein Blickfeld ziemlich einschränkte. Das Licht, falls es keine optische Täuschung gewesen war, musste zwischen zwei Brettern durchgeschienen haben. Doch jetzt war davon nichts mehr zu sehen. Er ließ das Rollo wieder herunter. Bevor er irgendetwas unternahm, sollte er deutlich wacher werden.

Eigentlich hatte er Oskars Unterschlupf erst in den frühen Morgenstunden inspizieren wollen, da man gegen zwei Uhr davon ausgehen konnte, dass auch wirklich jeder schlief. Da aber drüben bei dem Bauern kein Licht mehr brannte, alarmierte ihn der mögliche Lichtschein im Inneren der Scheune. Wenn er sich nicht getäuscht hatte, gab es noch mehr Leute, die etwas suchten. Auch der Einbruch in sein Wohnmobil legte das nahe.

David stand auf, trank einen großen Schluck Wasser und machte dann ein paar Dehnübungen. Anschließend legte er sein Holster an, überprüfte die Waffe und griff sich die kleine, aber starke Taschenlampe.

Die kühle Nachtluft empfing ihn mit den typischen Gerüchen eines Bauernhofs. Er verließ das Wohnmobil über die Fahrertür, da ihn so niemand vom Wohnhaus aus sehen konnte. Dann lehnte er die Tür nur an, ging zur Außenwand der Scheune und drückte sein Ohr daran. Er hielt die Luft an und lauschte.

Da war etwas, doch ob die Geräusche von einem Menschen kamen oder das alte Holz einfach arbeitete, konnte er nicht sagen. David löste sich von der Wand und ging langsam zu dem großen Tor auf der Stirnseite. Hier konnte er sich nicht lange aufhalten, da er nun direkt im Blickfeld des Hauses stand.

Folglich musste er handeln und erzeugte mit dem Öffnen des Tores den gleichen Ton, der ihn vorhin geweckt hatte. Er schlüpfte in das Innere der Scheune und fand sich in absoluter Dunkelheit wieder. Er ging in die Hocke und hielt den Atem an.

Dunkelheit und Stille wirkten erdrückend. Zu erdrückend. Sein Finger suchte und fand den Knopf der Taschenlampe. Er drückte darauf, erhob sich gleichzeitig und beschrieb mit dem starken Lichtkegel einen Halbkreis durch den Raum. Auf den ersten Blick umgaben ihn nur leblose Gegenstände, was ihn etwas beruhigte. Links stand ein alter Traktor, dahinter lagen einige Strohballen. Rechts gab es mehrere Viehboxen, die aber allesamt leer waren. Im hinteren Drittel führte eine Leiter hinauf zu einem Zwischenboden, auf dem, soweit er es von hier aus erkennen konnte, nur Heu lag. Nichts deutete auf die Anwesenheit eines weiteren Menschen hin.

David arbeitete sich einmal durch den gesamten ebenerdigen Bereich, wobei er in jede dunkle Ecke leuchtete und dabei die Waffe schussbereit hielt. Da auch nichts auf Oskars Nachtlager hinwies, blieb nur die Leiter. Um hinaufzusteigen, musste er die Waffe wegstecken und die Taschenlampe in den Mund nehmen. Die Sache machte ihn nervös, da er jeden Augenblick damit rechnete, dass über ihm jemand auftauchte.

David entschied, lieber schnell als übervorsichtig hinaufzuklettern, und erreichte kurz darauf den Zwischenboden. Er zog sich auf die Ebene aus dicken Holzdielen, leuchtete wieder alles ab und stand auf. Im ersten Moment sah die Anordnung der hier herumliegenden, fast mannshohen Strohballen seltsam aus. Dann begriff er, dass es Absicht war und die Ballen so einen geschützten Bereich bildeten. Das musste Oskars Unterschlupf sein!

Über ihm bildeten dicke Balken den Dachgiebel, der mit großen Spinnweben übersät war. Auf dem Zwischenboden selbst lag eine dicke Staubschicht, in der zahlreiche Spuren sichtbar waren. David ging vorsichtig bis zu der Wand aus Strohballen, dort durch eine etwa türbreite Spalte und leuchtete den Bereich dahinter ab.

Oskars persönliche Dinge hatte vermutlich die Polizei mitgenommen. Es gab hier nur einen alten Blecheimer, ein Brett, das über einigen Backsteinen lag, und eine Ecke, die dem Mann vermutlich als Bett gedient hatte.

Auch wenn David den Obdachlosen nicht beneidete, war das hier besser als alles, was er aus Berlin kannte. Dort lebten diese Menschen wortwörtlich auf der Straße oder in völlig versifften Abbruchhäusern.

An der hinteren Wand gab es nicht viel zu sehen. Dort gab es nur eine große Tür mit zwei Flügeln, über der eine Art Krankonstruktion angebracht war. Im Schein der Lampe tanzten auffällig viele Staubpartikel. Zu viele?

David drehte sich einmal langsam im Kreis und ließ dabei den Lichtkegel über jedes Detail gleiten. Das Einzige, was aus der Reihe fiel, war ein weiterer Strohballen auf der linken Seite. Er ging dorthin, hielt die Waffe wieder im Anschlag und sah vorsichtig dahinter. Im ersten Moment gab es nichts Auffälliges, doch bei genauerem Hinsehen fehlte dort die Staubschicht auf dem Boden. Stattdessen sah es so aus, als hätte an dieser Stelle etwas gestanden, was jetzt fehlte. Das hatte natürlich nichts zu sagen, trotzdem sah er sich unter der tiefen Dachschräge noch ein wenig um.

Der Abstand zwischen dem Boden und dem Dach wurde zur Seite immer geringer. Erst musste David sich bücken und dann hinsetzen, bevor er mit der Lampe alles ausleuchten konnte.

Von unten drang ein leises, metallisch klingendes Geräusch zu ihm herauf. David drückte reflexartig auf den Knopf der Lampe und fand sich sofort in undurchdringlicher Dunkelheit wieder. Er vernahm ein leises Rascheln oder Knistern, gefolgt von Stille.

Sein Geruchssinn warnte ihn, noch bevor er den flackernden Lichtschein sehen konnte. Irgendjemand hatte unten das Heu angezündet. David stieß einen Fluch aus und stieß sich bei dem Versuch, schnell aus der Schräge herauszukommen, den Kopf an einem der Holzbalken. Nun blieb keine Zeit für Vorsicht. Er knipste die Lampe wieder an, schob sich ein Stück weiter und wollte sich schon in den Stand drücken, als der Lichtkegel von etwas reflektiert wurde. Eine Postkarte klemmte zwischen zwei Balken. Er ging hin, zog sie heraus und steckte sie in die Innentasche seiner Jacke.

Unter ihm war aus dem kleinen Feuer inzwischen ein großflächiger Brand geworden, der dicke schwarze Rauchschwaden zu ihm heraufschickte.

Sein erster Fluchtgedanke galt der Doppeltür, durch die man früher die Strohballen in den Dachboden gehoben hatte. Sie ließ sich mühelos öffnen, doch ein Sprung hinaus würde ihn bestenfalls ins Krankenhaus bringen. David saugte gierig frische Luft in die Lungen und sah draußen jemanden in der Dunkelheit verschwinden. Doch darum konnte er sich jetzt nicht kümmern. Die offene Tür erzeugte schnell einen starken Luftzug, der das Feuer noch weiter anfachte und es unten regelrecht fauchen ließ. Also knallte er die Türen wieder zu und rannte mit einem ersten Hustenanfall zu der Leiter. Diese umfasste er links und rechts, presste die Füße seitlich an die äußeren Holme und rutschte hinunter. Der Aufprall war hart, doch das Brennen in seinen Augen und in der Lunge war schlimmer.

Hier unten konnte er sich durch den Rauch kaum noch orientieren. Er sah nur, dass es sowohl im hinteren Bereich als auch in den Tierboxen brannte. Der Traktor war sein einziger Anhaltspunkt, wo der Ausgang sein könnte. Er versuchte, die

Luft anzuhalten, und rannte los. Die Hitze der Flammen drang, obwohl sie noch einige Meter entfernt waren, mühelos durch seine Kleidung.

Nachdem er an dem Traktor vorbei war, wehrte sich sein Körper gegen den Luftmangel. Der Atemzug entzog sich seiner Kontrolle und die giftige Luft drohte seine Lungen zu zerreißen.

Er taumelte weiter, spürte eine Wand und drückte dagegen. *Wenn die Tür jetzt zu sein sollte, wäre das mein Ende*, war sein letzter Gedanke. Dann wurde alles schwarz und er spürte nur noch, wie er auf dem Boden aufschlug.

Kapitel 15

Catharina war noch an einer Netflixserie hängen geblieben. Sie musste ohnehin nicht zur Frühschicht und das pochende Knie würde das Einschlafen schwer machen. Folglich musste sie auch nicht früh ins Bett gehen.

Die letzte Folge der letzten Staffel von »House of Cards« endete kurz nach ein Uhr morgens. Sie schaltete den Fernseher aus und nahm das Handy, um ein letztes Mal ihre Nachrichten zu checken. Als sie Facebook öffnete, blendete sich eine Push-Meldung ein mit dem Titel: »Großbrand auf Usedom«.

Ihr Blick ging zum Fenster, so als könnte man von hier aus die ganze Insel überblicken. Natürlich sah sie nichts außer Dunkelheit, also öffnete sie die Meldung eines lokalen Nachrichtensenders und las:

> Neuestes Update 1:13 Uhr:
>
> Offenbar ist von dem Brand auf einem Bauernhof in der Nähe von Zinnowitz auch ein Wohnmobil betroffen. Wie die Bäuerin berichtet, bat der Fahrer um einen Übernachtungsplatz und stellte sein Fahrzeug direkt neben der Scheune

ab. Zur Stunde ist unklar, ob der Mann allein war oder sich weitere Menschen in dem völlig ausgebrannten Fahrzeug befanden.

Catharina stockte das Herz. Sie scrollte nach unten zur Ursprungsnachricht und las:

News: 00:32 Uhr

Wie uns soeben gemeldet wurde, steht bei dem allseits beliebten Hofladen Johansson & Söhne eine Scheune im Vollbrand. Die Feuerwehr sowie Rettungskräfte sind dort gerade eingetroffen. Auch unser Reporter ist bereits auf dem Weg dorthin und wird uns sicher zeitnah über den Stand der Dinge berichten können. Wir bitten um etwas Geduld.

Das ist kein Zufall, war Catharinas erster Gedanke, wobei der nächste gleich wieder diesem David Bender galt. Auch wenn sie den Mann praktisch nicht kannte, war der Gedanke, dass er möglicherweise verbrannt war, furchtbar.

Aber vielleicht war es auch gar nicht sein Wohnmobil, versuchte sie sich zu beruhigen. Seit ein, zwei Jahren kamen so viele Camper auf die Insel, dass man sie an den unmöglichsten Stellen fand. Sie und ihre Kollegen hatten schon mehr als einmal welche aus den Naturschutzgebieten vertreiben müssen. Und so mancher Bauer witterte die Chance und schuf Übernachtungsplätze.

Trotzdem ließ ihr die Sache keine Ruhe. Sie versuchte, sich an sein Nummernschild zu erinnern, hatte aber nur behalten, dass sein Fahrzeug in Berlin zugelassen war.

Sie humpelte hinaus auf die Terrasse und blickte in Richtung Zinnowitz. Es war eine sehr klare Nacht und man konnte trotz der großen Entfernung tatsächlich den dunklen Rauch erahnen, der wie ein Schleier vor den Sternen hing.

Genervt registrierte Catharina erneut ihr kaputtes Knie, als ihr einfiel, dass ihre Zigaretten drinnen und sie hier draußen war. Also stützte sie sich erneut auf die Krücke, humpelte wieder hinein, steckte die Zigaretten und das Handy in die Taschen ihrer Jogginghose und hinkte dann wieder zurück auf die Terrasse. Hier kam ihr der Gedanke, dass eine dünne Jacke gut wäre, aber das war ihr jetzt eindeutig zu blöd. Also setzte sie sich umständlich auf einen der Gartenstühle, zündete sich eine Zigarette an und überlegte kurz. Da sie jetzt schon wusste, dass sie die Sache die ganze Nacht verfolgen würde, wählte sie eine eingespeicherte Nummer.

Nachdem ihr Kollege in der Zentrale abgehoben hatte, befragte sie ihn zu dem Brand. Dieser tat ihr den Gefallen, rief die im Einsatz befindliche Streife an und erkundigte sich seinerseits nach dem Stand der Dinge. Nach einigen Minuten bestätigte er ihr, dass es sich um ein in Berlin zugelassenes Fahrzeug handelte. Wie viele Personen zu Schaden gekommen waren, war noch nicht bekannt. Man wusste nur von einem Mann, der mit einer Rauchvergiftung ins Krankenhaus hatte gebracht werden müssen.

Catharina bedankte sich und legte auf. Den Gedanken, auch noch im Krankenhaus anzurufen, verwarf sie. Und auch wenn sie nicht mit Sicherheit wusste, dass der Kerl überlebt hatte, spürte sie eine gewisse Erleichterung. Sie drückte die Zigarette aus, ging hinein und versperrte die Terrassentür heute besonders gewissenhaft. Eigentlich hatte sie auf dem Sofa schlafen wollen; da das Badezimmer aber ohnehin oben war, begann sie den langen und schmerzhaften Aufstieg.

Der Tag war zu lang gewesen und es war eindeutig zu viel passiert. Kaum dass Catharina die Augen schloss, rasten die Bilder im Schnelldurchlauf durch ihren Kopf. Mal waren da Udos leere Augen, dann Oskar, dem die Verzweiflung ins Gesicht geschrieben stand und der so wirkte, als wüsste er bei seiner Verhaftung nicht, wie ihm geschah. Danach folgte dieser David Bender, wie er über ihr zu schweben schien, nachdem er sie in dem Abbruchhaus in den Staub befördert hatte. Hinzu kam dieser Gänsehautmoment auf dem dunklen Forstweg, gefolgt von dem Sturz.

Je mehr sie sich auf nur eine Sache zu konzentrieren versuchte, umso schneller rasten die Bilder vor ihrem inneren Auge und vermischten sich zu abenteuerlichen Szenen.

Irgendwann riss sie verärgert die Augen auf. Der Wecker zeigte kurz nach drei Uhr morgens an. Für eine weitere Zigarette oder ein Glas Milch war der Weg nach unten zu weit. Sie drehte sich auf die Seite, was ihr Knie mit schmerzhaftem Pochen quittierte. Erst als sie das Kissen von der anderen Betthälfte darunter stopfte, fand sie eine halbwegs erträgliche Position. Seit sie hier wohnte, hatte nur ihre beste Freundin aus Berlin neben ihr geschlafen, trotzdem bezog sie das unbenutzte Bettzeug immer zusammen mit ihrem neu.

Um sich abzulenken, versuchte sie, an ihre Freundin Lisa und die anderen zu denken. Heute war Samstagnacht und ihre frühere Clique hing bestimmt in irgendeinem Berliner Club herum. An den Wochenenden ging es stets bis in die frühen Morgenstunden, was mit den richtigen Pillen auch kein Problem war. Sie selbst war nie ein Fan davon gewesen, beugte sich aber oft dem Gruppenzwang. Und nach genügend Drinks und anderen Substanzen wurden die Abende meist auch irgendwann schön. Doch während der letzten Monate in der Stadt hatten sich ihre Abstürze gehäuft. Sie waren immer dem gleichen Muster gefolgt. Man traf sich, ging gepflegt in eine Bar und ließ sich von niemandem einladen. Danach schlug eine ihrer Freundinnen einen Club vor. Bis dahin war meist alles in Ordnung, doch dann erschienen wie von Zauberhand irgendwelche Pillen.

Catharinas anfängliche Zurückhaltung war schnell dem Drang gewichen, wieder einen Kick zu erleben. Es hatte nicht lange gedauert, bis sie häufiger am Montag ausfiel. Ihr damaliger Dienststellenleiter hatte das eine Weile geduldet, dann war sie eine Besoldungsstufe heruntergesetzt worden. Sie war in ein neues Team gekommen, frustriert gewesen und hatte noch härter gefeiert. Kein Wochenende war vergangen ohne Sex mit ewig wechselnden Männern. Mal in einem Auto, mal in versifften Toiletten und dann hatte sie einen Mann mit zu sich nach Hause genommen. Der Typ war am nächsten Morgen zusammen mit ihrer Dienstwaffe verschwunden.

Catharina hatte das damals für das Ende von allem gehalten. Es gab nichts mehr zu verlieren, also hatte sie sich ihrem damaligen Chef geöffnet und ihm alles erzählt. Doch anstatt sie in die Wüste zu schicken, hatte er ihr erklärt, dass sie nicht die einzige Beamtin mit diesen Problemen war, und sie zu einer Psychologin geschickt. Und als wäre ihr das Universum doch gnädig gestimmt, hatte sie in dieser Zeit den Anruf von dem Erbfahnder erhalten. So hatte sie mit diesem Haus zugleich die Chance auf ein neues Leben bekommen. Es hatte ihr die Möglichkeit eröffnet, aus dem toxischen Berlin zu flüchten, und wie sie erst später erfahren hatte, hatte ihr Ex-Chef dafür gesorgt, dass man ihr hier einen Job gegeben hatte.

Ihr ging es gut damit, keine Frage. Abgesehen von den üblichen Problemchen lebte sie dieses neue Leben deutlich bewusster und ausgeglichener. Trotzdem übermannte sie manchmal die Sehnsucht. Nur ein bisschen nach den Drogen, aber deutlich mehr danach, wieder begehrt zu werden. Die meisten Männer hier waren nett, mehr aber auch nicht. Sie hatte es einmal mit jemandem auf einem Inselfest versucht. Es war ein Trauerspiel gewesen. Ein Mann, der vor jeder Annäherung fragte, ob er denn auch durfte, war in etwa so erotisch wie Feinrippunterwäsche. Und dieses Kleidungsstück schien hier sehr beliebt zu sein.

Während die Nacht verging, tauchte die Erinnerung an die Hände ihres Ex in ihren Gedanken auf. Der Typ war zwar ein Arsch, aber einer, der wusste, was sie in dieser Hinsicht brauchte. Sie öffnete die Schublade ihres Nachtschränkchens, holte ihr Spielzeug heraus und gab sich der Erinnerung hin.

Kurze Zeit später klappte das mit dem Einschlafen deutlich besser, doch in ihren Träumen vermischte sich immer noch alles mit allem.

Kapitel 16

Die Nacht steckte Catharina in den Knochen. Sie sehnte sich nach einer heißen Dusche, was wegen des Verbands jedoch nicht ging. Also wusch sie sich, zog sich an und kämpfte sich mit der Krücke Stufe um Stufe hinunter. Das Einzige, was ihre Stimmung etwas aufhellte, war das sonnendurchflutete Haus.

Ihr Knie schmerzte wieder etwas mehr und sie aß eine Banane, damit ihr das Schmerzmittel nicht auf den Magen schlug. Ihr Drang, mehr über den Brand von letzter Nacht zu erfahren, war größer als der nach Kaffee. Trotzdem schaltete sie die Maschine ein, öffnete aber gleichzeitig die Nachrichten-App auf ihrem Handy. Während die Kaffeemaschine aufheizte, überflog sie die wenigen Einträge, wobei sie feststellen musste, dass es kaum Neuigkeiten gab.

Die Scheune des Bauern Johansson war völlig abgebrannt, aber ein Übergreifen auf die anderen Gebäude hatte verhindert werden können. Das Wohnmobil war ebenfalls nicht mehr zu retten gewesen, jedoch hatten sich nach dem aktuellen Stand der Ermittlungen keine Personen darin befunden.

Was eigentlich eine gute Nachricht sein sollte, schlug Catharina auf den Magen. Kaum jemand reiste allein und so musste sie immer mehr davon ausgehen, dass es der Wagen dieses Privatermittlers gewesen war.

Sie überflog die nächsten Einträge, die allerdings kaum noch Informationswert hatten, und legte das Handy weg. Anschließend ließ sie sich einen Kaffee heraus. Der Fehler vom Vorabend war ihr eine Mahnung und sie steckte die Zigaretten gleich in ihre Tasche, nahm eine besonders große Tasse und schaukelte diese vorsichtig nach draußen.

Zwischen dem Achterwasser und ihrem Garten befand sich ein breiter Schilfgürtel, dahinter begann das in Ufernähe sehr flache Wasser. In den ersten Tagen auf der Insel hatte das ihre Freude etwas getrübt. Die Vorstellung von einem kühlen Bad an heißen Sommertagen wich der Erkenntnis, dass dies hier nicht ging. Ihr erster und einziger Versuch hatte im knietiefen Wasser geendet, in dem ihre Füße in den schlammigen Boden einsanken. Doch inzwischen war sie froh über das unzugängliche Ufer, da es gleichzeitig bedeutete, dass nicht einmal Angler in die Nähe ihres Grundstücks kamen.

Umso verwunderter war sie, dass heute keine fünfzig Meter vom Ufer entfernt ein kleines Boot schwamm. Der Mann darauf hielt zwar eine Angel in der Hand, doch seine Bewegungen damit wirkten eher ungelenk. Da er aber in die andere Richtung blickte und das auch so blieb, dachte sie sich nicht viel dabei. Sicher wieder so ein Touri, der sein Glück versuchte, aber keine Ahnung vom Fischen hatte.

Catharina stellte die Tasse ab, ließ sich in den Stuhl sinken und zündete sich eine Zigarette an. Gleichzeitig mit dem ersten Zug mahnte sie sich, das Rauchen wieder etwas einzuschränken. Wohl wissend, dass es ihr nur schwer gelingen würde.

Die Sonne auf ihrer Haut vertrieb die Sorgen ein wenig. Sie hatte unerwartet dienstfrei und sollte das auch genießen. Ein kaputtes Knie war schließlich kein Weltuntergang und niemand konnte es ihr übel nehmen, wenn sie es sich gut gehen ließ. Folglich verbannte sie Udo, Oskar und diesen Herrn Bender aus ihrem Kopf und überlegte stattdessen, was sie nach der Kontrolluntersuchung in der Klinik anstellen könnte.

Drüben auf dem glitzernden Wasser holte der Mann seine Angel ein und ruderte davon.

Auf dem Weg zur Klinik googelte Catharina, ob man die Taxikosten von der Krankenkasse zurückverlangen konnte. Dass dies tatsächlich der Fall war, beruhigte sie ein wenig.

Vor dem Haupteingang bezahlte sie die Rechnung, ließ sich eine Quittung geben und stieg umständlich aus dem Mercedes. Der überaus freundliche Fahrer half ihr dabei, holte ihre Krücke aus dem Kofferraum und fragte, ob er warten solle. Sie lehnte ab und humpelte hinein.

Die Dünenwald-Klinik wirkte wie eine Mischung aus Krankenhaus und Hotel. Am Empfang erklärte sie, um was es ging, und die blondierte Dame war kompetenter, als der erste Eindruck befürchten ließ. Sie klapperte mit ihren langen Fingernägeln ein wenig auf ihrer Tastatur herum, führte ein kurzes Telefonat und zeigte ihr schließlich auf einem Lageplan, wie man zu der entsprechenden Abteilung gelangte. Früher wäre Catharina solchen aufgebrezelten Tanten mit einem frechen Spruch gekommen, aber diese Zeiten waren vorbei. Die einen mochten es so und sie wollte eben lieber natürlich bleiben. So war das nun mal.

Die langen Flure waren eine Herausforderung und als sie endlich vor der richtigen Tür stand, lief ihr tatsächlich ein Schweißtropfen von der Stirn. Sie zog an der herabhängenden Kordel, woraufhin sich die große Tür automatisch öffnete. Im Inneren des Fachbereichs für Orthopädie hielt sie einen jungen Pfleger auf und fragte nach Doktor Schrempp.

Sie schätzte den Arzt hinter dem Schreibtisch auf circa fünfzig. Er wirkte durchtrainiert, konzentriert und war äußerst wortkarg. Nachdem er eine gefühlte Ewigkeit auf seinen Monitor geblickt hatte, schickte er sie noch einmal zum Röntgen.

Sämtliche Abläufe wirkten gut durchorganisiert und so fand sich Catharina schon zwanzig Minuten später in einem Behandlungszimmer wieder.

Keine zwei Minuten später kam Doktor Schrempp zur Tür herein, ging zu einem Schrank und holte ein Ungetüm von Spritze heraus.

Catharina fragte verunsichert: »Und was wird das jetzt?«

Er schenkte ihr ein Lächeln, nickte zu ihrem Knie und erklärte: »Sie haben einen Erguss im Knie und den werde ich jetzt herausziehen.«

»Werde ich auch gefragt?«

Er nickte. »Klar, aber Sie haben nur die Wahl zwischen einer sehr langsamen Genesung oder einem kurzen Eingriff.« Er gab ihr ein paar Sekunden und fragte dann: »Also, kann ich loslegen?«

Catharina wurde heiß und kalt zugleich. Um das Ganze noch etwas hinauszuzögern, fragte sie: »Ist mein Knie nachhaltig verletzt? Ist etwas gebrochen, gerissen oder was weiß ich, was da alles kaputtgehen kann?«

Der Arzt schüttelte den Kopf. »Nein. Sie haben wie gesagt nur einen Erguss, der auf einige Nerven drückt. Wenn ich den entferne, dauert es noch ein paar Tage, dann dürften Sie wieder vollständig hergestellt sein. Das Risiko ist minimal und der Nutzen groß. Ich würde die Stelle jetzt betäuben, dann mit der Nadel hineingehen und die Flüssigkeit absaugen. Danach bekommen Sie einen Verband und das war es.«

»Sie können ja doch reden«, rutschte es Catharina heraus, doch in dem Gesicht des Mannes zeigte sich kein Ärger. Stattdessen erklärte er freundlich: »Ist es mir schon wieder passiert? Bitte entschuldigen Sie, dass ich so wenig erkläre. Für uns ist das hier Alltag und nichts, was man ausgiebig erklären muss.

Aber Sie haben natürlich das Recht, böse auf mich zu sein.« Damit hob er das Spritzenmonster unnötigerweise noch einmal hoch, wobei er feststellte: »Das Ding kann einem schon Angst machen. Aber keine Sorge, bei Ihrem schlanken Knie werde ich die Nadel nur zur Hälfte versenken müssen.«

Catharina winkte ab und drehte den Kopf zur Seite. »Ist gut! Das sind genügend Informationen. Tun Sie, was Sie tun müssen.«

Der Arzt holte noch eine Schwester herein, die Catharina an ein Puls- und Blutdruckmessgerät anschloss. Kurz darauf spürte sie nur etwas Druck im Bereich des Knies. Sie schloss einfach die Augen und gab sich den geübten Händen des Arztes hin.

Gerade als sie glaubte, dass alles doch nicht so schlimm sei, hörte sie ein schlürfendes Geräusch. Ihr Kopfkino schaltete sich ein und ihr Magen rebellierte. Die beruhigenden Worte des Mannes klangen wie durch Watte, zeigten aber Wirkung. Sie dachte an etwas Schönes, glitt für einen kurzen Augenblick mit einem Boot über die Wellen und fand es fast schon schade, als Doktor Schrempp sagte: »Alles okay. Das war es schon. Sie bleiben jetzt noch ein wenig liegen und Schwester Klara legt Ihnen einen Verband an. Sie sollten Ihrem Knie noch zwei, drei Tage Ruhe gönnen und können dann mit vorsichtigen Bewegungen beginnen. Sollte etwas schlechter werden oder sich die Wunde entzünden, kommen Sie bitte umgehend hierher.« Damit stand er von dem Schemel auf, grinste sie gut gelaunt an und fragte: »Alles verstanden?«

Catharina musste erst schlucken, deutete ein Nicken an und sagte benommen: »Alles klar. Danke, Herr Doktor.«

»Kein Ding!« Damit verschwand er aus dem Zimmer.

Kapitel 17

»Ihr Knie ist durch die Betäubung vermutlich noch schmerzfrei. Belasten Sie es trotzdem so wenig wie möglich.« Damit reichte ihr die Krankenschwester ein Krückenpaar. »Ich glaube, mit zweien kommen Sie besser klar.« Catharina rutschte von der Behandlungsliege und verlagerte ihr ganzes Gewicht auf das gesunde linke Bein. Dann brachte sie die Krücken in Position und versuchte, den rechten Fuß aufzusetzen. Und tatsächlich, außer einem leichten Ziehen und der Blockade durch den Verband war kaum etwas zu spüren.

Die Schwester sah ihr kurz zu. »Ich denke, Sie kommen zurecht. Ich muss jetzt auch weitermachen.«

»Ja, es sollte gehen«, bestätigte Catharina und bedankte sich bei der Schwester, die mit einem Genesungswunsch das Zimmer verließ.

Noch immer ein wenig benommen, humpelte sie erst durch die Abteilung, dann wieder den langen Flur entlang bis zum Ausgang. Auf dem Weg überlegte sie, wie der Tag weitergehen könnte.

Derart in Gedanken vertieft nahm sie ihre Kollegen erst wahr, als jemand ihren Namen rief. Michael und Ralf standen in Uniform bei der blondierten Empfangsdame, Michael winkte. Sie hob zum Gruß die linke Krücke, verlor kurz das Gleichgewicht und wäre fast gestürzt. Ihr Lieblingskollege war mit ein paar schnellen Schritten bei ihr und hielt sie an der Schulter fest. Nachdem sie wieder stabil stand, scherzte er: »Und ich dachte schon, du machst an so einem schönen Sonntag blau.«

Catharina hob den Gummifuß ihrer Krücke auf seinen Schuh, übte etwas Druck aus und erwiderte: »Sag das noch einmal und du kannst dir deine Zehen behandeln lassen.«

Er hob lachend die Hände. »Okay, okay, bin schon still.«

Nachdem auch Ralf zu ihnen gestoßen war, entschuldigte sie sich bei ihm für die ungeplante Frühschicht. Dann fragte sie an Michael gewandt: »Was treibt ihr hier?«

Er klappte sein kleines Notizbüchlein auf und erklärte: »Wir suchen einen David Bender.« Und bevor Catharina sagen konnte, dass sie den Mann kannte, erzählte ihr Kollege: »Der Mann wäre gestern bei dem Feuer auf dem Hof Johansson fast gestorben. Du hast sicher die Nachrichten gelesen.«

Ihr Herz setzte für einen Moment aus, doch sie riss sich zusammen. »Was ist passiert? Ich habe Herrn Bender gestern zufällig in Zinnowitz kennengelernt. Er ist Privatermittler und hier, weil er Oskar helfen wollte.«

»Oskar? Der Oskar, der bei uns in U-Haft sitzt?«

»Ja genau«, erwiderte Catharina. »Ist eine lange Geschichte. Habt ihr etwas dagegen, wenn ich euch zu Herrn Bender begleite?«

»Du bist krankgeschrieben«, gab Michael zu bedenken.

Sie zuckte mit den Schultern. »Ich denke ja nicht mit dem Knie. Außerdem hat die Kripo Holger und mich damit beauftragt, den Tod von Udo Dümmler zu untersuchen.«

Michael sah kurz zu Ralf. »Ja, warum nicht. Falls der Mann ansprechbar ist, wollen wir ihn eh nur zu dem Scheunenbrand befragen. Außerdem ist auch sein Wohnmobil in Flammen aufgegangen, was auch noch einer Klärung der Schuldfrage bedarf. Möglicherweise ging der Brand ja von dem Fahrzeug aus.«

Auf dem Weg zur entsprechenden Abteilung kamen sie an ein paar abgestellten Rollstühlen vorbei. Nach einer kurzen Diskussion ließ sich Catharina darauf ein und genoss es dann sogar ein wenig, von ihrem Kollegen durch die Gänge geschoben zu werden.

Als sie kurz darauf von einem Pfleger zu einem Krankenzimmer gebracht wurden, zeigte sich David Bender in einem deutlich besseren Zustand als befürchtet. Er war allein in dem Zimmer und schlüpfte gerade in seine verschmutzte Hose. Der Pfleger erklärte ihm knapp: »Die Polizei möchte Sie sprechen«, und verschwand dann wieder.

Catharina musterte den Mann von oben bis unten. Dann sagte sie unsicher: »Hey«, und hasste sich im selben Augenblick für ihre schüchterne Tonlage.

Michael bekam davon nichts mit, trat neben ihren Rollstuhl und fragte in offiziellem Ton: »Sie sind Herr David Bender?«

Dieser bestätigte das. »Was kann ich für Sie tun?«

Anstatt einer Antwort fragte Michael: »Wie geht es Ihnen? Die Nachtschicht meinte, Sie haben Glück gehabt.«

Bender winkte ab. »Das sagen die Ärzte auch. Ich habe wohl ein bisschen viel Rauch eingeatmet und bin dann ohnmächtig geworden. Aber inzwischen geht es wieder und auch wenn die Ärzte das anders sehen, habe ich mich gerade selbst entlassen.«

Catharina registrierte, dass ihr Kollege nicht darauf einging. Michael deutete zwar ein Nicken an, erklärte aber: »Das können Sie gerne machen, doch vorher müssten wir wissen, was letzte Nacht passiert ist. Der Bauer sagte, er habe Sie vor der Scheune gefunden und weggezogen. Da fragen wir uns natürlich, was Sie dort gemacht haben?«

Catharina erwischte sich dabei, wie sie sehr genau hinsah, als der Mann sich den Krankenhauskittel über den Kopf zog und nach seinem Sweatshirt griff. Er zog es sich über und setzte sich auf die Bettkante. »Mein Wohnmobil stand direkt neben der Scheune. Als ich den Rauch roch, bin ich natürlich hinaus und habe nach der Ursache gesucht. Das Tor stand offen, also bin ich hinein. Ich wollte helfen und das Feuer löschen, bis ich begriff, dass es mehrere Brandherde gab.«

»Brandstiftung?«, kombinierte Ralf, der bis jetzt nur zugehört hatte.

»Wenn Sie mich fragen, ja«, bestätigte David Bender.

Michael ließ sich nicht einwickeln und entgegnete skeptisch: »Gehen Sie auch mit der Waffe aufs Klo? Wir haben eine 9-Millimeter-SIG-Sauer bei Ihnen gefunden.«

David Bender erhob sich: »Und für diese Waffe habe ich eine Berechtigung. Als ehemaliger Polizist würde ich die Pistole niemals unbeaufsichtigt im Wohnmobil zurücklassen.« Er ließ eine kurze Pause folgen und fragte dann: »Wo ist die Waffe jetzt? Ich brauche sie zurück.«

Michael machte einen Schritt auf den Mann zu, und Catharina amüsierte das Gefecht zwischen den zwei Alphamännchen fast ein wenig. Zu ihrem Bedauern musste sie feststellen, dass Michael die Argumente ausgingen, denn er sagte: »Die Waffe liegt gut gesichert in unserer Asservatenkammer. Sie bekommen sie zurück, sobald Sie uns in der Dienststelle besuchen und Ihre Aussage unterschreiben.«

David Bender wollte gerade zu einem Lächeln ansetzen, als ihn ein schlimmer Hustenanfall peinigte. Michael wartete, bis dieser vorüber war, und schlug vor: »Aber vielleicht sollten Sie lieber auf die Ärzte hören und sich erst einmal auskurieren.« Dann wandte er sich zur Tür, drehte sich aber noch einmal zurück und beschloss: »Wie auch immer Sie sich entscheiden, ich erwarte, dass Sie auf der Insel bleiben, bis wir Ihre Aussage aufgenommen haben.« Er streckte die Hand aus und bat: »Bitte geben Sie mir Ihren Ausweis. Sie bekommen ihn dann mit der Waffe zurück.«

Der Mann zog einen verschlissenen Geldbeutel aus der Hosentasche und reichte Michael den Personalausweis. »Falls Ihre Schicht so lange geht, sehen wir uns später wieder.«

Catharina spürte, wie ihr Kollege an den Rollstuhl griff und sie mitnehmen wollte. Sie drehte den Kopf und sagte zu ihm: »Lass mal. Ich bin hier noch nicht fertig.«

Michael legte die Stirn in Falten und ahnte vermutlich das Richtige, daher log sie: »Ich wollte vorhin nur eine rauchen gehen, muss aber nachher noch einmal zum Röntgen.« Und um weiteren Aktionen vorzubeugen, stemmte sie sich aus dem Rollstuhl und bat Ralf: »Kannst du mir bitte die Krücken geben und könnt ihr den Rollstuhl wieder zu der Sammelstelle bringen?«

Ihre beiden Kollegen sahen sich zwar unschlüssig an, taten aber, worum sie gebeten wurden. Catharina humpelte ihnen ein Stück hinterher, doch als sie außer Sichtweite waren, drehte sie sich wieder um und ging zurück in Benders Zimmer. Der schien das irgendwie erwartet zu haben und fragte ohne weiteren Kommentar: »Was haben Sie denn angestellt?«

Catharina wusste selbst nicht, warum sie zurückgekommen war, und nahm das Thema dankbar auf, indem sie sagte: »Sport ist Mord. Ich bin gestern Abend beim Joggen gestürzt und hatte einen Erguss im Knie.« Bei dem Wort »Erguss« zuckte sie innerlich kurz zusammen.

Da der Typ nichts dazu sagte, erklärte sie: »Aber das ist ja nichts gegen Ihren Abend. Wenn die Berichterstattung stimmt, muss der Brand heftig gewesen sein.« Danach verengten sich ihre Augen und sie fügte mit zynischem Unterton hinzu: »Und Sie waren natürlich ganz zufällig bei der Scheune, in der Oskar seinen Unterschlupf hatte.«

Er schenkte ihr ein Lächeln. »Ich würde das wirklich gerne mit Ihnen diskutieren, muss aber leider erst ein paar Probleme lösen.«

»Kann man riechen«, bestätigte Catharina nun etwas freundlicher.

»So schlimm?«

Sie nickte. »Ich mag ja eigentlich Geräuchertes, aber ja, Sie stinken schon heftig nach Rauch.«

David Bender schien kurz nachzudenken, bevor er aufzählte: »Also habe ich kein Auto, keine Unterkunft, kein Handy und ich stinke. Der Tag kann nur besser werden.«

Catharina lachte. »Aber Sie leben, was, wenn ich den Ausführungen meines Kollegen Glauben schenke, offenbar keine Selbstverständlichkeit ist.«

»Da haben sie recht«, bestätigte der Mann. Dann machte er einen Schritt auf sie zu, streckte ihr die Hand entgegen und bat: »Was halten Sie davon, wenn wir uns duzen? Bei dem Sie fühle ich mich älter, als ich bin.«

Catharinas Bauch meldete sich mit einem leichten Kribbeln. Sie schaffte es irgendwie, die rechte Krücke in die linke Hand zu nehmen, und erwiderte seinen festen Händedruck mit den Worten: »Aber nicht, dass du dir darauf etwas einbildest, und sag bitte Catharina zu mir. Ich hasse es, wenn mein Name zu Cathi abgekürzt wird.«

Er scherzte: »Alles klar, Cathi«, und hob abwehrend die Hände. »War nur Spaß, Catharina. Ich bin David, und da kann man nichts kürzen.«

Catharina wurde der Mann immer sympathischer und sie wollte ihm helfen. Doch obwohl die beste Möglichkeit dazu auf der Hand lag, tat sie sich schwer damit, ihn zu sich nach Hause einzuladen. Daher fragte sie: »Und was willst du jetzt machen?«

Er zuckte mit den Schultern: »Mir ein Hotelzimmer suchen, neue Klamotten und ein Handy kaufen. Und dann ist da noch mein Besuch bei deinen Kollegen offen.«

»Und was ist mit Oskar, dem toten Udo und diesem offenbar nicht zufälligen Brand?«

Er wurde ernst. »Die Sache wird langsam persönlich, daher reise ich nicht einfach wieder ab … falls das deine Frage war.«

Catharina achtete sehr darauf, keine Freude zu zeigen, und gab sich einen Ruck: »Die Hotels sind voll, die Geschäfte heute am Sonntag geschlossen und du hast nicht einmal ein Handy, um etwas zu organisieren. Warum kommst du nicht mit zu mir? Ich hab Internet und wir können dir eine Unterkunft suchen. Außerdem habe ich den Schlüssel für die Kleiderkammer der Tafel. Die Sachen sind nicht unbedingt schick, aber besser als nichts.«

Er zeigte ein Lächeln, erwiderte aber: »Bist du dir sicher? Ich will dir keine Mühe machen.«

Das Zwinkern kam fast von selbst, als sie ernster als gewollt sagte: »Wenn du mir Mühe machst, fliegst du eh wieder raus.«

Das nun folgende Lachen tat ihr gut. Sie hatte viel zu lange nicht mehr gelacht.

Kapitel 18

Er mochte die Frau. Es brauchte zwar zwei Krücken, um Catharina zu bändigen, aber heute sah er mehr von ihr als am Vortag in dem Café. Ihm gefielen ihre direkte Art und diese kleinen Unsicherheiten. Außerdem war sie keine dieser aufgebrezelten Frauen, mit denen er noch nie etwas hatte anfangen können. Catharina trug ihren Jogginganzug und die kaum frisierten, halblangen Haare ziemlich selbstbewusst. Jedenfalls bis jetzt, denn nun hatte er sie einen Augenblick zu lange angesehen.

Ihre Augen verengten sich etwas, dann suchte ihr Blick ihr Spiegelbild in der Fensterscheibe und sie fragte: »Stimmt was nicht?«

David schenkte ihr ein Lächeln. »Nein, es ist alles gut so, wie es ist.« Dann holte er seine Jacke aus dem Schrank und fragte: »Wollen wir?«

Während sie langsam in Richtung Hauptausgang des Krankenhauses gingen, ermahnte sich David selbst. Er durfte die Geschehnisse der letzten Nacht nicht auf die leichte Schulter nehmen, und je näher er die Frau an sich heranließ, umso gefährdeter könnte sie sein. Bevor er nicht wusste, ob der Brand ein Mordanschlag auf ihn gewesen war oder jemand einfach nur mögliche Sachen von Oskar hatte zerstören wollen, sollte er sich bezüglich ihrer Gastfreundschaft zurückhalten.

»So schweigsam?«, holte sie ihn aus seinen Gedanken.

Er sah sie von der Seite an und erklärte ausweichend: »Ich habe nur gerade darüber nachgedacht, dass es dumm war, vor deinen Kollegen von Brandstiftung zu reden. Das wird meiner Versicherung nicht gefallen.«

»Wegen des Wohnmobils, meinst du?«

»Ja, genau. Andererseits sollte das die Teilkasko eigentlich abdecken. Egal, ich rufe die später mal an.«

Sie verließen die Klinik und Catharina humpelte voraus zu einem Taxi. Der Taxifahrer ließ sie beide einsteigen, rümpfte dann allerdings die Nase und fragte über die Schulter: »Sorry, aber kann ich das Fenster etwas aufmachen? Sie riechen wie ein Waldbrand.«

»Kein Problem«, stimmte Catharina zu und nannte ihm eine Adresse in Bansin.

Die Fahrt verlief bis auf etwas Small Talk ruhig. Dann stoppte der Fahrer vor einer unscheinbaren und etwas heruntergekommenen Halle. Catharina fragte ihn, ob er zehn Minuten warten könnte, was er bestätigte.

»Welche Größe?«

»Was?«

Catharina drückte auf einen Lichtschalter, worauf zig Neonröhren ihr Licht auf Kartons und Kleiderstangen warfen.

»Ich brauche deine Kleidergröße, sonst wird es ewig dauern und der Taxifahrer wird reich.«

»L«, gab er zurück und sah zu, wie sie zielsicher zu einem Karton humpelte und eine gebrauchte Jeans herausfischte.

Danach folgten noch ein T-Shirt aus einem anderen Karton und eine originalverpackte, aber unmodische Unterhose. Sie hielt diese hoch und scherzte dabei: »Ich hoffe, du hast heute kein Date mehr.«

Er nahm die Sachen lachend entgegen, zog ungeniert seine eigene Hose aus und die neue an. Dann schloss er den Knopf und lobte sie: »Du hast einen guten Blick für Männerkörper.«

»Da hast du recht«, erwiderte sie frech, fügte aber mahnend hinzu: »Zieh die wieder aus. Ohne eine Dusche machen die neuen Klamotten keinen Sinn.«

Noch einmal zwanzig Minuten später hielt der Taxifahrer erneut, dieses Mal vor einem kleinen Haus auf einem großen Grundstück. David wollte die Fahrtkosten übernehmen, was Catharina mit dem Hinweis ablehnte, dass sie diese von der Krankenkasse zurückerstattet bekommen würde.

»Und hier wohnst du?« Er war ehrlich erstaunt.

»Was hast du erwartet?«

»Irgendwie habe ich dich in einer kleinen Wohnung in Ostseenähe gesehen.«

Sie grinste ihn an und erklärte: »Hab ich unerwartet geerbt. Ist toll, oder?«, und versuchte umständlich, das alte Gartentor zu öffnen. Er ging ihr zur Hand und schloss es wieder, nachdem sie hindurchgehumpelt war. Vor dem Haus stand ein älterer Mini, was nun doch wieder zu dem Bild passte, das er von ihr hatte.

Das Haus hatte zwar an einigen Stellen einen Handwerker nötig, war aber trotzdem sehr gemütlich. Catharina hatte den Räumen eindeutig ihren eigenen Stil verliehen. Alles war hell und dennoch rustikal. Es gab kaum neue Gegenstände, doch die alten waren schön aufbereitet.

Nachdem er sich etwas umgesehen hatte, fragte er beeindruckt: »Hast du hier renoviert?«

»Hab ich, aber ich hatte etwas Hilfe«, lautete ihre knappe Antwort, bevor sie fragte: »Erst Kaffee oder erst duschen? Wobei ich dir zu Letzterem raten würde.«

David sah sich unschlüssig um, worauf sie mit dem Finger nach oben zeigte: »Das Bad ist oben hinter der linken Tür. Nimm deine neuen Klamotten mit und bring die alten wieder mit herunter, dann werfen wir sie gleich in die Maschine.«

»Jawohl«, erwiderte er gespielt militärisch.

Auf der schmalen, etwas gewundenen Treppe betrachtete er jedes einzelne der vielen Fotos, die an den Wänden hingen. Sie zeigten ein ganz anderes Leben dieser Frau. Die meisten schienen in Berlin aufgenommen worden zu sein. Catharina war selten allein zu sehen. Meist war sie von jungen Frauen, aber auch von Männern umgeben. Mal waren die Aufnahmen seriös, es gab aber auch Fotos, die von langen Partynächten zeugten. Ein Bild gefiel ihm besonders. Es zeigte Catharina im Bikini auf einer schräg gewachsenen Palme sitzend. Ihr Lächeln wirkte frei und unbeschwert.

Oben angekommen, konnte er nicht anders. Er öffnete die falsche Tür und warf einen Blick in das Zimmer. Hier gab es einen unter der Dachschräge eingebauten Kleiderschrank, ein Doppelbett und ein Nachtschränkchen. Es war nur eine Betthälfte zerwühlt und auch sonst deutete nichts auf einen Mann hin. Er schloss die Tür so leise wie möglich und öffnete die andere.

Das ebenfalls renovierte Badezimmer war fast so groß wie das Schlafzimmer. Direkt unter dem großen Dachfenster stand eine Badewanne und neben der Tür gab es auch noch eine Duschkabine. Auf der anderen Seite waren die Toilette und ein Waschbecken.

David räumte sämtliche Taschen seiner Hose und der Jacke leer. Bei der alten Postkarte aus Oskars Unterschlupf hielt er kurz inne und betrachtete zum ersten Mal das Motiv. Es zeigte einen nichtssagenden Leuchtturm. Er drehte die Karte um, doch es gab weder eine Briefmarke noch stand irgendetwas darauf geschrieben.

Er legte sie zu seinen anderen Sachen, zog sich aus und stellte sich unter die Dusche.

Als er wieder nach unten kam, rief Catharina von der Terrasse aus: »Bring die Kaffeetassen mit!« David nahm die Tassen vom Küchentresen und ging nach draußen. Sie hörte ihn kommen, drehte den Kopf zu ihm und musterte ihn von oben nach unten, bevor sie selbstbewusst feststellte: »Ich habe den besseren Klamottengeschmack. Deine alten Sachen waren irgendwie … ich weiß auch nicht.«

Er nahm es ihr nicht krumm, setzte sich auf den zweiten Stuhl und erwiderte: »Muss an deiner Zeit in Berlin liegen.«

Sie wirkte kurz irritiert, dann hellte sich ihr Blick auf. »Ahhh … einmal Bulle, immer Bulle. Du hast die Fotos gesehen.«

»Genau«, bestätigte er mit einem Zwinkern, dann wurde er etwas ernster. »Danke für deine Gastfreundschaft. Ich weiß das wirklich zu schätzen und werde diese nicht länger als nötig ausnutzen.«

Sie winkte ab. »Ich lasse nicht jeden in mein Haus, aber bei deinem Zustand konnte ich nicht anders. Wenn du allerdings länger auf der Insel bleiben willst, könnte es schwer werden. Seit Corona sind alle ganz wild auf unsere Ostseestrände und die Unterkünfte oft ausgebucht oder sündhaft teuer.«

David dachte kurz nach, fragte mit der Hand schon an der Tasse: »Ist der für mich?«, und antwortete auf die Frage nach

Milch und Zucker mit: »Schwarz ist er mir am liebsten. Milch und Zucker hat nur schlechter Kaffee nötig.«

Sie gab ihm die Zeit, einen Schluck zu trinken, und fragte dann: »Also, was ist wirklich in dem Schuppen passiert? Oder willst du mir erzählen, dass du die Nacht wirklich rein zufällig neben Oskars Unterschlupf verbringen wolltest?«

Er atmete durch. »Kann ich dir nicht sagen.«

Catharina zuckte ein wenig zurück. »Warum nicht?«

»Weil es bei dir zu einem Interessenkonflikt führen würde. Schon vergessen? Du bist Polizistin. Und wenn ich dir jetzt etwas anderes als deinen Kollegen erzählen würde, hättest du ein Problem.«

Ihr hübscher Mund verzog sich zu einem verschmitzten Lächeln. Sie sah ihm in die Augen und erwiderte: »Du hältst mich offenbar für einen sehr moralischen Menschen. Ich dachte, du hast die Fotos auf der Treppe gesehen.«

David hielt ihrem Blick stand, dachte wieder nach und befand: »Alles zu seiner Zeit. Noch weiß ich selbst nicht, was auf dieser Insel vor sich geht. Oskar muss auf etwas gestoßen sein, was ihn nichts angeht, und wurde dadurch zur Zielscheibe.«

»Wie kommst du darauf?«

Ihm gefiel es, dass sie nicht locker ließ. Trotzdem erinnerte er sich selbst daran, dass er auch um ihretwillen vorsichtig sein musste. Daher tat er so, als würde er seinen Mund verschließen und den Schlüssel wegwerfen.

Nach einigen Augenblicken des Schweigens fiel ihm die Postkarte wieder ein. Er ging hinein und holte diese aus der hinteren Hosentasche seiner verschmutzten Jeans. Anschließend legte er sie neben ihre Kaffeetasse und fragte: »Kennst du das Motiv? Steht dieser Leuchtturm auf Usedom?«

Sie nahm die Karte in die Hand, sah sie sich an und nickte. »Ich kenne den. Aber er steht drüben in Polen.« Sie wollte die

Karte schon wieder auf den Tisch legen, hielt dann plötzlich inne und begann, darauf herumzutasten. Danach betrachtete sie die Schnittkanten und sagte mehr zu sich selbst: »Jetzt weiß ich, warum Oskar ein Skalpell und einen Klebestift bei seinen Sachen hatte.«

Kapitel 19

Catharina war so aufgeregt, dass sie für einen Moment ihr Knie vergaß und aufstehen wollte. Der stechende Schmerz zwang sie sofort wieder zurück in den Stuhl, wo sie erst einmal ein paar tiefe Atemzüge nehmen musste.

David wusste noch immer nicht, worum es eigentlich ging. Er gab ihr ein paar Sekunden und fragte dann: »Was ist los? Was ist mit dieser Postkarte?«

Sie atmete noch einmal durch, hielt sie ihm hin, forderte aber: »Gib mir deinen Finger.«

Er beugte sich nach vorne und streckte den Zeigefinger aus. Sie nahm seine Hand und führte seinen Finger damit sanft über die Karte. Die Erhöhung war kaum tastbar, aber sie war da.

Catharina bat: »Hol ein kleines scharfes Messer aus der Küche. Zweite Schublade von links.«

Er folgte der Bitte und war kurz darauf mit einem kleinen Schneidemesser zurück. Sie zog den Tisch etwas zu sich heran, führte das Messer zwischen die bedruckte Oberfläche und die Pappe und machte den ersten Schnitt. So zog sie das Foto Stück für Stück von der Pappe. Ziemlich genau in der Mitte kam eine flache Micro-SD-Karte zum Vorschein.

David murmelte: »Was zur Hölle?«, und fragte dann: »Hast du einen Laptop oder ein anderes Gerät, das den Inhalt anzeigen kann?«

Sie nickte. »Im Wohnzimmer unter dem Fernseher.«

Er holte das Gerät, stellte es vor sie auf den Tisch und zog seinen Stuhl etwas zu ihr heran. Sie startete den Laptop, räusperte sich, als ein fast nackter Mann als Bildschirmschoner erschien, und steckte die winzige Speicherkarte in einen seitlichen Slot.

Unter anderen Umständen hätte der nackte Typ David amüsiert, doch jetzt war er viel zu gespannt, was Oskar abgespeichert hatte. Der Computer erkannte die Karte und Catharina klickte auf »Inhalt anzeigen«. Es öffnete sich ein Ordner mit Dateien, deren Endungen auf Fotos und Filme hinwiesen.

Catharina zog den Mauszeiger auf die erste Datei, doch bevor sie klicken konnte, forderte David: »Stopp!«

Sie sah ihn verwundert an, und er erklärte: »Es gibt Viren, die den Inhalt selbstständig löschen, wenn man einen Fehler macht.«

Catharina nahm die Hand vom Laptop und fragte genervt: »Na toll. Und jetzt?«

Anstatt einer Antwort fragte David: »Darf ich?«, zog den Laptop etwas zu sich und öffnete den Internetbrowser. Anschließend gab er eine IP-Adresse ein, worauf sich eine Passwortabfrage öffnete. Er tippte und war kurz darauf mit seinem eigenen Server, der zugleich das Heiligtum seiner Assistentin Clara war, verbunden.

Als er ein Programm öffnete und alle Dateien der Speicherkarte auf eine andere Oberfläche zog, fragte Catharina: »Wow, was bist du? James Bond oder MacGyver?«

Er erwiderte ihren Blick und fragte erstaunt: »Du kennst MacGyver?«

Sie grinste ihn an und versetzte: »Was uns zu der Frage führt, wie alt du bist.«

David erwiderte das Grinsen. »Weihnachten 1990, also 32. Und du?«

»Tag der Deutschen Einheit 1989, also 33.«

Bevor David etwas erwidern konnte, ertönte von dem Laptop ein Signalton. Er drehte sich wieder zu dem Gerät und stellte zufrieden fest: »Keine Bedrohung gefunden.« Damit klickte er auf das erste Bild.

Es dauerte einen Augenblick, bis sich das Foto öffnete: Es sah aus wie ein Blitzerfoto der Polizei. Es zeigte eine ältere, elegant wirkende Dame in einem schwarzen Mercedes. Catharina kommentierte das Bild mit einem: »Hm«, und David öffnete das nächste.

Dieses Mal war dieselbe Frau darauf. Sie trug einen Pelzmantel und unterhielt sich mit einem Mann, den David auf Mitte sechzig schätzte.

»Ist Oskar ein Stalker?«, rutschte es Catharina heraus.

»Ich weiß es nicht«, gab David zu und klickte auf die nächste Datei, ein Video. Die Aufnahme brauchte einen Moment, bevor sie loslief.

Es begann fast wie ein Urlaubsfilm. Die Aufnahme zeigte erst einen Sandstrand im Mondschein, dann näherten sich aus den Dünen Lichter. Die Lichtkegel der Taschenlampen huschten über den Sand, bevor von rechts zwei Männer im Bild erschienen, die etwas trugen. In den ersten Sekunden war es zu dunkel, um Details erkennen zu können. Erst als die beiden Männer ihre Last ablegten und einer mit einer Lampe darauf leuchtete, erkannte man mehr. Die Plane mit dem Strick drum herum hatte eindeutig die Form eines Menschen. Kurz darauf erschien ein motorisiertes Schlauchboot. Es fuhr mit Schwung auf den Sandstrand und ein weiterer Mann sprang heraus.

Dann verluden sie das Paket auf das Boot, schoben es zurück ins Wasser und die Aufnahme endete.

»Hat er das zufällig gefilmt?«, brach Catharina als Erste mit gedämpfter Stimme das Schweigen.

David öffnete die Dateidetails eines der Fotos und schüttelte den Kopf. »Glaube ich nicht. Die Auflösung der Bilder ist ungewöhnlich hoch. Das war keine billige Kamera. Habt ihr eine bei Oskar gefunden?«

»Nein, da war nichts. Er hatte nur ein billiges Prepaidhandy bei sich.«

»Oskar, wer bist du wirklich?«, murmelte David selbst und öffnete weitere Bilder. Alles, was jetzt noch kam, war deutlich harmloser. Auf einigen war wieder diese alte Frau im Pelzmantel zu sehen, auf anderen Fotos Männer unterschiedlichen Alters. Dazwischen gab es aber auch Aufnahmen von jungen Frauen, die verängstigt wirkten. Außerdem war zwei Mal ein Mann zu erkennen, der eindeutig die Uniform eines deutschen Polizisten trug. Allerdings stand dieser immer mit dem Rücken zur Kamera und blieb dadurch anonym. Was allerdings überhaupt nicht zu dieser Sammlung passte, war das letzte Bild. Es zeigte das Porträt eines vielleicht zwölf- oder dreizehnjährigen Mädchens. Sie war hübsch und lächelte entspannt in die Kamera. Auch hier öffnete David die Dateiinformationen und stellte fest: »Das hier wurde eindeutig mit einem anderen Gerät und schon früher aufgenommen.«

Catharina zündete sich eine Zigarette an: »Was soll das alles? Und warum ist er mit dem Video nicht zu uns gekommen?«

David lehnte sich zurück. »Ich weiß es nicht! Wir sollten uns dringend mit Oskar unterhalten. Für mich sieht es wie eine professionelle Observation aus.«

»Du meinst, er wurde auf die Leute auf den Bildern angesetzt? Ich meine, Oskar lebt bereits seit einigen Monaten als Obdachloser auf dieser Insel. Hältst du das für möglich?«

David zuckte mit den Schultern. »Ich halte vieles für möglich. Vielleicht ist er auch privat auf irgendeinem Rachefeldzug oder die Aufnahmen stammen überhaupt nicht von ihm. Er kann die Speicherkarte ja irgendwo gefunden haben. Andererseits sehen einige Fotos durchaus so aus, als würden sie kriminelle Aktivitäten zeigen. Und Oskar hat uns in Berlin ziemlich viele Hinweise zum Drogenmilieu gegeben. Vielleicht sind einige der dort abgelichteten Kriminellen auf ihn aufmerksam geworden und er wollte sich mit den Bildern absichern.« David atmete durch. »Aber das ist alles Spekulation. Am besten, wir fahren zu deiner Wache und versuchen, mit ihm zu reden.«

»Du bist kein Bulle mehr«, warf Catharina ein. »Die werden uns kaum zu ihm lassen. Außerdem bin ich krankgeschrieben. Wie sieht das denn aus, wenn ich mich dienstunfähig mit einem Gefangenen unterhalten will?«

Davids Blick ging in die Ferne. Er legte zum Schutz gegen die Sonne die Hand über die Augen und fragte: »Sind hier öfter Angler auf dem Wasser? Die Bucht scheint mir wenig geeignet.«

Sie folgte seinem Blick und sagte: »Der schon wieder.«

»Du kennst ihn?«

»Nein, aber der paddelte da schon heute Morgen herum. Ist bestimmt ein Tourist, der keine Ahnung vom Fischen hat.«

David blieb weniger gelassen, tat aber entspannt. Er setzte sich bequem hin, sah Catharina an und erklärte: »Du … wir können hier nicht bleiben.«

»Was meinst du damit?«, fragte sie alarmiert, doch er bat: »Bleib einfach entspannt und hör mir zu.« Sie schien zu verstehen und lächelte ihn sogar an.

David nickte zu dem Laptop. »Wir suchen uns jetzt irgendein Ferienhaus in der Nähe, das wir möglichst gleich beziehen und bar bezahlen können. Dabei geben wir uns völlig entspannt. Du suchst dir ein paar Sachen zusammen, die wir unbemerkt in dein Auto schaffen. Danach fahren wir erst zur

Wache und ich versuche, irgendwie an Oskar ranzukommen. Anschließend stellen wir sicher, dass uns niemand folgt, und fahren zu dem Ferienhaus, das wir jetzt hoffentlich im Internet finden werden.«

Sie lächelte zwar immer noch, fragte aber: »Bist du irre? Warum sollte ich mir ein scheißteures Ferienhaus mieten, wenn ich auch hier wohnen kann? Wir können gerne zur Wache fahren, aber ich werde dort meinen Kollegen alles erzählen. Dann sollen die sich darum kümmern.«

Er zuckte erneut mit den Schultern. »Deine Sache. Du hast den uniformierten Mann auf den Fotos gesehen. Daher weiß ich wirklich nicht, inwieweit du deinen Kollegen trauen kannst. Ich werde es in jedem Fall so machen, wie ich sagte. Allerdings kann ich dir dann nicht sagen, wo ich bin.«

Sie zischte: »Mach doch, was du willst«, griff nach ihren Krücken und stand auf. Nachdem David keine Anstalten machte, ihr zu folgen, drehte sie sich in der Tür um und fragte pampig: »Worauf wartest du? Ich möchte zur Wache und die Geschichte jetzt gleich loswerden. Und bitte nimm meinen Laptop mit rein. Hier sind ja überall Verbrecher.«

Er ließ sich nicht provozieren, sah noch einmal verstohlen zu dem Angler hinüber und ging ebenfalls ins Haus. Dort zog er die Speicherkarte aus dem Gerät und steckte sie in seinen Geldbeutel.

Zehn Minuten später setzte sich David ans Steuer und bat: »Du musst mich lotsen, ich kenne mich hier nicht aus.« Catharina hatte tatsächlich keine Sachen gepackt und schien entschlossen, weiterhin hierzubleiben.

Er musste es zwar akzeptieren, sah aber ein Problem auf sich zukommen. Daher bat er sie: »Könntest du mich bei deiner Aussage so gut wie möglich aus der Sache raushalten?«

»Angst?«, fragte sie schlecht gelaunt zurück.

»Nein. Aber sollten sich meine Bedenken als wahr erweisen, könnte ich dir nicht helfen. Wenn du deinen Kollegen erzählst, dass ich in das Abbruchhaus eingedrungen bin, bekomme ich ziemlichen Ärger. Und wenn du ihnen erzählst, dass ich mit dieser Postkarte Beweismittel unterschlagen habe, weil ich sie nicht gleich abgegeben habe, stapelt sich der Ärger zu einem ziemlich großen Paket.«

»Also hast du doch Angst?« – Catharina klang ein wenig versöhnlicher.

Er lenkte den Wagen auf eine Bushaltestelle, blieb dort stehen und drehte sich zu ihr. Dann suchte er nach den richtigen Worten und sagte: »Ja, vielleicht habe ich Angst. Aber nicht um mich oder wegen möglicher Ermittlungen, sondern um dich.«

»Ist ja süß«, erwiderte sie mit zynischer Tonlage.

David ließ sich davon nicht beeindrucken. »Ich gebe zu, dass wir noch nicht wissen, was hier läuft. Aber wenn Oskar tatsächlich Fotos von Typen aus der Organisierten Kriminalität gemacht hat, die auch noch mit einem korrupten Polizisten zusammenarbeiten, ist das kein Spiel. Ich kenne solche Leute aus Berlin, und glaube mir, bei denen möchtest du auf keiner Liste stehen.«

»Aber ich bin Bulle«, warf sie nicht mehr ganz so selbstsicher ein.

Er kommentierte das mit einem milden Lächeln. »Gibt es in deinem Team jemanden, der ein bisschen zu viel Geld ausgibt?«

Catharina schien nicht darüber nachdenken zu müssen, ließ sich aber trotzdem Zeit mit der Antwort. »Na ja, ein oder zwei Kollegen haben sich ein Haus gekauft. Aber bei den aktuellen Zinsen ist das ja auch kein Problem.«

David fragte nur noch: »Weißt du, welche Risikobewertung ein Streifenpolizist bei den Banken bekommt? Ich sage ja nicht, dass einer deiner Kollegen korrupt sein muss. Ich gebe nur zu bedenken, dass es sein könnte. Hier, so nahe an der polnischen

Grenze, gibt es einiges an Drogenkriminalität auf beiden Seiten.«

Catharina dachte darüber nach, sagte aber nur: »Ich bin vorsichtig.«

David legte den Gang ein und fuhr weiter.

Kapitel 20

Bis die Polizeiwache in Sichtweite kam, dachte David darüber nach, wie er sich herausreden könnte, falls Catharina ihren Kollegen zu viel erzählen sollte. Er war ihr nicht böse. Seine Warnungen stellten etwas Grundsätzliches infrage: das Vertrauen in die Kollegen. Außerdem fehlte es ihr vermutlich an Erfahrung, um die Situation richtig einschätzen zu können. Hinzu kam ihr sturer Charakter, den er aber eher anziehend als abschreckend fand. Sie stand zu dem, was sie sagte, und das war allemal besser als ein Fähnchen im Wind. Auch wenn es manchmal etwas anstrengend sein konnte.

»Ist das Oskar?«, holte sie ihn aus seinen Gedanken.

Er folgte ihrem Fingerzeig, und tatsächlich: Der Obdachlose stand mit einem kleinen und einem großen Rucksack neben einem Auto. Erst als er einen Schritt zur Seite machte, kam auch die Anwältin, die einen Kopf kleiner war als Oskar, ins Bild. Die beiden unterhielten sich angeregt, dann stieg sie in ihren Wagen und fuhr davon.

David ließ den Mini bis neben Oskar rollen, hielt an und stieg aus.

»Siehst gut aus«, begrüßte er ihn. Oskar kam auf ihn zu, streckte ihm seine große Hand entgegen und fügte hinzu:

»Vielen Dank für die Anwältin. Die Frau ist zwar echt unangenehm, aber auch bissig wie ein abgerichteter Hund.«

David wusste nicht so recht, wie er Oskar gegenüber auftreten sollte. Im Grunde kannte er den Mann kaum und die letzten Ereignisse waren nicht gerade vertrauensfördernd gewesen. Trotzdem gab er sich erst einmal offen und sagte: »Schön, dich zu sehen. Berlin ist lange her.«

Oskar ging nicht darauf ein. Er sah verwundert zu Catharina, die ebenfalls ausgestiegen war, und fragte: »Ihr kennt euch?«

»Erst durch dich«, bestätigte David.

»Verstehe«, stellte Oskar fest und grüßte auch Catharina, wobei er erklärte: »Sie ist eine der guten Seelen dieser Insel. Ohne sie wäre die Essensausgabe bei den Tafeln ein ziemlich trauriges Unterfangen.«

Wieder einmal irritierte David die Wortwahl des Mannes. Natürlich wusste er, dass nicht jeder, der auf der Straße lebte, ungebildet war. Aber Oskar hatte schon immer anders gewirkt als die anderen.

Inzwischen war Catharina um den Wagen herumgekommen. Sie musterte Oskar mit skeptischem Blick und fragte: »Sie haben dich gehen lassen?«

»Ja, aber nur gegen eine Kaution.«

»Die du woher hast?«, fragte David dazwischen.

Oskar verzog das Gesicht zu einem zweideutigen Grinsen. »Na, die Kostenübernahme, die du der Anwältin unterschrieben hast, kann offenbar auch dafür verwendet werden.«

David war für einen Moment sprachlos, bevor er gepresst fragte: »Wie viel?«

»Dreitausend.«

»Und ihr seid nicht auf die Idee gekommen, mich vorher zu fragen?«

Oskar zuckte mit den Schultern. »Hat die Anwältin ja versucht, aber bei deinem Handy geht seit Stunden nur der Anrufbeantworter ran.«

David neigte den Kopf etwas zur Seite und blaffte: »Ja, weil es bei einem Großbrand, von dem rein zufällig dein Unterschlupf betroffen war, verbrannt ist.«

»Hab davon gehört«, gab sich Oskar gelassen. Und als David forderte: »Wir müssen uns dringend unterhalten«, stimmte er sofort zu. Dann sah er zu einem Imbiss auf der anderen Straßenseite. »Hättet ihr etwas dagegen, wenn ich dabei einen Burger esse? Die Duschen in U-Haft waren ja echt in Ordnung, aber das Essen ist stark verbesserungswürdig.« Er hielt kurz inne, sah David an und sagte: »Du musst dir um dein Geld keine Sorgen machen. Ich werde nicht abhauen und in einer Woche ist auch schon die erste Anhörung vor Gericht.«

»Ist gut«, nahm es David wenig überzeugt zur Kenntnis. Dann wollte er schon den Imbiss ansteuern, erinnerte sich aber daran, dass er Catharina besser nicht übergehen sollte. Also drehte er sich zu ihr und fragte: »Wie sieht es aus? Willst du gleich zu deinen Kollegen oder reden wir erst mit Oskar?«

»Wir reden«, beschloss sie. Sie umfasste entschlossen ihre Krücken und sagte im Befehlston: »Ich humple schon einmal los. Park du den Wagen!«

Nachdem sie sich ein paar Schritte entfernt hatte, nickte ihr Oskar hinterher. »Was ist mit ihr? So kenne ich sie gar nicht.«

»Später«, erwiderte David und stieg wieder in den Wagen.

»Hättet ihr etwas Kleingeld für mich?«

»Zusätzlich zu den dreitausend plus Anwaltskosten?«, brummte David, drückte dem Mann aber einen Zwanzigeuroschein in die Hand. Oskar bedankte sich, fragte »Wollt ihr auch etwas?« und ging, als beide den Kopf schüttelten, zum Tresen. Kurz darauf kam er mit einem Burger, Pommes und einer Cola zurück und begann, wortlos zu essen.

Als er mit dem Burger fertig war, sah ihn David an und fragte unverhohlen: »Was verbirgst du?«

Der Mann runzelte die Stirn. »Was meinst du?«

»Dieser Udo wurde erstochen, als er deine Jacke trug. Diese Scheune ist abgebrannt, nachdem ich mich bei dir umgesehen habe, und dann finde ich eine Postkarte, in der eine Speicherkarte versteckt ist.« Er ließ eine kurze Pause folgen. »Das meine ich. Oder denkst du nicht, dass das ein bisschen viele Zufälle sind?«

Oskars Mimik zeigte Verwunderung. »Ich weiß nichts von so einer Postkarte. Ich habe zwar vor einer Weile ein paar Ansichtskarten in einem Mülleimer gefunden, aber warum sollte ich eine davon verstecken? Und von so einem Speicher-Ding weiß ich schon gar nichts.«

»Im Dachstuhl, zwischen zwei Balken«, ergänzte David.

Oskar machte eine abwehrende Geste. »Echt. Ich habe keine Ahnung, wovon du sprichst.« Er hielt einen Moment inne und stellte fest: »Die muss die Frau dort versteckt haben. Hab ich euch doch erzählt. Diese Frauke benahm sich seltsam und ist dann ja auch sang- und klanglos verschwunden. Hast du nach ihr gesucht?« Nachdem David den Kopf schüttelte, wechselte sein Blick zu Catharina. »Oder hat die Polizei nach ihr gesucht?«

Catharina antwortete: »Nein, ich glaube nicht.« Damit deutete sie auf ihr Bein und erklärte: »Ich war heute aber auch nicht im Dienst.«

Nach einem Augenblick des Schweigens fragte Oskar: »Und was war auf dieser Speicherkarte?«

»Wissen wir noch nicht«, log David und fügte hinzu: »Sie wurde beschädigt und lässt sich vielleicht nicht mehr auslesen.«

Das leichte Zucken von Oskars rechtem Auge genügte David, um seine Zweifel an den Worten des Mannes zu bestätigen. Dieser nahm noch einen Schluck Cola und fragte: »Okay. Und wie geht es jetzt weiter? Immerhin ist der Verdacht gegen mich noch nicht vom Tisch und außerdem läuft da draußen noch Udos Mörder herum. Ich meine, hier gibt es außer mir noch einige Obdachlose, die in Gefahr sein könnten. Die Sache sollte schon aufgeklärt werden.«

David spielte kurz mit einem Bierdeckel. »Eigentlich ist dein Kredit bei mir aufgebraucht. Aber wenn ich schon deine Kaution bezahle, sollte ich auch beweisen, dass du unschuldig bist.« Er hob den Blick. »Bist du doch. Oder?«

Oskar zog den Bierdeckel zu sich, holte einen Stift aus seiner Jackentasche und kritzelte eine Nummer darauf. Danach schob er den Deckel zurück. »Das ist meine Nummer. Wenn ich irgendwo Strom für mein Handy herbekomme, bin ich jederzeit erreichbar.« Damit stand er auf und sagte in ehrlichem Tonfall: »Danke für alles und passt auf euch auf.« Mit diesen Worten nahm er seine beiden Rucksäcke und ging zum Ausgang des Imbisszeltes.

»Wie jetzt?«, regte sich Catharina auf. »Du lässt ihn einfach so davonspazieren?«

David presste kurz die Lippen zusammen. »Ja! So war er schon in Berlin. Für Oskar ist ein Gespräch beendet, wenn er es beendet hat. Er hätte uns kein Wort mehr erzählt.«

Sie sah ihm noch immer fassungslos hinterher. »Irgendwie hab ich ihn anders in Erinnerung.« Ihr Blick wechselte zu David. »Und wie geht es jetzt weiter?«

Er sah ihr ein wenig zu lange in die Augen, bevor er feststellte: »Ich mache meine Aussage, damit deine Kollegen zufrieden sind und ich meinen Ausweis und die Waffe zurückbekomme. Und du machst deine Aussage, damit du weiter in deinem Haus bleiben kannst. Danach trennen sich vermutlich unsere Wege.«

Catharina dachte darüber nach, nahm einen anderen Bierdeckel, schrieb ihre Nummer darauf und sagte nüchtern: »Falls du dir ein neues Handy besorgst, kannst du dich ja mal bei mir melden.« Damit stand sie auf, nahm die Krücken und fragte: »Gehen wir zusammen rüber?«

Kapitel 21

Auf dem kurzen Weg zum Präsidium sagte keiner ein Wort. Catharina wurde aus diesem Typen einfach nicht schlau. Er zeigte ständig neue Seiten und das machte es schwer, ihn einzuschätzen. Allerdings ging ihr diese Verschwörungstheorie eindeutig zu weit. Natürlich war einiges passiert und ja, hier stimmte etwas nicht. Aber dass sich David wie ein Hase in einem Ferienhaus verkriechen wollte, enttäuschte sie schon fast. Sie hatte eigentlich vorgehabt, ihm einen Schlafplatz anzubieten, doch er schien das überhaupt nicht in Erwägung zu ziehen.

Dank Catharinas Ausweises konnten sie das Präsidium durch einen Seiteneingang betreten. Wie jeden Sonntag war kaum etwas los und sie musste erst den wachhabenden Kollegen fragen, wer überhaupt im Haus war.

Nach einem kurzen Anruf fand sich jemand, der Davids Aussage aufnehmen konnte. Catharina führte ihn zu dem entsprechenden Zimmer, blieb aber vor der Tür stehen und sah ihn an. Lag da Bedauern in seinem Blick?

Sie dachte noch einmal kurz nach und erklärte dann versöhnlicher: »Ich will auch, dass Oskar, wenn er unschuldig ist, entlastet wird. Und die Sache mit diesen Bildern und Filmen auf der Speicherkarte sollte sich ebenfalls jemand ansehen. Aber ich halte das für eine Aufgabe der Polizei. Ich kann keinem Privatermittler helfen und dabei meine Kollegen hintergehen. Verstehst du das?«

Sein Gesichtsausdruck änderte sich. Er wirkte, als müsse er mit sich ringen, bevor er gepresst und leise sagte: »Ich habe dir nicht alles erzählt. Kurz bevor der Brand in der Scheune richtig ausbrach, war ich oben auf diesem Zwischenboden, wo Oskar sein Lager hatte. Ich habe dort aus dieser Doppeltür geschaut und jemanden über die Felder davonlaufen sehen. Es war ziemlich dunkel und ich kann mir nicht ganz sicher sein, glaube aber, dass dieser Jemand eine Polizeiuniform anhatte.«

Catharina wurde kurz heiß und kalt. »Und das erzählst du mir erst jetzt?«

Da war sie wieder, diese Gelassenheit, für die sie ihm am liebsten eine Ohrfeige gegeben hätte, als er erwiderte: »Woher sollte ich wissen, dass ich dir trauen kann?«

»Ach, und jetzt traust du mir?«, blaffte sie zurück.

Er nickte. »Ja!«

»Warum?«

»Weil du offen und ehrlich deine Meinung sagst und hinter deinen Leuten stehst.«

Da Catharina nicht wusste, wie sie damit umgehen sollte, klopfte sie an die Tür und drückte fast gleichzeitig die Klinke herunter. Dann zog sie die Tür nach außen auf und sagte zu ihrem Kollegen, der ihr fragend von seinem Schreibtisch entgegenblickte: »Hier ist der Zeuge von dem Scheunenbrand letzte Nacht.« Doch bevor David den Raum betrat, raunte sie: »Du hast bis morgen früh Zeit, um etwas zu finden, dann informiere ich meine Kollegen.«

Als ihr ein anderer Kollege kurz vor dem Ausgang gute Besserung wünschte, erkannte Catharina den Fehler. David hatte ihr zwar vorhin die Autoschlüssel in die Hand gedrückt, aber sie konnte nicht fahren. Diese Taxifahrt würde die Krankenkasse mit Sicherheit nicht bezahlen und öffentliche Verkehrsmittel gab es zu ihrem Dorf nur in Form eines Schulbusses, der an Sonntagen nicht fuhr.

Sie blickte auf ihre Uhr, humpelte vor zu dem Glaskasten neben der Eingangstür und fragte den Wachhabenden, wann die nächsten Kollegen auf Streife fuhren. Dieser sah im Plan nach und erklärte: »Torsten und Paul fahren gegen siebzehn Uhr los. Warum?«

»Meinst du, die können mich mit raus nach Balm nehmen?«

»Geht bestimmt. Du kannst die halbe Stunde in deinem Büro warten, ich sage ihnen Bescheid.«

Catharina bedankte sich und humpelte drei Türen weiter. Ihr Büro, das sie sich sonst mit Michael und Holger teilte, war leer. Sie setzte sich an ihren Schreibtisch, dachte kurz nach und startete wie auf Autopilot ihren Dienstrechner. Krankschreibung hin oder her, ein Blick in ihre E-Mails konnte nicht schaden.

Neben einer Mail bezüglich ihrer Dienstunfähigkeit befanden sich im Posteingang nur zwei weitere. Eine von Holger, der ihr unsinnigerweise über dieses Medium gute Besserung wünschte. Und eine von der Kripo in Anklam, deren knapper Inhalt lautete:

> Im Auftrag von KHK Ines Paulsen übersende ich Ihnen den Link zum Obduktionsergebnis von Udo Dümmler. Die Zugangsdaten sind Ihre Personalnummer und das Einmalpasswort U.D.9.4.23
>
> Mit freundlichen Grüßen
>
> I.A. KI G. Schneider

Catharina beugte sich interessiert nach vorne, klickte auf den Link und gab die Zugangsdaten ein. Danach erhielt sie eine weitere Mail, musste das Passwort ändern und kam endlich zu den hinterlegten Dokumenten.

Die erste Seite enthielt allgemeine Informationen zu Udo Dümmler sowie zur Auffindesituation. Auf der zweiten Seite sah sie die Skizze eines Menschen, auf der alle gefundenen Verletzungen eingezeichnet und mit Nummern versehen waren.

Ab Seite drei wurde es interessanter. Bei den ersten Laboruntersuchungen fiel vor allem der Blutalkohol auf, der mit 1,9 Promille angegeben war. Catharina kannte Udo schon lange und wusste, dass er zu viel trank. Ob das an diesem Tag Fluch oder Segen gewesen war, vermochte sie nicht zu sagen. Vielleicht hatte er dadurch nicht ganz so starke Schmerzen gelitten, andererseits hatte er sich möglicherweise deshalb nicht wehren können. Ansonsten fanden sich keine Hinweise auf Drogen oder Gift in seinem Blut.

Danach kam die Beschreibung der Messerstiche in den Rücken des Mannes, und hier wurde es noch interessanter. Die Stiche mit den Nummern 1, 3, 4 und 5 beurteilte der Gerichtsmediziner mit den Worten: nicht tödlich und mit wenig Kraft ausgeführt. Stichkanal 2 beurteilte er jedoch mit »potenziell tödlich« und dem Vermerk: »Verfehlte den rechten Herzbeutel um wenige Millimeter, der Stich verursachte aber eine leichte Schädigung der Herzkranzgefäße, was zu einem langsamen Tod führte.«

Hauptkommissarin Paulsen hatte sich diesen Bericht offenbar auch schon angesehen und diesem Abschnitt eine Notiz hinzugefügt, die lautete: »Parallelen zu AZ 324Hd3. Möglicherweise falsche Spur.«

»Was soll das nun wieder?«, murmelte Catharina, machte aber mit ihrem Handy ein Foto von den Daten auf ihrem Monitor.

Als draußen im Flur Schritte zu hören waren, schloss sie alle Programme, fuhr den Computer herunter und schaltete den Monitor aus. Keine zehn Sekunden später steckte Torsten den Kopf zur Tür herein und sagte gut gelaunt: »Habe gehört, wir haben heute einen Krankentransport nach Balm.«

Catharina bemühte sich um ein Lächeln und erwiderte, während sie mühsam aufstand: »Super, dass ihr mich mitnehmt.«

»Gar kein Problem. Wir sollten uns sowieso öfter mal im Hinterland der Insel blicken lassen. Aber wie bist du mit dem kaputten Knie überhaupt hierhergekommen? Ich habe draußen dein Auto gesehen und mich gewundert.«

Sie wollte nicht lügen, aber ihre Nähe zu David Bender würde ebenfalls Fragen aufwerfen. Also winkte sie ab und sagte: »Andere Geschichte.«

Torsten ließ es zum Glück gut sein und erklärte: »In fünf Minuten draußen auf dem Parkplatz. Schaffst du das oder brauchst du Hilfe?«

Sie hob drohend ihre linke Krücke und neckte ihn: »Ich geb dir gleich Hilfe. In einer Woche laufe ich dir beim Sport wieder davon.«

Er verschwand lachend aus der Tür und Catharina wurde wieder einmal bewusst, wie ihr die meisten ihrer Kollegen ans Herz gewachsen waren.

Als die Kollegen mit ihr an ihrem Haus ankamen, dämmerte es bereits. Catharina öffnete die Tür des Streifenwagens, bedankte sich und bat: »Könnt ihr ein bisschen auf die Obdachlosen aufpassen?«

Torsten wusste, worauf sie anspielte. »Ja, klar. Wir werden uns öfter an den entsprechenden Stellen blicken lassen.«

Sie stieg zufrieden aus, schloss die Tür und sah ihren Kollegen hinterher. Trotz der Abendsonne wirkte ihr Grundstück grau und trostlos. Das Gras war bräunlich, fast sämtliche Pflanzen noch ohne Blätter und der Boden matschig. Catharina suchte ganz bewusst nach etwas Schönem und fand es in ein paar Osterglocken und dicken flauschigen Palmkätzchen, aus denen sich erste kleine Blätter drückten.

Inzwischen hatte sie sich ganz gut an ihre Krücken gewöhnt, sodass die zwanzig Meter bis zu ihrem Haus keine Hürde mehr waren.

Sie schloss auf, ging hinein, und als die Tür hinter ihr zufiel, spürte sie ungewohnte Einsamkeit. Davids Besuch am Mittag war nur von kurzer Dauer, aber eine willkommene Abwechslung gewesen. Im Grunde hatte sie kein Problem damit, allein zu sein, doch jetzt und hier vermisste sie etwas.

Sie legte ihre dünne Jacke ab, zog sich umständlich etwas Bequemes an und machte sich auf einem Bein stehend ein paar Brote. Danach setzte sie sich an den Esstisch und kaute lustlos auf ihnen herum.

Ihr Knie quittierte die viele Bewegung zwar mit einem leichten Pochen, trotzdem verzichtete sie auf eine Schmerztablette und öffnete lieber eine Flasche Wein.

Nach dem Essen und einer Zigarette auf der Terrasse setzte sie sich aufs Sofa und hatte die Fernbedienung für den Fernseher schon in der Hand, als ihr Handy klingelte. Das Display zeigte: »Unbekannte Nummer«. Sie überlegte kurz, ob sie überhaupt rangehen sollte, dann drückte ihr Zeigefinger wie von selbst auf das grüne Symbol.

Kapitel 22

»Guten Abend.«

Catharina konnte die Stimme aus dem Telefon nicht gleich zuordnen. »Wer ist da?«

»David.«

Sie schluckte, wollte aber nicht zu glücklich klingen und sagte etwas unterkühlt: »Na, das nenne ich Sehnsucht.«

»Störe ich?«

Sie schüttelte zwar den Kopf, erwiderte aber: »Na ja. Ich habe mich vor einer Minute hingesetzt und wollte endlich etwas ausspannen.«

»Verstehe.« Davids Reaktion kam etwas verzögert. »Ich wollte auch nur wissen, ob du gut nach Hause gekommen bist und alles in Ordnung ist. Mir ist erst später eingefallen, dass du ja gar nicht selbst fahren kannst.«

»Darum steht das Auto jetzt auch noch in Heringsdorf. Meine Kollegen haben mich heimgefahren.« Sie machte eine Pause, und als er nichts sagte, fragte sie: »Na, hast du schon ein Mauseloch gefunden, in dem dich niemand findet?« Catharina hatte den Satz noch nicht zu Ende gesprochen, da hätte sie sich schon ohrfeigen können. Der Kerl machte sich offenbar Sorgen um sie und es gab absolut keinen Grund, sich so zu benehmen.

Daher räusperte sie sich und sagte versöhnlich: »Tut mir leid. Ich weiß auch nicht, was mit mir los ist.«

Seine Stimme klang weich. »Kein Problem. In den letzten beiden Tagen ist viel passiert, das kann an den Nerven kratzen. Außerdem ist so ein lädiertes Knie bestimmt anstrengend.« Es herrschte kurz Stille in der Leitung, dann fügte er noch hinzu: »Wie gesagt. Ich wollte mich nur erkundigen, ob alles in Ordnung ist. Und danke, dass du mir wegen der Sache mit Oskar noch etwas Zeit gibst.«

Catharina fiel erst jetzt auf, dass sie lächelte. Sie drehte den Kopf zur Terrassentür und sah hinaus. Hinter dem Schilfgürtel sah das glatte Wasser aus, als wäre es ein riesiger schwarzer Spiegel.

»Bist du noch da?«

Sie holte sich zurück in die Realität und antwortete: »Ja. Sorry. Und ja, bei mir ist alles in Ordnung.« Dann nahm sie einen Schluck Wein und fragte: »Wo bist du jetzt?«

David lachte. »In einem Hotelzimmer an der Uferpromenade von Heringsdorf. Ich vergesse manchmal, dass Berlin eine andere Welt ist. Da bekommt man auch an einem Sonntag so gut wie alles. Hier gab es heute weder einen Mietwagen noch konnte ich irgendwo ein Handy oder einen Laptop kaufen. Und laut einem Aushang gibt es zwar freie Ferienhäuser, aber natürlich hatte das Tourismusbüro schon geschlossen.«

Nun musste auch Catharina lachen und erwiderte: »Ja, das klingt ganz nach dieser Insel. Hier ist der Stillstand zu Hause.« Sie stockte kurz und kam nun doch wieder auf den Mord zurück: »Dann konntest du vermutlich auch nichts Neues in Erfahrung bringen? Oder hast du dich noch einmal mit Oskar getroffen?«

»Nein und nein.« Etwas betreten fügte er hinzu: »Ich werde dein Ultimatum nicht einhalten können. Aber natürlich steht es dir frei, morgen mit deinen Kollegen über mich zu reden.«

»Und was ist mit diesen Bildern auf der Speicherkarte?«

»Wie gesagt: Ich habe weder ein Handy noch irgendein anderes technisches Gerät für eine Recherche. Aber meine Assistentin in Berlin sieht sich die Dateien an. Ich habe diese heute Nachmittag nach der Virenprüfung mit deinem Laptop auf meinen Server kopiert. Konntest du noch etwas in Erfahrung bringen?«

Catharina zögerte. »Vielleicht. Aber ich kann keine Informationen mit dir teilen. Dazu hättest du Polizist bleiben müssen.«

»Also unterhalten wir uns jetzt über das Wetter?«, schlug er vor.

Sie atmete einmal tief durch, trank noch einen Schluck und gab sich einen Ruck. »Sagen wir einfach, es gibt ein Mordopfer, das von hinten erstochen wurde. Also rein fiktiv. Dieses Mordopfer hat fünf Einstiche. Vier davon wurden mit wenig Kraft ausgeführt, aber einer ging zielgenau und mit genügend Kraft direkt ins Herz. Und sagen wir einfach, es gibt im Obduktionsbericht einen Vermerk, der lautet: ›Möglicherweise falsche Spur.‹ Was, denkst du, könnte damit gemeint sein?«

David musste offenbar nicht lange darüber nachdenken, und seine Stimme klang besorgt, als er sagte: »Das ist nicht gut.«

»Warum?«

»Weil da jemand wusste, was er tut. Dieser fiktive Mord war also keine Tat im Affekt, die von einem Laien ausgeführt wurde.«

Catharina hatte zwar bereits eine Ahnung, fragte aber trotzdem: »Wie kommst du darauf?«

David trank offenbar auch irgendetwas, da er erst schlucken musste. »Na, die vier harmlosen Stiche sollen die Ermittlungen in die Irre führen. Es soll so aussehen, als ob jemand wild auf das Opfer eingestochen hat, dabei wurde der potenziell tödliche Stich schon vorher gesetzt.«

Catharina vergaß ihre Vorsicht und fragte verunsichert: »Du meinst, Udo wurde von einem Profikiller getötet?«

»Zumindest von jemandem, der sehr genau wusste, was er tat, und das vermutlich nicht zum ersten Mal machte.«

In ihr verkrampfte sich etwas und ihr Blick ging wieder nach draußen zum Achterwasser. Dann gab sie zu: »Na super, jetzt ist mir tatsächlich etwas mulmig zumute.«

»Hast du deine Dienstwaffe zu Hause?« Seine ruhige Stimme wollte nicht so recht zu der Frage passen.

Sie sah zu dem abschließbaren Fach des alten Sekretärs. »Ja, habe ich.«

»Gut, dann behalt sie in deiner Nähe. Oder soll ich vorbeikommen?«

Catharina wurde es kurz warm, dann rief sie sich selbst zur Ordnung und antwortete mit möglichst fester Stimme: »Nein. Ich kann mir nicht vorstellen, dass dieser Jemand einen Polizisten angreift.«

Da war sie wieder, diese Gleichgültigkeit, als er feststellte: »Okay. Dann sei einfach ein bisschen vorsichtig.«

Sie wollte das Gespräch noch nicht beenden und fragte daher: »Und was hast du morgen vor?«

Er blieb furchtbar sachlich. »Erst besorge ich mir ein Auto, dann ein Handy und einen Laptop. Außerdem muss ich noch einmal zu diesem Bauern, um die Sache mit dem abgebrannten Wohnmobil zu klären. Ach ja, und ich werde auf jeden Fall mit Oskar sprechen. Irgendetwas stimmt da ganz und gar nicht, oder hattest du den Eindruck, dass er passend auf den Fund dieser Postkarte reagiert hat?«

Sie dachte darüber nach. »Nein. Es wirkte fast, als hätte er die Frage erwartet und sich die Antwort schon bereitgelegt.«

»Sehe ich auch so.« David ließ eine Pause folgen und erkundigte sich scheinbar beiläufig: »Und was machst du morgen? Musst du noch einmal zum Arzt?«

Catharina sprang erneut über ihren Schatten und schlug vor: »Ich habe Zeit, und wenn du willst, könnte ich dich begleiten. Ich kenne mich auf der Insel aus.«

»Hm.«

»Was hm?«

»Na ja. Du sagtest, dass du die ganze Sache für eine Angelegenheit der Polizei hältst. Ich werde mich aber auf jeden Fall weiter umhören. Bist du dir sicher, dass du da dabei sein willst?«

Sie ahnte, dass seine Zurückhaltung nicht ganz ehrlich war, daher schmunzelte sie und fragte: »Ist das eine Drohung?«

»Nein, ich will dich nur nicht in Schwierigkeiten bringen.«

Sie ging darüber hinweg. »Komm einfach zu mir, wenn du einen Mietwagen gefunden hast. Und sollte mir unterwegs etwas missfallen, kann ich dich immer noch erschießen.«

»Ich bevorzuge Handschellen.«

Irrte sie sich oder war seine Tonlage eindeutig zweideutig? Der Wein zeigte langsam Wirkung und sie erwiderte mutig: »So weit sind wir noch nicht.«

Die nun folgende Stille war erdrückend. Catharina griff noch einmal zum Glas und fragte ausweichend: »Warum bist du eigentlich kein Bulle mehr?«

»Die Kurzfassung lautet: Ich war mit einigen Dingen nicht einverstanden und wollte mich verändern.«

Dieses Mal leerte sie das Glas. »Und die Langfassung?«

»Erzähle ich dir gerne einmal in Ruhe bei einem guten Glas Rotwein.«

Sie hätte sich fast verschluckt und fragte unsicher: »Habe ich meine Kamera an oder stalkst du mich?«

David lachte. »Weder noch. Warum?«

»Weil ich gerade auf meinem Sofa liege und Rotwein trinke. Wenn du auch einen in deiner Minibar hast, könnten wir das zusammen machen und du erzählst mir deine Geschichte.«

Sie sah sein Grinsen förmlich vor Augen, doch er sagte: »Guter Versuch, aber von Angesicht zu Angesicht wäre mir lieber.«

»Mir auch.« Catharina merkte selbst, dass sie es ihm zu leicht machte. Sie rief sich erneut selbst zur Ordnung und fügte schnell hinzu: »Wir finden bestimmt eine Gelegenheit.« Und auch wenn es ihr unheimlich schwerfiel, schlug sie vor: »Lass uns für heute Schluss machen. Soll ich dich nun morgen begleiten oder nicht?«

Er antwortete: »Nichts wäre mir lieber«, dann fand auch er wieder zu einer seriösen Tonlage zurück und bat: »Pass heute Nacht bitte auf dich auf. Ich glaube zwar auch nicht, dass du akut in Gefahr bist, aber sicher ist sicher.«

Catharina biss sich auf die Unterlippe, um nicht das Falsche zu sagen, also erwiderte sie nur: »Mach ich und schlaf gut.«

»Du auch.« Damit wurde die Verbindung unterbrochen und sie starrte noch lange auf irgendeinen Punkt an der Wand.

Nach einigen Minuten griff sie ihre Krücken, holte erst die Waffe aus dem Sekretär und dann noch etwas Rotwein. Anschließend setzte sie sich wieder auf das Sofa und rief ihre beste Freundin in Berlin an.

Kapitel 23

Nachdem David aufgelegt hatte, ließ er seine Hand noch für eine Weile auf dem Hörer liegen. In ihm tobte etwas, das er unbedingt vermeiden wollte.

Es war jetzt eineinhalb Jahre her und Lydia war auch Polizistin gewesen. Damals hatte er sein Hirn abgeschaltet und den Hormonen die Kontrolle überlassen. Er hatte sich wie ein Hund benommen, der einer läufigen Hündin hinterherrennt. Es hatte als wilde Romanze begonnen und innerhalb von Wochen in eine toxische Abhängigkeit geführt. Hätte Lydia damals gesagt: »Spring durch den Feuerreifen«, er wäre ohne zu zögern gesprungen.

Die Gedanken daran machten ihn wütend. Er stand auf, ging in das kleine Badezimmer der Touristenabsteige und zupfte sich seine Haare zurecht. Anschließend legte er sein Holster so an, dass man es unter der Jacke nicht sehen konnte, griff noch seine Geldbörse und verließ das Zimmer.

Es war gerade einmal kurz vor zwanzig Uhr und die Hotellobby voller Menschen. Einige kamen gerade vom Abendessen, andere gingen erst in den Speisesaal. Er selbst verzichtete darauf und suchte gleich nach der Bar. Doch bevor er den kleinen goldenen Wegweisern folgte, nahm er sich die Zeit, sich sorgfältig umzusehen.

Zwei Personen fielen ihm auf. Die eine war eine junge Frau, die neben einem Regal mit Ausflugsprospekten stand und sich sehr für die Lobby interessierte, die andere ein Mann mittleren Alters. Er saß auf einem der Kunstledersessel und ignorierte das Handy in seiner Hand. Stattdessen sah er zu ihm herüber, vermied aber direkten Blickkontakt.

David ließ es darauf ankommen, durchquerte den Eingangsbereich und setzte sich dem Mann direkt gegenüber. Genau in diesem Moment klingelte dessen Handy und David wurde Zeuge eines Streitgesprächs zwischen dem Mann und seiner Frau.

Inzwischen war auch die Frau neben dem Regal verschwunden und David sah sie gerade noch durch die große Drehtür davoneilen.

Nachdem er sich halbwegs sicher war, dass ihn doch niemand beobachtete, stand er auf und ging in die Hotelbar, wo er den letzten freien Hocker am Tresen ergatterte. Nachdem er sich einen Whisky und ein Pils bestellt hatte, ließ er auch hier den Blick durch den Raum gleiten.

Das Problem waren nicht die Menschen, sondern das, was Hotels aus ihnen machten. Es war diese Mischung aus Eitelkeiten, gespieltem Benehmen und hemmungslosem Verhalten, was ihn ankotzte. Keiner hier im Raum verhielt sich wie im normalen Leben, noch nicht einmal er selbst.

Der Whisky schmeckte erst scharf, dann entfaltete er sein Aroma und schickte dabei eine angenehme Wärme durch seinen Körper. David entspannte sich etwas.

»Allein hier?« Die Frau neben ihm drehte sich leicht zu ihm. In ihrem Blick lag eine Mischung aus Interesse und

Traurigkeit. Er schätzte sie auf um die vierzig, und ihr Versuch, sich elegant zu schminken, war in die Hose gegangen. Die Farben wirkten ein wenig zu grell und passten nicht zu ihrem blassen Teint.

David hielt den Augenkontakt einen Moment lang aufrecht. Eigentlich wollte er lügen und ihr sagen, dass er auf seine Frau wartete, aber wozu? Also nahm er noch einen Schluck und bejahte die Frage.

»Ich auch«, war die schlichte Reaktion darauf, gefolgt von dem Angebot: »Darf ich Ihnen noch einen Whisky ausgeben?«

Er wollte die Frau nicht beleidigen, aber auch nicht, dass ihre Urlaubskasse belastet wurde, denn er hatte sich einen der teuersten Whiskys bestellt, den dieses Touristenhotel zu bieten hatte. Eigentlich konnte er sich das selbst nicht leisten, aber das Leben war bekanntlich zu kurz, um schlechten Wein zu trinken. Daher schenkte er ihr ein Lächeln und erklärte: »Ich bin da etwas altmodisch, also lade ich Sie ein. Was möchten Sie?« David erkannte seinen Fehler bereits, während er das sagte, da es wie eine Anmache klang.

Und genauso kam es bei der Frau an. Ihr Lächeln veränderte sich ein wenig, dann nahm sie ihr fast leeres Cocktailglas und sagte: »Das ist ja nett. Ich würde noch einen Sex on the Beach nehmen.« Damit streckte sie ihm die Hand entgegen. »Sag doch bitte Laura zu mir.«

»David«, stellte er sich vor, dann bestellte er die Getränke und kannte nur zehn Minuten später die Kurzfassung ihrer Lebensgeschichte. Laura war frisch geschieden, einundvierzig Jahre alt und hatte zwei erwachsene Kinder. Im Moment lebte sie von ihren Ersparnissen und war auf der Suche nach einem Job.

Er fand sie nicht unsympathisch, doch sie war nicht das, was er an diesem Abend brauchte. Eigentlich war er in die Bar gekommen, um seine Gedanken zu ordnen und noch ein wenig über Oskar nachzudenken.

Der dritte Whisky zeigte Wirkung und so langsam genoss er die Ablenkung, trotzdem brachte er die letzten Ereignisse nicht ganz aus seinem Kopf.

»Rauchst du?«

Die Frage holte ihn aus seinen Gedanken. Er nickte, noch immer etwas abwesend, worauf sie vorschlug: »Wollen wir kurz rausgehen? Ich kann sowieso nicht mehr sitzen.«

Er lachte. »Ja, geht mir genauso und gegen eine Zigarette hätte ich nichts einzuwenden. Ich müsste mir allerdings eine schnorren. Meine sind oben im Zimmer.«

Sie erwiderte das Lachen. »Kein Problem.«

David zahlte die knapp hundert Euro mit seiner Kreditkarte, rutschte vom Barhocker und spürte den Alkohol in den Beinen. Laura folgte seinem Beispiel, machte einen kleinen Ausfallschritt, hakte sich bei ihm unter und sagte: »Ups. Das kann ja an der frischen Luft was werden.«

Während sie vor dem Hoteleingang standen und eine Zigarette rauchten, beobachtete David nacheinander zwei ältere Herren, die mit eindeutig viel zu jungen Frauen in das Hotel gingen. Während den alten Säcken die Vorfreude ins Gesicht geschrieben stand, wirkten die höchstens achtzehnjährigen Frauen wie Marionetten.

Natürlich wusste David, was da lief, aber sein Job hatte ihn abgestumpft. Er hatte früh begreifen müssen, dass man diese Welt nicht wirklich ändern konnte.

Er sah den ungleichen Pärchen kurz hinterher, dann die Strandpromenade entlang. An einer Parkbank blieb sein Blick hängen. Sie stand in ziemlicher Entfernung zur nächsten Laterne, deren schwacher Lichtschein den darauf sitzenden Mann nur schemenhaft erkennen ließ. *War das Oskar?*

Der Mann hielt eine Kamera auf das Hotel gerichtet, stand aber gerade in diesem Augenblick auf und ging in die andere Richtung davon. Er hatte zwar Oskars Statur, aber Klamotten an, die sich ein Obdachloser nie leisten konnte. Außerdem schlenderte er ohne Eile davon und betrat hundert Meter weiter ein anderes Hotel.

»Alles in Ordnung?« Laura drückte ihre Zigarette in den großen Aschenbecher und sah ihn an.

»Ja. Ja, alles gut«, beeilte er sich zu sagen. »Ich dachte nur gerade, da ist jemand, den ich von früher kenne. Aber ich muss mich getäuscht haben.«

»Das kenne ich«, scherzte sie. »Ich sehe dauernd Menschen, die mir bekannt vorkommen.« Damit nickte sie zur Drehtür und fragte: »Willst du da wieder rein? Ich bin schon seit drei Stunden hier und würde liebend gerne das Meer sehen. Wie sieht's aus, hast du Lust?«

David mahnte sich zwar, auf Distanz zu bleiben, stimmte aber zu. Sie überquerten die breite Promenade, gingen zum nächsten Strandabgang und zwischen den Dünen hindurch. Nach wenigen Metern stellte Laura fest: »Das geht nicht!«

»Was geht nicht?«, fragte er irritiert.

»Diese Schuhe funktionieren hier nicht.« Sie blieb stehen, hielt sich an ihm fest und zog sich die Schuhe von den Füßen, musste aber feststellen: »Wow, ist der Sand kalt.«

Sie blieb bei ihm untergehakt und so gingen sie schweigend in Richtung Meer. Das Rauschen der leichten Brandung und der Geruch nach Salz und Algen hatten eine beruhigende Wirkung.

Am Ufer, wo das Wasser immer wieder den Strand erkundete, sich zurückzog und kurz darauf einen neuen Versuch unternahm, blieben sie stehen.

Nachdem sie eine Weile über die dunkle See geblickt hatten, fragte Laura mit brüchiger Stimme: »Findest du mich attraktiv?«

David drehte sich zu ihr, sah sie an und wollte alles, nur ihr keine falschen Hoffnungen machen. Er nahm ihre Hände und sagte sanft: »Wir sollten es hierbei belassen. Ich muss morgen früh abreisen und wir würden uns nie wiedersehen. Genieß deine Zeit auf dieser Insel ohne den Schmerz, den eine gemeinsame Nacht hinterlassen würde.«

In ihren Augen zeigte sich eine Stärke, die er nicht erwartet hatte, als sie lachend feststellte: »Das war nicht meine Frage und du bist ganz schön eingebildet.«

Er drückte ihre Hände und nickte. »Ja, ich finde dich attraktiv und dein Ex-Mann muss ein Idiot sein, wenn er dich verlassen hat.«

Sie lächelte. »Ja, er ist ein Idiot, deshalb habe ich ihn verlassen, und nicht er mich.« Dann löste sie ihre rechte Hand aus seiner, boxte gegen seine Brust und sagte gespielt böse: »Und du bist verdammt arrogant, wenn du glaubst, ich wäre gleich am ersten Abend mit dir in die Kiste gesprungen.« Damit löste sie sich von ihm und machte mit ihren nackten Füßen ein paar Schritte ins eiskalte Wasser.

David sah ihr dabei zu und wusste nicht so recht, ob er beleidigt oder froh sein sollte. Er drängte den aufkommenden Jagdinstinkt zurück und rief: »Wie sieht es aus, trinken wir irgendwo noch einen Absacker, bevor ich in mein einsames Hotelzimmer zurückkehren muss?«

Laura kam lachend zurück, spritzte ihn mit den Füßen ein bisschen nass und blieb kurz vor ihm stehen. Dann stupste sie ihm auf die Nase, fragte: »Habe ich jetzt an deinem Ego gekratzt?«, und gab ihm einen schnellen Kuss auf die Lippen. Danach begann sie, von einem Fuß auf den anderen zu treten, und beschloss: »Ein Drink ist eine super Idee. Wenn ich noch länger in diesem kalten Sand stehe, liege ich morgen mit einer Erkältung im Bett und der Urlaub ist vorbei.«

Auf dem Weg zurück gab sich Laura distanzierter und David war verwirrt. Nicht, dass er sich ernsthaft auf etwas eingelassen hätte, aber die Sache kratzte tatsächlich ein wenig an seinem Ego.

Kapitel 24

Der Anruf von der Rezeption kam pünktlich um sieben Uhr und weckte David unsanft. Er tastete nach dem Hörer des Telefons, brummte, dass er jetzt wach sei, und legte wieder auf. Draußen ging gerade die Sonne auf und schien unangenehm hell durch das große Fenster mit Meerblick.

David drehte sich in die andere Richtung und forschte nach den Spuren der vielen Drinks am Vorabend. Er fand einige. Da war der latente Kopfschmerz, eine leichte Verspannung vom komatösen Schlaf und nicht zuletzt die Erinnerung an Laura. Obwohl sie ganze zehn Jahre älter war als er, hatte die Versuchung in der Luft gelegen. Er fragte sich kurz, wie viel passiert war, bis ihm der etwas zu lange Abschiedskuss einfiel. Mehr war nicht geschehen und das war auch gut so!

Die Realität ließ nicht lange auf sich warten, aber sie hielt auch positive Aspekte bereit. Denn neben den Dingen, die erledigt werden mussten, gab es auch die Vorfreude darauf, Catharina wiederzusehen. Ein Grund mehr, über den Ausgang des gestrigen Abends froh zu sein.

David drehte sich auf den Rücken, rieb sich die Augen und schälte sich aus dem Bett. Danach trat er kurz auf den Balkon, wo ihm die durchaus noch frische Meeresbrise etwas Leben einhauchte. Außerdem war der Ausblick fantastisch. Das tiefblaue Meer glitzerte in der aufgehenden Sonne, am Horizont schaukelten zwei Segelboote auf den Wellen, und als wäre das noch nicht Kitsch genug, kreisten einige Möwen über dem Hotel.

David ging wieder hinein und brachte seinen verspannten Körper mit ein paar Dehnübungen auf Betriebstemperatur. Es folgte eine lange Wechseldusche, wobei das saubere Gefühl danach durch die fremden Klamotten aus der Kleiderkammer getrübt wurde. Die Sachen aus dem Lager für Obdachlose waren zwar ordentlich und sauber, aber es waren nicht seine eigenen. Die lagen noch immer bei Catharina und warteten auf eine Wäsche.

Kurz vor acht klingelte das Telefon erneut. Er hätte nicht damit gerechnet, doch das Hotel hatte es trotz der frühen Uhrzeit tatsächlich geschafft, den von ihm gewünschten Leihwagen herbeizuschaffen.

Nachdem er das Holster angelegt hatte, zog er seine Jacke darüber, sah sich noch einmal gründlich im Zimmer um und verließ es. Unten verzichtete er auf ein Frühstück, holte sich aber vier Brötchen vom Buffet und erledigte die Formalitäten. Danach verließ er das Hotel und nahm den blauen Golf von einem verschlafen wirkenden Mitarbeiter der Mietwagenfirma in Empfang.

»Meine Güte, bist du Frühaufsteher?« Catharina öffnete die Tür in einem etwas albern aussehenden Schlafanzug im Zebralook. Sie blinzelte David gegen das Tageslicht an, und seine Sorge, dass ihr etwas passiert sein könnte, verflog. Er hielt die Tüte mit den Brötchen hoch und verkündete: »Ich hoffe, du hast genauso viel Hunger wie ich. Und noch mehr hoffe ich, dass du etwas zum Belegen der Dinger im Kühlschrank hast.«

Ihr Blick wanderte zwischen der Tüte und ihm hin und her, bevor sie murmelte: »Kann ich erst mal einen Kaffee trinken?«

»Kannst du. Wie geht es deinem Knie?«

»Besser, aber nicht gut.« Damit drehte sie sich um und humpelte hinein.

Er folgte ihr und sah im Wohnraum einen Wäscheständer mit seiner Wäsche, was ihn schmunzelnd fragen ließ: »Wie hast du das denn hinbekommen?«

Catharina mühte sich die Treppenstufen hinauf, wobei sie verkündete: »Ein kräftiges Bein habe ich noch. Ich bin kurz oben. Machst du uns einen Kaffee?«

Die zerwühlte Sofadecke, eine leere Flasche Wein und ein Glas zeugten davon, dass auch Catharina einen langen Abend gehabt hatte. David brachte die Flasche und das Glas in die Küche, startete die Kaffeemaschine und öffnete einige Schränke auf der Suche nach Geschirr.

Catharina war erstaunlich schnell wieder unten. Sie betrachtete den gedeckten Frühstückstisch, runzelte die Stirn und fragte schon wieder viel zu bissig: »Ist das dein Standardprogramm für Damenbesuch, der über Nacht bleibt?«

David ließ sich nicht provozieren und antwortete zweideutig: »Nein, das mache ich nur, wenn ich eine Dame von mir überzeugen will.«

Darauf wusste sie tatsächlich einmal keine Antwort und murmelte nur ein leises »Danke«. Dann nahm sie einen vorsichtigen Schluck aus der dampfenden Tasse und fragte: »Also, was steht heute an? Hast du inzwischen etwas in Erfahrung bringen können?«

David dachte an den gestrigen Abend, schob den Gedanken an Laura aber schnell wieder beiseite und schüttelte den Kopf. »Nein. Wie ich bei unserem Telefonat schon sagte, brauche ich erst ein Handy und einen Laptop.« Er stockte, sah sich um und fragte: »Kann ich mir die Bilder auf der Speicherkarte noch einmal auf deinem Gerät ansehen?«

Catharina nickte. »Klar.« Damit deutete sie zu der Regalwand, in der auch der Fernseher stand. »Er liegt …«, weiter kam sie nicht. Sie drehte sich auf dem Stuhl noch ein Stück in den Raum und fragte sich dabei laut: »Scheiße, wo ist das Ding? Wo hast du den Laptop gestern Nachmittag hingelegt?«

David war alarmiert. Er stand auf und deutete nun ebenfalls auf die Regalwand. »Dahin, wo er vorher lag. Neben die drei Reiseführer dort drüben.«

»Okay«, erwiderte sie nun gedehnt. »Und ich habe ihn seitdem nicht mehr benutzt oder gesehen.«

Er tastete prüfend nach seiner Waffe und sah sich noch einmal im Raum um. »Warst du heute schon im Keller?«

»Nein.« Sie nickte zu dem Wäscheständer mit den Klamotten. »Die habe ich schon gestern Abend gewaschen.«

»Und das Schloss vorne und die Terrassentür waren da noch in Ordnung?« Nachdem sie das bejaht hatte, deutete er auf eine schmale Tür neben dem Treppenaufgang und fragte leise: »Keller?«

Sie nickte. Er zog die Waffe, ging zu der Tür und öffnete sie so leise wie möglich. Der Keller glich einem schwarzen Loch, aus dem keinerlei Geräusche kamen. David knipste das Licht an und begann mit dem Abstieg.

Unten machte die Treppe einen Knick nach links. Er ging in die Hocke und sah vorsichtig um die Ecke. Hier gab es einen kleinen zentralen Raum, von dem zwei Türen abgingen. Rechts befand sich eine Brandschutztür, die vermutlich zur Heizung führte. Links eine einfache Holztür, auf der »Partymeile« stand.

Er entschied sich für links, ging die letzten Stufen hinunter und blieb vor der Tür stehen. Da er sich seitlich hinter keiner Wand verstecken konnte, gab es nur zwei Möglichkeiten. Entweder schnell und direkt oder langsam und vorsichtig. Eine

Sekunde später drückte er die Klinke herunter, stieß die Tür gleichzeitig nach innen auf und stürmte in den Raum, wobei er versuchte, möglichst alle Ecken gleichzeitig zu checken. Ein kleines Fenster spendete etwas Tageslicht, ließ aber den Bereich hinter einem kleinen Bartresen aus.

David hielt die Waffe konzentriert nach vorne gerichtet und überwand die wenigen Meter. Dann drehte er sich hinter den Tresen, doch auch da war niemand. Er atmete kurz durch, verließ den Raum und ging zu der anderen Tür. Hier ging er etwas langsamer vor. Er zog die Tür auf, drückte sich dabei aber gegen die Wand und sah erst einmal hinein. Der Raum war deutlich kleiner und nichts deutete auf einen ungebetenen Gast hin.

Kurz darauf war er wieder oben bei Catharina. Sie stand an der Terrassentür und wirkte deutlich blasser als zuvor, als sie sagte: »Hier ist heute Nacht jemand reingekommen. Ich war gestern Abend noch eine rauchen und habe danach dreimal überprüft, ob die Tür verriegelt ist. Und jetzt war sie nur eingeschnappt und am Holzrahmen sind kleine Kratzer.« Damit humpelte sie ihm entgegen, wischte sich eine Träne aus dem Auge und sagte verzweifelt: »Gottverdammte Scheiße. Verstehst du das? Ich lag oben und habe nicht gemerkt, dass hier jemand herumschlich. Er hätte sonst was mit mir machen können.«

Für David war es eine völlig neue Seite der Kommissarin. Selbst als er sie in der Ruine überrumpelt hatte, hatte sie selbstbewusst und tough gewirkt. Und nun sah sie so aus, als stünde sie kurz vor einem Nervenzusammenbruch.

Er streckte ihr seine Hand entgegen, aber sie drehte sich weg. Dann verbarg sie ihr Gesicht hinter beiden Händen und begann, tief durchzuatmen. Nach einigen Atemzügen wischte sie sich noch einmal über die Augen und sagte fester: »Sorry. Geht schon wieder.«

Er legte seine Hand auf ihre Schulter. »Wirklich?«

»Ja!«

Sie klang, als sollte er nicht weiter nachfragen. David akzeptierte es, fragte aber: »Kann oben noch jemand sein?«

Catharina schüttelte den Kopf. »Nein, ich war gerade im Bad und im Schlafzimmer. Mehr Räume gibt es nicht. Auch keinen Dachboden.«

»Okay, gut!« Sein Blick ging zu der Terrassentür. Er strich ihr ein letztes Mal beruhigend über die Schulter, drückte sich zwischen ihr und dem Wäscheständer vorbei und nahm die Tür in Augenschein.

Bei seinen früheren Einsätzen als Streifenpolizist hatte er genügend Wohnungseinbrüche gesehen, und das hier war der Klassiker bei alten Balkontüren. Jemand steckte ein flaches Stemmeisen unter den Türrahmen und drückte dieses ein Stück nach oben, bis der Zapfen der Schließanlage aus seiner Nut rutschte. Wenn man die Sache ohne Eile anging, machte die Aktion fast keinen Lärm.

David richtete sich wieder auf und sah in den Wohnraum, wobei er sich vorstellte, wie jemand darin herumschlich, während Catharina, etwas durch den Wein betäubt, in ihrem Bett lag und schlief. Und er musste zugeben, dass einen diese Vorstellung durchaus aus der Bahn werfen konnte.

Catharina kam auf Krücken zu ihm raus und nickte zum Achterwasser, wobei sie feststellte: »Du hattest vermutlich recht. Dieser Typ im Boot muss uns gestern Mittag dabei beobachtet haben, als wir uns die Fotos von der Speicherkarte auf der Terrasse angesehen haben. Irgendetwas ist da im Busch und ab jetzt geht es mich auch etwas an!«

Kapitel 25

Dieses Mal ließ sich Catharina nicht lange bitten. Während David ihre Sporttasche mit ein paar persönlichen Dingen und Klamotten in den Kofferraum legte, stieg sie in den Leihwagen. Das war ihr Haus und sie würde es verteidigen, aber vielleicht war es im Moment wirklich besser, in Davids Nähe zu bleiben. Sie kannte ihn noch nicht lange und wusste nur wenig von ihm, trotzdem strahlte er eine Sicherheit aus, die sie jetzt gut brauchen konnte. Ihr verletztes Knie machte sie angreifbar und der nächtliche Besuch rief Erinnerungen wach, die sie sorgfältig verdrängt hatte.

Nachdem David auf der Fahrerseite eingestiegen war, sagte sie wütend: »Wir sollten uns Oskar vornehmen. Er muss uns sagen, was an dieser Speicherkarte so wichtig ist. Oder siehst du einen anderen Grund für Udos Tod und alles, was danach geschah?«

David schüttelte zwar den Kopf, gab aber zu bedenken: »Und was, wenn Oskar weiterhin dabei bleibt, dass die Postkarte von dieser ominösen Frau stammt, die bei ihm geschlafen hat? Wir können ihn ja schlecht foltern, damit er uns die Wahrheit sagt. Außerdem ist es ja sogar möglich, dass es die Wahrheit ist.«

Er ließ den Motor an und fügte hinzu: »Nein. Was wir brauchen, sind Fakten. Gute alte Ermittlungsarbeit.«

Catharina gefiel diese Antwort zwar nicht, aber sie musste sich eingestehen, dass David recht hatte.

»Wohin?«, holte er sie am Ende des Schotterwegs aus ihren Gedanken. Sie sah ihn von der Seite an. »Das kommt darauf an, was du jetzt machen willst.«

»Ich brauche ein Handy, einen Laptop und ein paar Wechselklamotten. Außerdem muss ich noch zu diesem Bauern, wegen des Wohnmobils. Oder besser gesagt wegen dem, was noch davon übrig ist.«

»Dann nach links«, sagte sie knapp und dachte anschließend darüber nach, ob sie sich nicht doch ihren Kollegen anvertrauen sollte. Doch da war dieser eine Mann in Uniform auf einem der Fotos mit der älteren Dame. Und es musste einen guten Grund geben, warum der Fotograf sich derart für diese Frau interessiert hatte.

Wenige Minuten später bogen sie auf Usedoms Hauptverkehrsstraße und standen wie üblich im Stau. Catharina sah immer einmal wieder verstohlen zu David, wobei sie sich fragte, wer dieser Mann war. Daher wollte sie wissen: »Warum bist du eigentlich Privatermittler geworden? Verdient man da mehr als bei der Kripo?«

Seine Antwort schien sorgfältig gewählt. »Sagen wir einfach, es war Zeit für etwas Neues.«

»Das ist jetzt aber ein bisschen dünn«, gab sie enttäuscht zurück.

Er ließ den Wagen einige Meter weiterrollen und sah zu ihr rüber. »Haben wir gestern Abend am Telefon nicht ausgemacht, dass ich dir das einmal bei einem Glas Wein erzähle?«

»Ach, komm schon«, bat Catharina neugierig. »Immerhin sind wir jetzt so etwas wie ein Team. Da sollte man schon etwas mehr voneinander wissen.«

Bei dem Wort »Team« lächelte er unmerklich, antwortete aber mit: »Dann willst du deinen Kollegen vorerst nichts erzählen?«

»Du lenkst ab.« Catharina hatte nicht vor, sich so leicht abspeisen zu lassen.

Er stöhnte: »Du wirst ja eh keine Ruhe geben«, dann fuhr er den anderen Autos im Schritttempo hinterher und erzählte dabei: »Die Kurzfassung lautet, dass vor einer Weile zwei Dinge gleichzeitig eintraten. Zum einen wurde ein Schwerverbrecher, den ich überführt hatte, wieder freigelassen. Und zwar nicht einfach so, sondern weil ein damaliger Kollege von mir das genaue Gegenteil von dem aussagte, was wirklich passiert war.«

»Und was passierte noch?«, fragte sie, als er nicht weiterredete.

Er räusperte sich. »Das ist privat. Die Trennung war genauso traumatisch wie die Beziehung selbst.«

Catharina spürte eine neue Welle der Neugierde in sich aufsteigen, beschloss aber, dass diese Themen wirklich eine ruhige Umgebung und ein Glas Wein verdient hatten.

Nach einem Augenblick des Schweigens fragte er überrascht: »Wie jetzt, du gibst dich damit zufrieden?«

Sie schüttelte den Kopf: »Ganz und gar nicht, mein Lieber. Die ausführliche Version ist nur verschoben.« Damit nickte sie nach vorne. »Und außerdem geht es weiter.«

»Wow. Da bist du lebend rausgekommen?« Nachdem sie auf dem Bauernhof angekommen waren, stieg Catharina trotz ihres schmerzenden Knies mit aus. Die Reste der Scheune und das Skelett des Wohnmobils zeigten das ganze Ausmaß des Infernos. Es schien kaum vorstellbar, dass David nur mit einer

Rauchvergiftung davongekommen war. »Sagtest du nicht, du warst oben auf dem Zwischenboden, als der Brand ausbrach?«

»War ich«, gab er einsilbig zurück. Offenbar war er ebenso beeindruckt von dem Anblick der wenigen verbliebenen rußschwarzen Balken, die wie zur Mahnung in den Himmel ragten.

Inzwischen war Bauer Johansson unbemerkt aus dem Haus gekommen und fragte barsch: »Was wollen Sie hier? Das ist ein Privatgrundstück.« Erst als sich David zu ihm drehte, erkannte er ihn und kam näher. Dann deutete er auf die Scheune und sagte: »Schöner Schlamassel. Wie geht es Ihnen? Wenn ich Sie in dieser Nacht nicht gefunden hätte, wäre Feierabend gewesen.«

David nickte. »Ich habe schon gehört, dass Sie mich gerettet haben. Vielen Dank dafür! Ich hatte den Brandgeruch bemerkt und versucht, noch etwas zu retten, aber bei dem vielen Stroh und Holz war das unmöglich. Dabei muss ich ein bisschen viel Rauch eingeatmet haben.«

Catharina beobachtete Davids Mimik. Der Mann log den Bauern an, ohne eine Miene zu verziehen. Johansson nickte wissend: »Ja, das geht schnell. Ich glaube, drei Atemzüge genügen für eine Ohnmacht.« Dann gab er sich etwas lockerer. »Aber jetzt stehen Sie ja wieder auf den Beinen. Bleibt nur die Frage, wie es mit Ihrem Schrotthaufen, also ich meine, mit Ihrem Wohnmobil weitergeht?«

David zuckte mit den Schultern. »Die Versicherung ist informiert und übernimmt auch die Entsorgungskosten. Wenn Sie sich ein paar Euro dazuverdienen wollen, könnten Sie das übernehmen. Fällt bei dem vielen Schrott aus der Scheune vermutlich gar nicht ins Gewicht.«

Der Bauer dachte kurz darüber nach, reichte ihm die Hand und erklärte: »So wird's gemacht. Ich brauche nur noch Ihre Kontaktdaten.«

David fischte eine völlig neutrale Visitenkarte aus dem Geldbeutel, auf der nur sein Name, die Adresse und eine

Telefonnummer standen. Er reichte sie dem Bauern mit den Worten: »Melden Sie sich einfach, wenn es Fragen gibt.« Dann verabschiedeten sie sich und stiegen wieder in den Golf.

Catharina sah noch einmal zur Ruine. »Du bist eher der praktische Typ, oder?«

»Wie meinst du das?«

»Na, ich meine die Art, wie du Dinge regelst. Du vermeidest jeden Aufwand.«

David lächelte. »Ist das ein Fehler?« Damit startete er den Motor und fuhr vom Hof.

Das kleine Elektrofachgeschäft befand sich in der Nähe der Klinik, in der sie beide behandelt worden waren. Karlshagen war ein hübscher kleiner Ort am Meer. Die Sonne schien und das Autothermometer zeigte zwanzig Grad Außentemperatur an.

»Fast wie im Urlaub«, seufzte Catharina, nachdem ihr David aus dem Auto geholfen und ihr die Krücken gegeben hatte. Dann kam ihr etwas in den Sinn und sie fragte: »Hast du eigentlich nichts Besseres zu tun? Ich meine, heute ist Montag und da arbeiten normale Leute.« Er lehnte sich neben ihr ans Auto, nahm die angebotene Zigarette und gab ihr Feuer.

Nachdem er den Rauch in die klare Frühlingsluft geblasen hatte, schüttelte David den Kopf: »Nein, im Augenblick nicht. Ich habe in Berlin gerade schlechte Presse und muss warten, bis sich der Staub gelegt hat.«

»Läuft das mit der Privatermittlerei so schlecht?«

»Nein, eigentlich gar nicht, es gibt einen riesigen Bedarf. Aber wie gesagt: Bei meinem letzten Auftrag hat sich die Polizei eingemischt und es ist aus dem Ruder gelaufen. Im Moment könnte ich nur herumsitzen, und da ist die Sache hier schon spannender, auch wenn es keine Bezahlung gibt.«

Catharina wagte sich etwas aus der Deckung und sagte scherzhaft: »Jetzt dachte ich doch glatt, du bist wegen mir hiergeblieben.«

In seiner Mimik zeigte sich wieder dieses leichte Schmunzeln, an das sie sich gewöhnen könnte. Dann sagte er ebenso scherzhaft: »Das würde ich nie zugeben.«

Das nun folgende Schweigen war für Catharina nur schwer zu ertragen, daher deutete sie mit der Krücke auf das Geschäft und erklärte: »Der Laden ist nicht groß, sollte aber alles haben, was du brauchst.«

Eine halbe Stunde später war alles erledigt. David kaufte sich einen Laptop und ein Smartphone, musste aber eine Prepaidkarte dazunehmen, da sein eigentlicher Telefonanbieter ihm erst eine neue SIM-Karte zukommen lassen musste. David bezahlte alles mit der Kreditkarte und hielt Catharina am Ausgang die Tür auf. Draußen seufzte er: »Da werde ich demnächst wohl wieder einen lukrativen Job brauchen.« Der Gedanke an das viele Geld schien ihn jedoch nicht weiter aufzuhalten und er deutete auf eine Bäckerei. »Lust auf einen Kaffee?«

Catharina kannte sich hier durch den Streifendienst aus und schüttelte den Kopf. »Ja, aber ich weiß was Besseres.« Dann nahm sie beide Krücken in eine Hand, hakte sich bei ihm ein und sie gingen langsam in Richtung Strand. Auf halbem Weg legte er seinen Arm um ihre Hüfte und sagte zwar: »So geht es besser«, doch irgendwie hoffte sie, dass ihr kaputtes Knie nicht der einzige Grund für diese Berührung war.

Kapitel 26

Catharina hatte guten Geschmack bewiesen. Die Terrasse des Cafés befand sich auf Höhe des ersten Stockwerks eines Hotels und ermöglichte den Blick über die Dünen. Sie bestellten je einen Kaffee und ein Stück Kuchen und genossen eine Weile den Ausblick, bevor sie fragte: »Und, wie geht's jetzt weiter?«

David sah kurz dabei zu, wie ein paar ihrer blonden Haare vom Wind erfasst wurden und dabei in der Sonne leuchteten. Dann konzentrierte er sich und fragte: »Willst du zurück in dein Haus?«

»Was denkst du? Sollte ich?«, und einen Moment später fügte sie hinzu: »Oder sollten wir?«

Er lehnte sich nach vorne und dämpfte seine Stimme. »Nein. Mein Vorschlag wäre immer noch, dass wir uns eine Ferienwohnung oder etwas in der Art suchen und von dort aus agieren. Außerdem sollten wir aufpassen, dass uns niemand dorthin folgt. Wer auch immer hinter uns her ist, wusste sogar, wo du wohnst. Und es grenzt schon fast an ein Wunder, dass abgesehen von diesem Udo Dümmler noch niemandem etwas passiert ist.«

»Du vergisst deine Rauchvergiftung«, warf sie ein.

Er ignorierte es und fragte stattdessen: »Ich würde ungern offiziell nach einer Unterkunft suchen. Hast du eine Idee, wie wir das unbemerkt machen könnten?«

Catharina nahm die Sache offenbar endlich ernst genug, da sie erst eine Weile nachdachte, bis sie schließlich vorschlug: »Es ist aufwendiger, aber ich kenne viele Ferienhäuser, die nur privat vermietet werden. Also kennen ist eigentlich zu viel gesagt. Ich weiß, wo welche stehen, an denen eine Telefonnummer angeschrieben ist, bei der man bei Interesse anrufen kann. Wir müssten also nur schauen, welche Häuser gerade nicht belegt sind, und dann unser Glück versuchen.«

»Klingt nach einem Plan«, stimmte er zu. »Dann würde ich vorschlagen, wir trinken aus und machen uns an die Arbeit. Ich muss den Laptop und das Handy noch einrichten, damit wir mehr über diese Fotos herausfinden können. Und dazu hätte ich gerne einen ruhigen und sicheren Ort.«

Auf dem Rückweg zum Auto versuchte David, das Umfeld im Blick zu behalten. Allerdings fehlte ihm ein wenig die Konzentration, da Catharina dieses Mal gleich auf die zweite Krücke verzichtete und ihren Arm um ihn legte. Er umfasste ebenfalls ihre Hüfte und spürte ihren warmen Körper durch ihr dünnes Shirt.

Nach einigen Schritten sagte sie plötzlich: »Fühlt sich gut an«, was ihn verlegen machte. Doch als er fragte: »Was genau?«, ruckelte sie an seiner Waffe unter der Jacke und erwiderte: »Von einem bewaffneten Mann begleitet zu werden.«

Er schluckte jeden Kommentar herunter und warf noch einmal einen Blick über die Schulter. Es war niemand zu sehen, der ihnen folgte oder sie beobachtete.

Am Auto setzte er sie erst auf den Beifahrersitz, legte seine neu erworbenen Sachen in den Kofferraum und stieg ein. »Wohin diesmal?«

»Das ist die Frage«, antwortete sie. »Ich habe keine Ahnung, in welcher Ecke der Insel wir uns einnisten sollten.«

David dachte kurz nach, bis ihm etwas in den Sinn kam. »Erinnerst du dich an das Motiv auf der Postkarte, in der die Speicherkarte versteckt war? Weißt du, wo dieser Leuchtturm steht?«

»Ja«, lautete ihre knappe Antwort. »Der steht in Swinemünde und das ist schon in Polen.«

»Okay. Und gibt es nahe der polnischen Grenze auch Ferienhäuser?« Er wartete ihre Antwort gar nicht erst ab und gab Swinemünde in das Navi ein, das kurz darauf eine Strecke von knapp fünfzig Kilometern anzeigte.

Währenddessen erklärte Catharina: »Ja, gibt es. Und da könnten wir sogar Glück haben, da die Touristen andere Ecken der Insel bevorzugen. Wir sollten es in Zirchow versuchen. Das ist etwas weg vom Schuss.«

David änderte das Ziel und folgte anschließend den Anweisungen der künstlichen Stimme.

Am Ortsausgang von Karlshagen rief Catharina plötzlich: »Halt an!«

Kurz vor ihnen zweigte eine Schotterstraße ab. Er steuerte den Wagen darauf, blieb stehen und fragte alarmiert: »Was ist?«

Catharina deutete zur anderen Straßenseite, wo auf einem Schild »Mahn- und Gedenkstätte Karlshagen« stand. An dem Eingang zu dem Platz verschwand gerade eine Frau mit einem olivgrünen Rucksack auf dem Rücken hinter einigen Büschen.

David verstand. »Meinst du, das ist diese Frauke, die bei Oskar übernachtet haben soll?«

»Seine Beschreibung passt«, stellte Catharina fest und forderte: »Na los, worauf wartest du? Oder soll ich ihr hinterherhumpeln?«

David löste den Gurt und öffnete gleichzeitig die Tür. Draußen musste er noch ein Auto abwarten und rannte dann über die Straße. Die Gedenkstätte war weitläufiger als gedacht. Er passierte das offen stehende Tor, lief ein paar Meter auf den Platz und sah sich um. Die Frau schien erst wie vom Boden verschluckt, dann sah er sie am hinteren Ende zwischen ein paar Bäumen verschwinden. Er rief: »Warten Sie!«, was genau das Gegenteil bewirkte, da sie nun zu laufen begann. David stieß einen Fluch aus und rannte ihr nach. Als er nur noch zehn Meter hinter ihr war, stolperte sie über eine Wurzel, schlug hin, drehte sich auf den Rücken und blieb in einer ängstlich verschreckten Position sitzen. Sie sah ihm mit scheuem Blick entgegen und bat: »Bitte. Ich habe nichts getan und ich weiß auch nichts.«

David machte eine beruhigende Geste, blieb mit etwas Abstand stehen und schlug eine vertrauenerweckende Tonlage an. »Keine Sorge, es ist alles gut.« Sie lehnte sich etwas nach vorne, sodass ein Sonnenstrahl auf ihr Gesicht fiel. Der Anblick tat schon beim Hinsehen weh. Unter ihrem linken Auge war ein dunkler, bläulich schimmernder Ring und ihren Hals zierte ein blutroter Striemen.

Er schluckte kurz, bevor er besorgt fragte: »Wer hat Ihnen das angetan?«

Sie machte eine abwehrende Geste und erwiderte panisch: »Ich sag nichts.«

Er beließ es erst einmal dabei, bat aber: »Können Sie mir wenigstens sagen, ob Sie, als vor zwei Tagen dieser Sturm war, bei einem Mann in einer Scheune übernachtet haben?«

Sie dachte kurz darüber nach. »Das haben mich die Männer auch gefragt.«

»Was für Männer?«

Ihr Blick wurde misstrauisch. »Sie gehören nicht zu denen?«

Er schüttelte den Kopf. »Nein. Mein Bekannter, also Oskar, steckt in Schwierigkeiten. Und ich versuche, einen falschen Verdacht gegen ihn aufzuklären.«

»Dann sind Sie von der Polizei?«

David schüttelte wieder den Kopf und ging als vertrauensbildende Maßnahme in die Hocke. »Nein. Ich bin eigentlich Privatermittler, aber das hier ist eine persönliche Sache. Wie gesagt, ich möchte dem Mann helfen, der Sie mit in seinen Unterschlupf in der Scheune genommen hat. Hat er doch. Oder?«

Endlich nickte sie. Dann rappelte sie sich auf und klopfte sich etwas Laub von der Kleidung. David nutzte die sich entspannende Situation und schlug vor: »Drüben im Auto wartet eine Bekannte. Was halten Sie davon, wenn Sie mit uns kommen? Dann versorgen wir Ihre Verletzungen, Sie bekommen etwas zu essen und, wenn Sie möchten, sogar eine heiße Dusche.«

Auf dem Weg zurück fragte sich David, ob Oskar die Frau in der Sturmnacht nur aus Hilfsbereitschaft mit zu sich genommen oder mehr erwartet hatte. Sie war zwar nicht Davids Fall, aber nur etwas älter als er selbst und abgesehen von ihrem ramponierten Gesicht ziemlich hübsch.

Catharina stand neben dem Wagen und blickte ihnen entgegen. Die Frau blieb kurz vor der Straße stehen und fragte: »Kann ich euch trauen?«

David drehte sich zu ihr. »Das müssen Sie selbst herausfinden. Ich kann Ihnen nur versichern, dass von uns keine Gefahr ausgeht.« Damit streckte er ihr die Hand entgegen: »Ich bin David«, und mit einem Nicken zur Straße: »Und das da drüben ist Catharina.«

Sie schien kurz darüber nachzudenken und erwiderte mit festem Händedruck: »Ich bin Frauke. Und ich glaube, ihr seid anders als die, die mein Gesicht bearbeitet haben.«

Danach überquerten sie die Straße. David öffnete den Kofferraum, doch die Frau erklärte barsch: »Der Rucksack bleibt bei mir!« Sie ging auf Catharina zu, musterte sie von oben bis unten, stellte sich ihr vor und stieg hinten ins Auto. David fügte an Catharina gewandt noch hinzu, dass Frauke diejenige war, die die Nacht bei Oskar verbracht hatte, und stieg dann ebenfalls ein.

Nachdem sie eine Weile in Richtung Polen gefahren waren, zog Catharina ihr Handy heraus und tippte etwas darauf herum. Als sie es ihm so hinhielt, dass es von hinten nicht zu sehen war, verstand David erst nicht. Erst als er den Text überflog, begriff er, was sie von ihm wollte. Auf dem Display stand: »Ist es schlau, dass sie weiß, welches Haus wir nehmen werden?«

Das war tatsächlich ein Problem, an das er noch gar nicht gedacht hatte. Einerseits tat ihm diese Frauke leid, andererseits wussten sie absolut nichts von ihr. Er tat gelassen, blickte in den Rückspiegel und fragte: »Haben Sie … hast du Hunger?«

»Immer«, lautete die knappe Antwort. Also sah David kurz zu Catharina und fragte: »Weißt du, wo man hier etwas bekommt?«

Diese warf einen Blick auf die Uhr und brummte: »Hm, jetzt am Nachmittag eigentlich nur bei einem Imbiss.« Sie fragte über die Schulter: »Frauke, magst du Backfisch und so ein Zeug?«, und als sie es bejahte, deutete Catharina nach vorne und wies David an: »Fahr da vorne links. In Ahlbeck gibt es einen Fischimbiss, bei dem man sich nicht den Magen verdreht.«

David setzte den Blinker, bog ab und fuhr, soweit es ging, in Richtung Strandpromenade. Dort bog er auf einen großen

Parkplatz, doch plötzlich verschwand Frauke aus dem Sichtfeld des Rückspiegels und raunte panisch: »Fahr weiter.«

Er hielt trotzdem an, drehte sich aber nicht um und fragte: »Was ist los? Vor wem hast du Angst?« Seine Vermutung bestätigte sich, als Frauke sagte: »Siehst du die Bank links von uns am Rand des Parkplatzes?«

David sah unauffällig in die angegebene Richtung. Die beiden Männer wirkten wie Bodybuilder und stellten ihre aufgepumpten Muskeln durch enge Shirts zur Schau. Beide wirkten osteuropäisch, und wenn der aufgemotzte BMW zu ihnen gehörte, schienen sie nicht gerade an Geldmangel zu leiden. David fuhr langsam weiter, wobei er so tat, als würde er einen freien Parkplatz suchen. Dann verließ er den Parkplatz wieder, bog in eine Seitenstraße und hielt auf einem Anwohnerparkplatz. Er schnallte sich ab und erklärte knapp: »Ihr bleibt hier. Ich will mir die beiden kurz aus der Nähe ansehen.«

Noch bevor jemand widersprechen konnte, war er ausgestiegen. Er zog seine Jacke so weit zu, dass mit Sicherheit niemand sein Holster sehen konnte, und ging zurück zu dem Parkplatz.

Kapitel 27

In einem Souvenirladen unweit des Parkplatzes kaufte sich David noch schnell einen ziemlich albernen Sonnenhut. Er setzte ihn auf, zog ihn tief ins Gesicht und ging langsam in Richtung der angrenzenden Grünfläche, wo die beiden Kerle auf der Lehne einer Parkbank saßen.

Die Scheiben des mattschwarzen BMW waren eine Handbreit heruntergelassen. Auf der Rückbank erkannte er das Gesicht einer jungen Frau. Sie hatte den Kopf zurückgelehnt und die Augen geschlossen.

David schlenderte weiter und sah sich dabei um. Der Ort war voller Menschen. Die meisten kamen entweder vom Strand oder waren dorthin unterwegs. Ein vorbeifahrender Streifenwagen nahm keinerlei Notiz von den beiden Typen, und dass deren Wagen im absoluten Halteverbot stand, interessierte die Beamten offenbar auch nicht.

David schätzte das Risiko auf diesem belebten Platz ab, ging langsam zu der Bank und fragte die beiden ganz offen: »Kann ich bei euch Spaßmacher kaufen?«

Der Größere von beiden musterte ihn und sagte dann mit polnischem Akzent: »Hau ab.«

David machte eine abwehrende Geste. »Ach, kommt schon, Jungs. Ich hab Urlaub und will heute Nacht nicht gleich schlappmachen. Ein bisschen Schnee oder 'ne Pille werdet ihr doch für mich haben.«

Der Hüne glitt von der Lehne der Bank, sah auf seine protzige Armbanduhr und erklärte schlecht gelaunt: »Fünf Sekunden, dann bist du aus meinem Sichtfeld verschwunden.«

David konnte sich nicht vorstellen, dass man ihn hier zwischen all den Touristen angreifen würde, also versuchte er noch die zweite Möglichkeit. Er presste kurz die Lippen aufeinander und bat versöhnlich: »Sorry, ich will wirklich keinen Stress. Aber auf dieser Insel sind nur Rentner und es ist stinklangweilig. Und ihr beide seht aus, als wüsstet ihr, wie man etwas Spaß hat.« Damit hob er beide Hände und fügte hinzu: »Aber gut, wenn ihr nichts für mich habt, dann muss ich mich woanders umsehen.«

Der Typ suchte Blickkontakt zu seinem Kumpel, schien kurz nachzudenken und nickte schließlich zu seinem Wagen, wobei er anbot: »Zweihundert und eine von denen geht mit dir in Hotel.«

David sah von hier aus besser, wer sich im Wagen befand, und es war nicht etwa nur eine Frau, sondern eher zwei Mädchen. Er tat nachdenklich, bevor er etwas leiser fragte: »Sind die schon volljährig? Also versteh mich nicht falsch, ich mag die Jüngeren auch lieber, aber ich will keinen Ärger mit dem Gesetz.«

»Verpiss dich«, lautete die Antwort, bekräftigt durch einen Schritt auf ihn zu. Damit war das Gespräch offenbar beendet. Der Typ drehte sich um, ging zur Bank und setzte sich neben seinen Kumpel.

David sagte noch »Vielleicht ein anderes Mal« und wandte sich ebenfalls ab. Er kam allerdings nicht weit, da sich eine Pranke auf seine Schulter legte und schmerzhaft zudrückte. Dieses Mal war es der andere Typ. Er war zwar ein paar Zentimeter kleiner, aber nicht weniger breit. Außerdem hatte er einen verdammt fiesen Gesichtsausdruck, als er David mühelos zu sich drehte, zu einem Haus mit der Aufschrift »Pommern Residenz« nickte und dabei fragte: »Gehört der Typ da drüben zu dich?«

David folgte seinem Blick und glaubte im ersten Moment an eine Verwechslung. Dann fiel ihm der letzte Abend ein, wo er unweit des Hotels einen fotografierenden Mann gesehen hatte, der Oskar ziemlich ähnlich war. Er zwang sich, cool zu bleiben, und fragte dümmlich: »Was meinst du? Ich seh nix.«

»Mann mit Foto«, lautete die Ansage des bulligen Mannes.

Inzwischen war der andere Typ schon auf dem Weg über den Parkplatz, er konnte aber vor lauter Muskeln nicht gut rennen. Auf der anderen Seite des Platzes ahnte Oskar offenbar die Gefahr und sprang auf einen gerade anfahrenden Shuttlebus in Form einer kleinen Eisenbahn, die Touristen vom Strand zu den Hotels und Parkplätzen brachte.

»Also?« Der Typ forderte mit einem Rempler Davids Aufmerksamkeit. »Du kennen Mann?«

David hob die Hände, wobei er inständig hoffte, dass seine Waffe nicht auffiel, und sagte: »Nein? Ich hab den noch nic gesehen.«

Auf der anderen Seite brüllte der Größere der Bahn irgendetwas auf Polnisch hinterher, gab aber die Verfolgung auf.

Der nächste Stoß war noch etwas härter und ließ David einen Meter zurückstolpern, wobei der Typ mit dem Finger auf ihn zeigte und wütend rief: »Hau ab und nix kommen zurück.« Dass einige der Passanten ihm dabei zusahen, schien ihm herzlich egal zu sein.

David machte sich zügig aus dem Staub, begriff aber immer noch nicht, was hier gespielt wurde. Oskar sah nicht mehr aus wie Oskar. Er hatte einen hellen, zumindest aus der Ferne gepflegt wirkenden Leinenanzug an. Außerdem trug er einen eleganten Hut.

»Und, hast du was rausfinden können?« Catharina wirkte, als sei sie froh, ihn zu sehen.

David setzte sich wortlos hinter das Steuer, ließ den Wagen an und fragte anstatt einer Antwort: »Kennst du die Route dieser kleinen Bummelbahnen, die die Touristen durch die Gegend fahren?« Damit gab er erst einmal Gas und fuhr bis zum Ende der Straße, behielt aber die ganze Zeit den Rückspiegel im Auge. Da er immer noch keine Antwort hatte, bog er nach rechts in Richtung Hauptstraße ab, blieb aber ein Stück weiter vor einer Einfahrt stehen.

»Also?«, fragte er erneut, doch Catharina schüttelte den Kopf. »Nein, die haben keine festen Routen und fahren nach Bedarf die Hotels an.« Dann fragte sie alarmiert: »Was ist passiert? Du siehst aus, als hättest du einen Geist gesehen.«

Sein Blick fiel im Spiegel auf Frauke, daher schüttelte er den Kopf: »Erzähle ich dir später. Wir müssen erst überlegen, wie es weitergeht.« Damit fuhr er aus dem Ort raus und hielt erst wieder auf einem Parkplatz an der Bundesstraße in Richtung Polen, wo er sich möglichst dicht vor einen parkenden Lkw stellte, um nicht gleich gesehen zu werden.

Kurz darauf waren sie alle drei ausgestiegen und Catharina verteilte eine Runde Zigaretten. David deutete auf eine einigermaßen saubere Sitzgruppe mit Tisch und bat: »Lasst uns reden.«

Catharina schien begriffen zu haben, dass er ihr vor der fremden Obdachlosen nicht erzählen wollte, was er gerade erlebt hatte, und stellte keine weiteren Fragen.

David setzte sich dieser Frauke gegenüber und erklärte: »Du solltest diese Insel verlassen.« Dann deutete er auf ihr Gesicht und fragte: »Haben dir das diese beiden Typen vom Parkplatz angetan?«

Sie nickte. »Ja.«

»Okay, dann erzähle uns bitte die ganze Geschichte. Wie bist du zu Oskar in die Scheune gekommen, warum bist du so früh von dort abgehauen und wie ging es dann weiter?«

»Warum sollte ich?«

David sah ihr in die Augen und erklärte: »Weil du die Wahl hast. Entweder ich lasse dich jetzt hier zurück und du hoffst darauf, dass dich diese Polen in Ruhe lassen. Oder ich bringe dich von der Insel und gebe dir etwas Geld, damit du dein Glück woanders versuchen kannst.«

Sie schien über die Optionen nachzudenken und begann mit: »Ich bin erst letzte Woche von Hamburg hierhergekommen. Man sagt, bei den Touristen ist immer was zu holen. Am Abend vor dem Sturm lernte ich diesen Oskar kennen. Er wirkte für einen Obdachlosen seriös und ungefährlich. Und da dieser Sturm im Anflug war, nahm ich sein Angebot an und ging mit in die Scheune.« Frauke zog ein letztes Mal an der Kippe und schnalzte sie dann achtlos weg. »Bis dahin war auch alles okay. Er benahm sich anständig und die Scheune war in dieser Nacht Gold wert. Im Grunde ist auch nichts passiert. Aber ich bin irgendwann frühmorgens aufgewacht und hörte ihn leise reden. Also bin ich etwas näher an ihn ran und hörte, wie er im Schlaf etwas sagte, das so klang, als würde er eine Frau foltern. Er ahmte sogar ihre Angst und ihren Schmerz nach. Leute, ich kann euch sagen, das war echt gruselig.«

»Und dann bist du abgehauen?«, resümierte David.

»Ja. Ich hab gehofft, dass er nicht aufwacht, und habe mich davongeschlichen.«

»Hm«, brummte David. »Hast du etwas zurückgelassen? Eine Postkarte oder so etwas?« Als sie das ehrlich verneinte, fragte er: »Und wie bist du mit diesen zwei Typen aneinandergeraten?«

Frauke wirkte plötzlich unruhig. Er legte seine Hand auf ihre und erklärte ruhig: »Keine Sorge. Wir wollen dir nichts anhängen. Wir wollen nur verstehen, was hier läuft. Du hast doch bestimmt von dem Toten in Zinnowitz gehört.«

Sie zog ihre Hand weg, fuhr sich durchs Haar und gestand: »Ich glaube, die haben mir wegen dem aufgelauert.«

»Warum?«, fragte dieses Mal Catharina dazwischen.

Frauke druckste etwas herum. »Na ja. Ich hab die Sache mit dem toten Obdachlosen natürlich mitbekommen. Ich war neugierig und bin gestern Abend zu diesem eingestürzten Haus … na ja, vielleicht war ich auch nicht nur neugierig. Auf der Straße kann man alles gebrauchen, wenn ihr wisst, was ich meine. Also bin ich dahin und sah, dass das Polizeisiegel eh schon kaputt war. Dann habe ich mich da drin ein wenig umgesehen, aber nichts von Wert gefunden. Und na ja, danach haben mir diese Psychos aufgelauert und mich regelrecht verhört. Dass ich nichts wusste, glaubten sie mir nicht, da haben sie versucht, etwas aus mir rauszuprügeln.« Frauke machte eine kurze Pause, bevor sie den Rest erzählte: »Ich habe mich dann in Karlshagen versteckt und da habt ihr mich ja heute gefunden.«

David glaubte ihr. Trotzdem sah er ihr prüfend in die Augen und fragte erneut: »Was weißt du über die Postkarte?«

In ihrer Mimik zeigte sich keine Regung. »Was für eine Postkarte?«

Er winkte ab. »Egal. Wärst du bereit zu einer kurzen Aussage bei der Polizei? Es geht nur darum, dass du bestätigst, dass du diese Sturmnacht bei Oskar verbracht hast.«

Frauke dachte kurz darüber nach. »Und was erzähle ich denen wegen dem?« Damit deutete sie auf ihr lädiertes Auge.

»Na, entweder du zeigst die Typen an oder du sagst, dass du Stress mit einem anderen Obdachlosen hattest. Die können dich nicht zu einer Anzeige zwingen.«

»Zeig sie an«, forderte Catharina emotional, doch David sah sie von der Seite an und gab zu bedenken: »Wir reden hier vermutlich von Zuhältern, wenn nicht sogar von einer ganzen Organisation. Ich will ja auch, dass solche Arschlöcher ins Gefängnis kommen, aber in diesem Fall wäre das Fraukes Todesurteil.«

»Aber sie verschwindet doch eh von der Insel.«

David zog ein skeptisches Gesicht. »Ich fürchte, das würde nicht genügen.«

Alle schwiegen einen Moment.

»Und?«, fragte David dann.

Frauke deutete zwar ein Nicken an, fragte aber: »Werde ich bei den Bullen Probleme bekommen?«

Catharina schüttelte den Kopf und gab sich das erste Mal als Polizistin zu erkennen: »Ich bin gerade krankgeschrieben, aber Polizistin. Und meine Kollegen auf der Insel suchen gerade nach dir. Aber nur als Zeugin, um Oskars Aussage zu bestätigen. Tust du das nicht, könnte es sein, dass er unschuldig im Gefängnis landet.«

Als die Frau wütend erwiderte: »Ja klar, mit uns Pennern kann man es ja machen«, zuckte David unmerklich zusammen. So, wie er Oskar vorhin gesehen hatte, glaubte er nicht mehr so ganz an den armen Penner. Aber das wusste Frauke nicht und das sollte auch so bleiben.

Sie stimmte der Aussage zu. David stützte Catharina auf dem Weg zum Auto, wobei er leise fragte: »Wer ist für Udos Fall zuständig? Gibt es jemanden außerhalb eurer Wache?«

Catharina verstand. »Die Kripo in Anklam. Kriminalhauptkommissarin Ines Paulsen hat uns beauftragt, nach Spuren zu dem Mord zu suchen.«

»Das ist gut.« David blieb kurz vor der geschlossenen Beifahrertür stehen. »Dann würde ich vorschlagen, du gehst mit Frauke zu dieser Kommissarin. So sammelst du Pluspunkte, weil du sogar in deiner Freizeit wachsam warst, und kannst gleichzeitig sicherstellen, dass Frauke ihre Aussage macht.«

Catharina grinste ihn frech an und fragte provokant: »Hast wohl Angst um deine dreitausend Euro Kaution?«

David ging darauf ein und erwiderte: »Na klar. Wie soll ich dir sonst einen Diamantring schenken?«

Kapitel 28

Catharina wartete, bis die Obdachlose mit ihrer Aussage fertig war. Es war bereits kurz vor siebzehn Uhr, als Kommissarin Paulsen mit Frauke wieder in den Flur der Kripo Anklam trat. Catharina löste ihren Blick vom Handy, nahm ihre Krücken, stand auf und humpelte den beiden entgegen. Dann fragte sie an die Kommissarin gewandt: »Alles klar so weit?«

Diese nickte: »Was Oskar von Thiemen betrifft, ja. Ich denke, dass die Staatsanwältin nach dieser Aussage ihre Anklage fallen lässt. Frauke Greif hat ihn zwar schon um fünf Uhr morgens verlassen, aber er passt damit nicht mehr in das Zeitfenster für den Mord an Udo Dümmler. Andererseits heißt das für uns, dass der Mörder weiter frei herumläuft.« Frau Paulsen sah zu den Krücken und fügte hinzu: »Aber Sie sollten jetzt erst einmal wieder auf die Beine kommen. Ich finde es ja toll, dass Ihnen die Sache nicht egal ist und Sie trotz der Krankschreibung eine wichtige Zeugin zu uns gebracht haben.« Ihr Blick wurde fragend. »Aber sagen Sie mal. Wer ist eigentlich dieser David Bender, der Oskar von Thiemens Kaution gestellt hat?«

Catharina wusste selbst nicht, warum sie schwindelte. Sie zuckte mit den Schultern. »Keine Ahnung. Irgendein alter Bekannter von Oskar.«

Frauke runzelte zwar kurz die Stirn, sagte aber Gott sei Dank nichts dazu.

David wartete etwas abseits im Wagen und befasste sich gerade mit seinem neuen Handy. Als die beiden eingestiegen waren, fragte er: »Alles klar?«

»Alles klar«, bestätigte Catharina. »Und jetzt?«

David drehte sich zum Rücksitz. »Ist es okay, wenn ich dich zum nächsten Bahnhof bringe?«

Frauke wirkte ein wenig traurig, fragte aber: »Habe ich eine Wahl?«

Er lächelte sie an. »Man hat immer eine Wahl, aber in dem Fall ist es wirklich besser, wenn du von hier verschwindest. Drüben an der Nordsee soll es auch sehr schön sein, und die Grenze zu Holland ist in dem Fall besser als die nach Polen. Wenn du weißt, was ich meine.«

»Und wie soll ich dahinkommen?«

David war offenbar auf die Frage vorbereitet. Catharina sah zu, wie er in seine Jacke griff und der Frau hundert Euro nach hinten reichte. Frauke nahm die Scheine und fragte verblüfft: »Wer bist du, der weiße Ritter?«

Davids Lachen klang ehrlich. »Nein, aber du hast vielleicht dreitausend Euro gerettet. Da kann man sich doch dankbar zeigen.«

Frauke zeigte ein schmerzverzerrtes Grinsen und erwiderte frech: »Zehn Prozent Finderlohn wären dann aber dreihundert Euro.«

Als sie den Bahnhof erreichten, begann es bereits zu dämmern, und Catharina steckte der Tag in den Knochen, daher fragte sie: »Und was machen wir jetzt? Wenn wir keine Bleibe finden, müssen wir zurück in mein Haus, und da fühle ich mich gerade nicht sehr sicher.«

Das Navi zeigte noch zwanzig Kilometer bis Zirchow an. David sah kurz zu ihr rüber. »Denkst du, in dem Ort bekommen wir ein Haus oder eine Ferienwohnung?«

»Denke schon. Das Kaff liegt im Hinterland und ist höchstens in der Hauptsaison ausgebucht.«

Er nickte zu einem kleinen Supermarkt und schlug vor: »Lass uns etwas zu essen kaufen und darauf hoffen, dass wir Glück haben. Ein bisschen Ruhe täte ganz gut.«

»Bin dabei«, stimmte sie zu.

Kurz nach achtzehn Uhr passierten sie das Ortsschild von Zirchow. Der kleine Ort wirkte wie ausgestorben. Nach einigen Hundert Metern kamen sie an eine Kreuzung. Ein Straßenschild zeigte an, dass es geradeaus nach Ahlbeck und nach rechts in Richtung polnische Grenze ging. Als David langsamer wurde, bestimmte Catharina: »Fahr nach rechts. Ich glaube, da hinten gibt es ein paar Häuser.«

Er folgte der Anweisung und sah kurz vor dem Ortsausgang, wo die Felder begannen, zwei Schilder mit der Aufschrift »Ferienhaus zu vermieten«, und ein kleines grünes Schild deutete darauf hin, dass diese frei waren. »Links oder rechts?«

»Überlasse ich dir«, lautete ihre Antwort. David blinkte, obwohl weit und breit kein Auto kam, nach rechts und fuhr in eine schmale Gasse. An dem letzten Haus vor einer großen Wiese stand wieder ein Schild. Er hielt daneben an, sah aus dem Fenster und sagte: »Wow, hier hätte ich keine Neubauten erwartet.«

Catharina tat es ihm gleich und empfand ein wenig Sehnsucht nach ihrem eigenen Haus, musste aber zugeben: »Stimmt, die sehen gar nicht mal so übel aus.« Tatsächlich waren beide Ferienhäuser nagelneu und in keinem brannte Licht. Was ihr nicht gefiel, war der Garten, der noch ein paar Jahre brauchen würde, bevor er eingewachsen war. Aber sie waren ja auch nicht zum Spaß hier, daher bat sie: »Kannst du schauen, ob hier irgendwo eine Telefonnummer hängt?«

David stieß die Tür ohne einen Blick in den Außenspiegel auf, was einen lauten Fluch zur Folge hatte. Draußen hatte sich unbemerkt ein Mann genähert, der zwar verärgert wirkte, aber trotzdem sagte: »Ho ho ho, immer langsam, junger Mann.« Dann sah er in das Auto und fragte verwundert: »Wollten Sie nicht mit zwei Kindern anreisen?«

»Äh, nein.« David verstand nicht gleich.

»Ach, dann sind Sie nicht die Familie Petersen oder Jacob?«

»Weder noch«, bestätigte David. »Meine Freundin und ich suchen spontan nach einer Unterkunft und dachten, hier wäre vielleicht etwas frei.«

»Leider nicht, die beiden Häuser sind gebucht«, erklärte der Mann bedauernd, deutete aber in Richtung Hauptstraße und sagte: »Aber wir haben auf der anderen Seite noch ein älteres Haus, das wir ebenfalls vermieten. Es ist kein Neubau, aber sauber und ordentlich. Wie lange wollen Sie denn bleiben?«

»Kann ich noch nicht sagen. Wie lange wäre es denn frei?«

Der ältere Mann zuckte mit den Schultern. »Ich denke mal, die Woche kommt keine Anfrage mehr rein. Wenn Sie wollen, zeige ich es Ihnen.«

Weitere zwanzig Minuten später wünschte David dem Mann eine gute Nacht und schloss die Tür von innen. Catharina ließ sich auf dem alten Sofa nieder und sah sich um, wobei sie feststellte: »Ich mag eh keine Neubauten. Aber wir sollten vielleicht mal lüften.«

David sah es offenbar auch so, ging zur Terrassentür und öffnete diese. Danach holte er noch die beiden Tüten aus dem Flur und sagte: »Ich kann Spaghetti mit fertiger Tomatensoße oder Spaghetti ohne Soße machen. Was hättest du lieber?«

Catharina ließ sich etwas in das weiche Polster zurücksinken. »Mach, was du denkst. Hauptsache, es ist ein Glas Wein dabei.«

Er sagte mit einer Verbeugung »Sehr gerne, gnädige Frau« und begann, nach einem passenden Topf zu suchen. Da es nur zwei Kochplatten gab, erübrigte sich die Frage nach einem opulenten Gericht.

Während das Wasser langsam heiß wurde, entkorkte David eine der drei Flaschen. In Ermangelung von Weingläsern entschied er sich für die beiden Saftgläser aus einer Vitrine im Wohnbereich. Er füllte beide bis zur Hälfte, reichte ihr eines davon und fragte: »Alles okay?«

Catharina prostete ihm mit einem Nicken zu. »Ja. Aber ich hätte nie gedacht, dass ein lädiertes Knie so anstrengend ist. Mir tun von diesen Krücken Muskeln weh, die ich noch gar nicht kannte.«

Er nahm einen Schluck, ließ ihn kurz im Mund und lobte: »Gute Wahl.« Dann sah er zu ihr herunter. »Wie wäre es nachher mit einer Massage?«

Catharina gefiel die Vorstellung, trotzdem erwiderte sie: »So einer bist du also?« Zu ihrem Bedauern ging er nicht darauf ein und sagte nur ernst: »Vergiss es einfach. War eine blöde Idee.«

Sie reagierte mit einem beleidigten: »Na, mal sehen. Aber du hast mir immer noch nicht erzählt, was vorhin in Ahlbeck genau vorgefallen ist.«

Sie hörte seiner Ausführung aufmerksam zu und fragte am Ende: »Und dieser Fotograf war sicher Oskar? Kann es nicht sein, dass du dich getäuscht hast?«

Er schüttelte den Kopf. »Nein, dieses Mal bin ich mir sicher.«

»Was heißt: dieses Mal?«

Er fuhr sich ein wenig verlegen über das Gesicht. »Na ja. Ich war gestern Abend noch an der Hotelbar und habe dort eine Frau kennengelernt.«

In Catharina zog sich etwas zusammen. Sie mochte ehrliche Männer, trotzdem versetzte es ihr einen Stich.

David schien es ihr anzusehen und erklärte sofort: »Also nicht, was du jetzt denkst. Wir haben nur ein wenig gequatscht.« Es folgte eine Pause. »Irgendwann ging ich mit dieser Frau vor das Hotel, um eine zu rauchen, und da saß in einiger Entfernung ein Mann mit einer Kamera auf einer Bank. Als er mich sah, stand er auf und ging davon. Der Mann sah Oskar ähnlich, aber es war dunkel und er war ziemlich weit weg, also dachte ich, mich getäuscht zu haben.«

Catharina verdrängte das Bild von David mit einer fremden Frau aus ihren Gedanken. Doch bevor sie etwas sagen konnte, stand er auf, dachte kurz nach und sagte mehr zu sich selbst: »Und da waren diese Mädchen. Na klar, das waren die aus dem Auto.«

»Was denn für Mädchen?«, fragte sie schärfer als gewollt, da ihr schon die Information über diese Frau genügt hatte.

David trank noch einen Schluck, bevor er antwortete: »Während wir rauchten, sind zwei ältere Herren mit jungen Frauen in das Hotel gegangen … und heute waren wieder zwei Mädchen im Wagen dieser Typen. Und wieder war Oskar mit einer Kamera zur Stelle.«

Catharina brachte etwas Haltung in ihren Körper. »Du meinst also, er ist vielleicht hinter etwas her? Aber Oskar ist ein Obdachloser, das passt doch alles nicht zusammen.«

Im selben Augenblick beendete das überkochende Nudelwasser die Unterhaltung.

Kapitel 29

Das Essen war einfach, tat aber gut. Danach leerte Catharina ihr Glas und beschloss: »Scheiß auf die Ärzte. Ich mache jetzt diesen Verband ab und gehe unter die Dusche.«

David bot an: »Lass mal sehen, wie der angelegt war. Den bekommen wir danach schon wieder hin.« Damit stand er auf und umrundete den Tisch. Dann kniete er sich neben sie und fragte: »Darf ich?«

Sie drehte sich zu ihm und sah zu, wie er ihr Hosenbein hochschob. Seine sanfte Berührung verursachte eine leichte Gänsehaut, die er mit einem leichten Grinsen würdigte. Er zupfte eine Ecke des Klebestreifens ab und sah fragend zu ihr hoch: »Soll ich?« Als sie zustimmte, wickelte er den Verband langsam ab, worauf ihr von der Salbe ganz runzliges Knie zum Vorschein kam.

Der Anblick war ihr peinlich, trotzdem fragte sie: »Ist es noch geschwollen?«, und brachte ihr anderes Bein daneben in Position. Er schob auch dort die Hose nach oben, verglich die beiden Knie und erklärte frech: »Also, ich würde mich für das jüngere Knie entscheiden.«

Catharina rempelte ihm lachend mit der Hand gegen die Schulter, sagte »Blödmann« und fragte noch einmal: »Also. Wie sieht's aus?«

David brachte mit seiner warmen Hand das gesunde Knie direkt neben das andere und ging mit dem Kopf ein Stück zurück. »Nein, sieht gut aus. Wie fühlt es sich denn an?«

Sie war derart auf seine warme Hand an ihrem Bein fixiert, dass sie abwesend fragte: »Was meinst du?« Dann besann sie sich, trat ein wenig auf und stellte dabei fest: »Schon sehr viel besser, aber ohne die Krücken geht es noch nicht.«

Er stand auf und nickte. »Ja, solche Sachen brauchen lange. Aber ich hab vorhin im Supermarkt eine Sportsalbe mitgenommen, die solltest du nach dem Duschen auftragen.« Damit ging er zu den Einkaufstüten und holte die Tube.

»Wie fürsorglich.« Ihre Tonlage war schon wieder etwas bissig und Catharina wusste wirklich nicht, was mit ihr los war, dass sie diesen Mann nicht einmal normal anreden konnte. Sie bat deutlich freundlicher: »Könntest du meine Tasche ins Bad stellen und mir meine Krücken geben?«

Er tat beides. »Lass dir Zeit, ich werde den neuen Laptop einrichten. Dann können wir uns nachher noch einmal diese Speicherkarte vornehmen.«

Catharina verkniff sich jeden Kommentar, da ihr ihre eigene Enttäuschung über diesen sachlichen Vorschlag peinlich war. Daher sagte sie nur: »Ist gut«, und humpelte zum Badezimmer. David sah ihr hinterher und fragte sich einmal mehr, was in dieser Frau vorging. Natürlich war ihm ihre Reaktion auf seine Berührung ihrer Beine nicht entgangen, doch immer, wenn gerade etwas aufflammte, wurde sie zur Kratzbürste.

Andererseits war es ihm auch recht. Zu viel Nähe war nicht gut in seinem Job, und als solchen betrachtete er die Sache inzwischen. Immer noch ohne Bezahlung, aber doch ziemlich interessant. Es lag einfach in seinem Naturell, Geheimnissen auf den Grund zu gehen. Und das galt hier sowohl für Catharina als auch für Oskars eigenartiges Verhalten. Hinzu kam, dass sich schon aus so manchem Nebenschauplatz ein lukrativer Auftrag entwickelt hatte.

Er holte ein wenig abwesend die Tasche mit dem neuen Laptop aus dem Flur, packte ihn aus und startete das Gerät. Die übliche Ersteinrichtung dauerte einige Minuten, die er nutzte, um sich ein weiteres Glas Wein einzuschenken.

Diese Unterkunft dürfte erst einmal relativ sicher sein, was ihn endlich etwas entspannen ließ. Er hatte die gesamte Fahrt über aufgepasst, dass ihnen niemand folgte.

Windows meldete den Abschluss der Installationen mit der gewohnten Melodie. Er koppelte den Rechner mit dem neuen Handy und stellte so eine Internetverbindung her. Danach wählte er sich bei seinem Server zu Hause ein und startete weitere Programmdownloads. Nachdem alles installiert und sicher war, holte er den Speicherchip aus seinem Geldbeutel. Doch gerade als er ihn einlegen wollte, öffnete sich im Flur des alten Hauses die Badezimmertür, und Catharina kam herausgehumpelt.

Sie trug nur ein T-Shirt und eine weite Jogginghose. Ihr noch nasses Haar trug sie in ein Handtuch geschlagen und sie war barfuß. Irgendwie konnte er nicht anders, als sie etwas zu lange anzustarren.

Sie sah an sich herunter und fragte verunsichert: »Was ist?«

Sein Lächeln kam automatisch, doch er winkte ab und versicherte ihr: »Nichts. Es ist alles gut.«

»Sicher?« In ihren Augen spiegelte sich Zweifel.

David wagte sich etwas aus der Deckung und erwiderte vorsichtig: »Du siehst toll aus. Selbst diese Schlabbermode steht dir.«

Doch als sie schnaufend »Na super« sagte, wusste er schon wieder nicht, was das Problem war.

Sie kam ohne jeden weiteren Kommentar an den Tisch, setzte sich neben ihn und bat: »Kannst du mir bitte auch noch einen Wein holen?«

Er sog ihren frischen Duft ein und zögerte kurz. Dann sah er ihr in die Augen und sagte ruhig: »Ich habe das gerade vollkommen ernst gemeint. Mir gefällt, was ich sehe.« Er wollte nicht noch mehr Nähe aufkommen lassen, stand auf und holte die Flasche und ihr Glas vom Couchtisch.

Beim nächsten Blickkontakt schaffte auch sie ein Lächeln. Sie stießen an und David beschloss: »Also dann.« Damit schob er die Speicherkarte in das Gerät und wartete, bis diese erkannt wurde. Das eingeblendete Fenster zeigte den Namen des Datenträgers, der einfach nur »unknown« hieß, sowie dass der freie Speicherplatz nur noch vierzehn Prozent betrug.

David öffnete den einzigen Ordner, und die Foto- und Videodateien erschienen aufgelistet. Catharina beobachtete alles und legte plötzlich ihre Hand auf seinen Arm, wobei sie »Warte mal« sagte.

Er nahm sofort die Hand vom Touchpad. »Was ist?«

Sie bat: »Blende mal die Dateiinformationen ein.«

Er tat es, fragte aber: »Und jetzt?«

Sie brachte ihn mit einer Geste zum Schweigen, klickte verschiedene Dateien an, wobei sie leise die einzelnen Größenangaben vor sich hin murmelte. Schließlich erklärte sie aufgeregt: »Da stimmt was nicht. Diese paar Dateien dürften niemals sechsundachtzig Prozent des Speichers belegen.«

David verstand, was sie meinte. »Ich habe mich schon beim ersten Mal gewundert. Du erinnerst dich? Da habe ich den Virenscan meines Servers über die Dateien laufen lassen und das dauerte ungewöhnlich lange. Ich hab es auf deine langsame Internetverbindung geschoben. Aber jetzt, wo du es sagst …«. Er wählte die Option »versteckte Dateien anzeigen«.

Die Auswahlliste umfasste nun zwei Filmdateien mehr, doch ihre Aufregung bekam einen Dämpfer, als David versuchte, die erste anzuklicken. Es öffnete sich zwar das entsprechende Medienprogramm, aber auch ein kleines Fenster mit einer Passwortabfrage.

»Fuck.« Catharinas Hand lag noch immer auf seinem Arm und jetzt drückte sie vor Ärger zu.

David lehnte sich zurück und dachte nach. Wenige Sekunden später erklärte er: »Jetzt werden wir sehen, ob Oskar uns angelogen hat und die Speicherkarte wirklich Frauke und nicht ihm gehört.«

»Wie meinst du das?«

Anstatt einer Antwort gab er »Annkathrin09« ein.

Catharina sah ungläubig dabei zu, wie die Passwortabfrage verschwand, und fragte nur: »Wie zum Teufel ...?«

David grinste sie überlegen an. »Berlin. Ich sagte doch, dass mir Oskar einmal geholfen hat. Es ging damals um sehr brisante Informationen, weshalb wir ein Codewort für den telefonischen Austausch brauchten. Und da schlug Oskar ›Annkathrin09‹ vor. Ich habe keine Ahnung, was es mit diesem Namen auf sich hat, aber offenbar verwendet er ihn gerne.«

»Und er *hat* uns angelogen«, fügte Catharina hinzu.

»War ja eigentlich schon klar, nachdem ich ihn zweimal mit einer Kamera gesehen habe.«

»Stimmt auch wieder.« Sie deutete auf den Monitor und forderte: »Na los. Starte den Film.«

Die Aufnahme begann mit einem Blick auf das unruhige Meer. Die Kamera stand offenbar etwas erhöht und es waren laute Windgeräusche zu hören. Vom Himmel schien ein heller Vollmond, der immer wieder von schnell ziehenden Wolkenfetzen verdeckt wurde. Nach einigen Sekunden schwenkte die Aufnahme herum, wobei sich eine lange Steilküste ins Bild schob. Der Strand unterhalb war menschenleer. Die

Kamera wurde weiter gedreht und zeigte ein Gebäude, das unweit der Abbruchkante der Steilküste stand. Es war ziemlich weit entfernt und man konnte noch keine Details erkennen.

Bis hierhin war die Aufnahme ein wenig verwackelt. Das Wackeln wurde kurz stärker, dann hörte es auf. Jetzt befand sich das Haus im Zentrum des Monitors und die Kamera zoomte es langsam heran.

»Eine Villa?«, vermutete Catharina.

»Ja, sieht so aus«, bestätigte David.

Der Zoom erreichte sein Maximum und zeigte ein modern wirkendes Bauwerk. Es war nicht schön, aber eindeutig nichts für den kleinen Geldbeutel. Eine hohe Mauer umfasste das ganze Anwesen, endete aber an den Abbruchkanten der Steilküste. Vermutlich, um den Bewohnern einen freien Blick über das Meer zu gewährleisten.

Wer auch immer diese Kamera bediente, stand etwas erhöht, sodass er über die Mauer blicken konnte. Den Abstand schätzte David auf zwei- bis dreihundert Meter.

An dem Gebäude brannten nur wenige Lampen und auch hinter den Fenstern war alles dunkel. Es gab keinerlei Anzeichen dafür, dass sich dort jemand befand. Und da die in die Aufnahme eingeblendete Uhrzeit gerade einmal 21.13 Uhr anzeigte, schien sich dort trotz des frühen Abends tatsächlich niemand zu befinden.

Wenige Sekunden später endete der Film und Catharina sagte enttäuscht: »War es das schon? War ja nicht gerade spannend.«

David lachte. »Was hast du erwartet? Dass wir einen Mord vor laufender Kamera miterleben?«

Sie zuckte mit den Schultern: »Ich weiß auch nicht.« Dann trank sie einen Schluck Wein und forderte: »Los, mach schon. Der zweite Film kann nur interessanter werden.«

Kapitel 30

David wischte sich müde über die Augen, dann trank er ebenfalls noch einen Schluck Wein und startete den zweiten Film. Dieses Mal begann die Aufnahme mit einem schwarzen Bildschirm, auf dem sich langsam die Oberfläche einer Mauer abzeichnete. Der Träger der Kamera befand sich offenbar nur knapp über dem Boden, was auch die schwankenden Bewegungen erklärte. Entweder er ging gebeugt oder er robbte. Nach einigen Metern tauchte eine Spalte auf und das Bild verharrte kurz. Dann wurde die Kamera in den Spalt geschoben. Das plötzliche Licht einiger Lampen auf der anderen Seite der Mauer machte der Linse zu schaffen und es dauerte ein bisschen, bis sich die Elektronik darauf eingestellt hatte.

Die nun sichtbare Villa war unverkennbar dieselbe wie in der ersten Aufnahme. Der Kameraträger suchte kurz nach dem besten Winkel, dann sah man die dem Meer zugewandte Seite des Hauses, wo eine riesige Glasfront auf eine große Terrasse führte. Im Inneren des Hauses brannte Licht und am rechten Bildrand stand eine Wache im Garten.

David reagierte schnell, stoppte die Aufnahme und zoomte den Bereich mit dem Mann heran. »Das ist einer der Kerle, mit denen ich heute in Ahlbeck aneinandergeraten bin.«

Catharina nahm das zwar zur Kenntnis, forderte aber: »Mach weiter.«

Nun konzentrierte sich die Aufnahme auf die breite Fensterfront, hinter der sich ein Wohnbereich befand. Wieder hatte die Linse Probleme mit den Lichtverhältnissen, doch dann wurde der Raum erkennbar.

Entgegen Davids Erwartung zeigte die Aufnahme dort keine Party oder die Zusammenkunft zwielichtiger Leute. Catharina schien es ähnlich zu gehen, da sie leise »Was zur Hölle« murmelte und weiter gespannt auf den Monitor starrte.

Es war eindeutig die alte Frau von den Fotos, die dort stand und auf acht kleine Mädchen und Jungen herabblickte. Die Kinder bildeten eine gerade Reihe und hielten ihre Köpfe gesenkt. Der Gesichtsausdruck der Alten wirkte energisch, und auch wenn man natürlich nichts hören konnte, sah es nach einer strengen Ansprache an die Kinder aus.

Zwei Minuten lang passierte nichts, dann drehte sich die Frau um und verließ den Raum. An ihrer Stelle kam eine nicht weniger streng wirkende, aber deutlich jüngere Frau ins Bild. Sie ging erst zu einem Regal und kam dann mit einem Körbchen in der einen Hand und einer Flasche Limo in der anderen zurück. Vor dem ersten Kind, einem kleinen blonden Mädchen, ging sie in die Hocke, hielt ihr das Körbchen hin und sagte etwas. Die Kleine holte etwas heraus, steckte es in den Mund und trank anschließend aus der dargebotenen Flasche. Anschließend bekreuzigte sie sich und die Frau wandte sich zum nächsten Kind, einem frech aussehenden Jungen.

Danach ging alles ganz schnell. Die Kamera wurde aus dem Spalt gerissen, fiel kurz auf den Boden und wurde wieder aufgehoben. Sie zeigte abwechselnd den Nachthimmel und den mit braunen Gräsern überzogenen Boden der Dünen. Ihr Träger musste offenbar die Flucht antreten und rannte in Richtung der ersten Bäume, die kurz hinter der Düne begannen. Im Schutz des Waldes hielt er kurz inne, dann wurde die Kamera abgeschaltet und der Monitor wurde schwarz.

Erst nach ein paar Sekunden fragte Catharina: »Was war das? Was haben wir da gesehen?«

»Keine glücklichen Kinder«, erwiderte David. »Aber um ehrlich zu sein, ich habe keine Ahnung. Auf mich wirkte es wie das Ritual einer Sekte.«

»Auf mich auch«, bestätigte sie, dachte aber laut: »Und wie passt das mit deinen Beobachtungen in Ahlbeck zusammen? Eine Sekte, die Prostitution betreibt und aufgepumpte Typen für sich arbeiten lässt?«

Davids erster Impuls war es, sich der Sache sofort anzunehmen. Doch dann lehnte er sich zurück und schlug vor: »Lassen wir es für heute gut sein. Ich schicke die Aufnahmen meiner Assistentin. Die ist gut in solchen Sachen und soll das Video analysieren. Vielleicht wissen wir dann morgen schon mehr.« Damit klickte er noch ein wenig auf seinem Laptop herum, nahm anschließend das Handy und wählte Claras Nummer.

Nach einigen Freizeichen hob sie ab. David schilderte, was passiert war und was er von ihr wollte. Clara war sofort Feuer und Flamme und strahlte wie gewohnt eine Lebensfreude aus, die auch seine Stimmung schlagartig verbesserte. Sie liebte Recherchen und war trotz der späten Stunde froh über jede Aufgabe. Am Ende fragte David noch: »Hat sich der Bauer eigentlich noch einmal gemeldet?« Claras helles Lachen erklang und sie sagte: »Ja, aber nicht, damit du seine Schafe bewachst. Er hat den Wolf inzwischen erfolgreich verjagt. Hättest du ihn erschossen, hätten wir jetzt auch ein Geldproblem. Tierschutz und so.«

»Warum dann?«

»Weiß auch nicht. Irgendwie haben wir inzwischen regelmäßigen Kontakt. Er ist nur drei Jahre älter als ich, und was er von seinem Hof erzählt, klingt wirklich interessant.« Sie stockte kurz, bevor sie vorsichtig sagte: »Vielleicht besuche ich ihn mal.«

Die Aussage versetzte David tatsächlich einen kleinen Stich, doch er versuchte, locker zu klingen, als er erwiderte: »Wehe, du wirst mir untreu.«

Sie sagte ausweichend: »Alles gut, Chef. Ich mach mich jetzt mal an die Arbeit.« Danach verabschiedeten sie sich und er legte auf.

Catharina sah ihn an. »Na, ihr habt ja ein ziemlich lockeres Verhältnis. Arbeitet diese Clara nur für dich oder habt ihr auch privat miteinander zu tun?«

Er winkte ab: »Das ist wieder so eine Geschichte, zu der man eine Flasche Wein trinken sollte.«

»Tun wir doch gerade«, beschwerte sich Catharina, hob aber ihr lädiertes Bein auf das Sofa und fügte hinzu: »Aber du hast recht, wir sollten ein wenig abschalten.«

David war unschlüssig, was er nun tun sollte. Er klappte den Laptop zu und blickte durch die alte, schmale Terrassentür hinaus. Hinter dem Haus gab es einen kleinen Garten, dessen niedrige Hecke den Blick über weite Wiesen und Felder erlaubte. Die Sonne war inzwischen untergegangen und in der dämmrigen Abendstimmung wirkte die Landschaft fast schon zu friedlich. Am Horizont, dort, wo das Feld an einem Wald endete, traten gerade ein paar Rehe aus dem Unterholz und begannen, den Boden nach Essbarem abzusuchen.

Catharina folgte seinem Blick vom Sofa aus, setzte sich auf und fragte: »Rauchen wir noch eine?«

»Gerne.« Er wollte ihr eigentlich die Krücken bringen, doch sie streckte ihre Hand aus und bat: »Wenn du mich ein bisschen stützt, sollte es ohne die Dinger gehen.«

Dieses Mal war es ihre Körperwärme gepaart mit dem Duft ihrer noch nassen Haare, die seinen Magen leicht verkrampfen ließ. Er hatte seinen Arm um ihre Hüfte gelegt und sie kam ihm ein wenig näher als nötig.

Nachdem er sie draußen auf einen Stuhl gesetzt hatte, fiel die Anspannung von ihm ab. Er ging wieder hinein, holte die beiden Gläser und Zigaretten.

Die nächsten Minuten vergingen schweigend. Während sie rauchten, ließen sie ihren Blick über die abendlichen Felder schweifen, und jeder hing seinen Gedanken nach.

Beim Anblick der verletzlich wirkenden Rehe fragte David: »Wie war dieser Udo eigentlich? Kanntest du ihn gut?«

In Catharinas Gesicht zeigte sich Trauer. Einen Moment lang dachte er, sie wolle nicht darüber reden, doch dann sagte sie: »An der Ostsee ist es schön, haben sie gesagt. An der Ostsee hat man Spaß, haben sie gesagt.« Ihre Trauer wurde zu einem bitteren Lächeln. »Das war Udos Standardspruch.«

»Und was hat es damit auf sich?«

Sie nahm einen langen Schluck, bevor sie erzählte: »Es war vor ungefähr drei Jahren, da wohnte Udo noch in Berlin. Er hatte einen Job, eine Frau und ein solides Leben. Dann geriet er auf einer Baustelle in eine Maschine und wurde arbeitsunfähig. Er griff zur Flasche, was zuerst seine Ehe beendete.«

»Hat sie ihn nach der Scheidung ausgenommen?«, warf David ein, als Catharina eine kurze Pause machte.

Sie schüttelte den Kopf. »Soweit ich weiß, nicht. Sind ja nicht alle Frauen so.« Sie schüttelte erneut den Kopf: »Nein, seine Frau hat ihn einfach verlassen, aber das war nur der Anfang einer perversen Geschichte. Er war durch die Sauferei mit der Miete im Rückstand, hatte aber Aussicht auf einen neuen Job und hätte nach einer Weile seine Schulden begleichen können. Da kam irgendwann ein netter Herr von der Wohnungsbaugesellschaft und unterhielt sich mit ihm. Laut Udo gab sich der Mann freundschaftlich und hilfsbereit. Am Ende drückte er ihm sogar einen Gutschein für einen Aufenthalt auf dieser Insel in die Hand und sagte, er solle sich gut erholen und könne die rückständige Miete dann zurückzahlen, wenn er seinen neuen Job angetreten habe.« Catharina nahm einen weiteren Schluck und sah David an. »Nach zwei Wochen fuhr Udo zurück und das Haus, in dem er seine Wohnung hatte, wurde gerade kernsaniert. Der nette Mann hatte ihn für den Gutschein etwas unterschreiben lassen, was seinen Mietvertrag mit sofortiger Wirkung auflöste. Und seitdem lebte er auf der Straße.«

»Scheiße«, stöhnte David fassungslos. »Und da kann man rechtlich nichts machen?«

»Doch, könnte man. Doch dazu braucht man einen langen Atem, das nötige Kleingeld und viel Energie. Nichts davon hatte Udo. Alles, was ihm blieb, war der Spruch: An der Ostsee ist es schön, haben sie gesagt. An der Ostsee hat man Spaß, haben sie gesagt.«

David atmete tief durch. »Was für ein Trauerspiel. Aber das passt zu Berlin und es wird nicht besser.«

Sie streckte ihm ihr Glas entgegen und bat: »Anderes Thema. Der Abend ist eigentlich zu schön für solche Geschichten.«

»Einverstanden.« Sein Glas stieß gegen ihres und ihre Blicke hielten einander fest.

Kapitel 31

Oskar waren die Veränderungen schon vor seiner Verhaftung aufgefallen. Irgendetwas war im Gange und er hatte auch eine Ahnung, warum. Sein Aufenthalt auf der Wache war nicht ganz umsonst gewesen, da er immer wieder einmal etwas von den beiden anderen Häftlingen aufgeschnappt hatte. Es waren keine guten Neuigkeiten, denn sie zwangen ihn zur Eile. Vor diesem Hintergrund war David Benders Verpflichtung dieser Anwältin gerade noch rechtzeitig gekommen, aber er durfte trotzdem keine Zeit verlieren.

Dass dieser Typ in Ahlbeck auf ihn losgegangen war, zeigte, wie angespannt alle waren. Und dass sie nun sein Gesicht kannten, machte die Sache nicht einfacher. Alles, was ihm Udos Tod verschafft hatte, waren zwei ruhige Tage. Ab jetzt musste er jeden seiner Schritte doppelt überdenken und noch viel vorsichtiger sein.

Nach seiner Freilassung und der Flucht aus Ahlbeck war er kurz in das angemietete, aber sehr heruntergekommene Ferienhaus gegangen, um den Freizeitanzug gegen dunkle Kleidung auszutauschen. Er packte einige Dinge zur Observierung und den kleinen Revolver in einen Rucksack und fuhr mit seinem alten

Jeep über die Grenze nach Polen. Vorher kopierte er die Fotos und Filme noch einmal vom internen Speicher der Kamera auf eine Micro-SD-Karte. Diese versteckte er wie immer in einer Postkarte, schrieb dieses Mal die Adresse seines Auftraggebers sowie ein paar Urlaubsfloskeln darauf und gab sie direkt bei der Post ab.

In Polen stellte er den Wagen am Ortsrand von Misdroy ab und ging zu Fuß weiter. Es war inzwischen kurz nach zwanzig Uhr, doch der Mond machte seine Wanderung einfacher.

Bis etwa zweihundert Meter vor der Villa nutzte er den Schutz des Waldes, dann ging er in Richtung Meer bis zu den letzten Bäumen. Es war kein Zufall, dass es rund um das Gebäude keine Bäume mehr gab. Entweder gab es in Polen keine Umweltschützer oder man hatte diese mit viel Geld oder Drohungen mundtot gemacht. So oder so fand man hier kaum Deckung und es war beinahe unmöglich, sich dem Anwesen unbemerkt zu nähern. Doch Oskar war kein Anfänger. Er holte eine Art Umhang aus seiner Tasche, der dieselben Farben wie das verdorrte Gras auf den Dünen hatte. Diesen warf er über sich und den Rucksack und ging gebückt weiter, wobei er Mulden und Gräben für seine Deckung nutzte.

Zehn Minuten später erreichte er eine der wenigen Stellen an der Grundstücksmauer, die sich im toten Winkel der Kameras befanden. Heute musste er weiter gehen als jemals zuvor. Denn sollte er das Mädchen nicht bald finden, könnte es zu spät sein. Die Kleine war Opfer eines Krieges, der unbeachtet von der Öffentlichkeit ablief und nun schon Jahre andauerte. Und auf der Straße wurde hinter vorgehaltener Hand getuschelt, dass umfangreiche Razzien bevorstanden. Die Króls würden nichts dem Zufall überlassen und jeden Beweis vernichten oder wegschaffen.

Oskar konzentrierte sich wieder auf seine Aufgabe. Er versteckte den Rucksack unter einem kleinen Busch neben der Mauer, steckte die Waffe in das Holster und entschied sich heute für die Minikamera. Dann schlich er zu der Stelle mit dem abgebröckelten Beton, nahm das Tuch aus dem Loch, durch das er schon gefilmt hatte, und blickte hindurch. Die Alte schien heute nicht da zu sein, da sich nur eine Wache im Garten befand, die dazu noch ziemlich gelangweilt wirkte. Der Mann saß auf einem Klappstuhl neben der Terrasse und genoss offenbar den Ausblick auf das Meer. An der Abbruchkante gab es keine Mauer, trotzdem war es ein nur scheinbar einfacher Zugang. Die Lichtschranke war drei Meter hoch und damit praktisch unüberwindbar. Es war eben ein Ausblick, den man sich viel kosten ließ.

Oskar hatte schon viel Zeit mit dem Erkunden des Grundstücks verbracht. Mal als unscheinbarer Wanderer, mal tief in der Nacht und gut getarnt. Daher kannte er die einzige Möglichkeit, unbemerkt hineinzukommen. Stürme drückten den Regen immer wieder gegen die Mauer und der hatte sie im Laufe der Zeit an einer Stelle etwas unterspült.

Er erreichte die Stelle, an der er schon gute Vorarbeit geleistet hatte, und zog die Plane weg, auf die er Sand gehäuft hatte. Auf diese Weise konnte er sichergehen, dass niemand die Schwachstelle entdeckte, und den Sand trotzdem schnell entfernen. Die so entstandene Spalte war eng, aber es sollte gehen. Er legte sich flach auf den Boden und begann, sich unter der Mauer durchzuwühlen. Als er mit dem Kopf die andere Seite erreichte, hielt er kurz inne und sah sich um. Die Wache konnte ihn hier wegen einiger zu Kugeln geschnittenen Buchsbäume nicht sehen und die Kameras beobachteten ausnahmslos den Außenbereich. Nicht weil man sich nicht mehr davon hätte leisten können, sondern damit nichts gefilmt wurde, was man irgendwann gegen die Bewohner oder besser Benutzer der Villa verwenden konnte. »Filme dich niemals selbst« war in diesen Kreisen oberstes Gebot und gleichzeitig deren Schwachstelle. Denn genau das tat er. Er filmte alles und jeden. Das machte ihn einerseits zum Ziel, war aber andererseits auch seine Lebensversicherung.

Als er sich sicher fühlte, zwängte er auch seinen Körper durch den Spalt und kauerte sich hinter einen dichten Busch. Der Mann drüben an der großen Terrasse, an die sich ein Pool anschloss, tat ihm einen Gefallen und stöhnte ein wenig, als er sich erhob und den Rücken durchstreckte. Oskar nutzte dessen Geräusche, zog den Kopf ein, drückte sich etwas weiter zwischen die Äste und verhielt sich still. Dann brach ein dünner Ast unter seinem Schuh und der Wachmann hielt inne.

Nachdem Oskar einige Sekunden lang kein Geräusch von sich gegeben hatte, ging der Typ weiter zur Terrassentür. Er verschwand im Haus und kam kurz darauf mit einer Dose Cola in der Hand zurück. Oskar hatte die Zeit genutzt und seine Position gewechselt.

Nun kauerte er hinter einer Bar, die zwischen der Mauer und dem Pool stand und bei Feiern genutzt wurde. Eine dieser Feiern hatte er eines Nachts beobachtet und daher wusste er, dass sich nahe der Bar am Gebäude eine Tür befand, hinter der vermutlich eine Küche war. Jedenfalls wurden durch diese unscheinbare Tür Getränke und Speisen herausgebracht. Allerdings lagen zwischen der Bar und der rettenden Hauswand circa fünfzehn ungeschützte Meter. Und auch wenn nur ein paar wenige Lampen den Außenbereich erhellten, war es fast unmöglich, unbemerkt hinüberzukommen.

Einer seiner Ausrüstungsgegenstände war eine kleine Steinschleuder. Er zog sie heraus, suchte sich einen Stein und wartete, bis der Mann wieder auf dem Klappstuhl saß. Dann zielte er auf einen Laubbaum auf der anderen Grundstücksseite und ließ los.

In der Stille der Nacht wirkte das Rascheln unnatürlich laut. Der Typ ließ fast seine Dose fallen, stieß einen polnischen Fluch aus, zog eine Taschenlampe heraus und ging in die Richtung des Geräuschs.

Oskar zog sich wieder zu der Grundstücksmauer zurück, da dort das Licht am schwächsten war. Dann ging er langsam und ruhig bis auf Höhe der Außenwand der hässlichen, kastenförmigen Villa. Dort drückte er sich an die unverputzte Betonmauer, atmete kurz durch und machte sich ans Werk, solange der Typ mit dem Geräusch im Baum beschäftigt war.

Das Schloss der einfachen Tür war keine Hürde. Vermutlich hielt man es für unmöglich, dass jemand die Grundstücksmauer überwinden konnte, und sparte an der Absicherung des Hauses.

Wie vermutet, befand sich hinter der Tür eine Küche, die der eines Restaurants in nichts nachstand. Bis auf ein paar kleine Leuchtdioden an einigen Elektrogeräten war alles dunkel und verlassen. Oskars Ziel war der Keller, doch wie er dort hinkommen konnte, wusste er nicht. Außerdem hatte er keine Ahnung, wie viele Leute sich in der Villa befanden. Er konnte nur davon ausgehen, dass die Alte, die sogar von ihren Leuten nur *die Böse* genannt wurde, nicht hier war, denn sonst gäbe es deutlich mehr Wachen.

Er öffnete vorsichtig eine weitere Tür, die in die eigentlichen Wohnräume führte. Im ganzen Haus gab es eine Art Notbeleuchtung, doch auch hier herrschte Stille. Er schlich weiter und fand sich im Eingangsbereich wieder. Links ging es in den großen Wohnraum, in dem er von draußen die Kinder gefilmt hatte. Ihm gegenüber führte eine Treppe in die oberen Stockwerke, doch von einer Kellertreppe war nichts erkennbar.

Sein erster Weg führte ihn zum Durchgang in den Wohnbereich. Er hielt sich dicht an der Wand, bis er durch die riesige Glasfront die Wache sehen konnte. Der Typ saß nach wie vor einfach da und schien jetzt sogar ein wenig zu dösen.

Oskar ging zurück in den Eingangsbereich, fand einen schmalen Flur und folgte ihm. Nachdem er einige kleinere Zimmer und eine verschlossene Tür passiert hatte, kam er endlich zu einer Treppe, die nach unten führte. Doch hier gab es kein Licht und der Abgang wirkte wie ein schwarzes Loch.

Das Licht seiner kleinen Taschenlampe wäre zu auffällig gewesen, also tastete er sich mit den Füßen Schritt für Schritt nach unten. Als seine nach vorne ausgestreckte Hand Metall spürte, blieb er stehen, suchte nach einer Türklinke und betete, dass die Tür nicht verschlossen war.

Er fand, was er suchte, drückte die Klinke nach unten und spürte erleichtert, wie die Tür nach innen nachgab. Bevor er sie weiter öffnete, zog er die kleine Kamera heraus und hielt sie in den entstandenen Spalt. Kurz darauf zeigte sein Handymonitor, der mit der Kamera verbunden war, keinen typischen Keller, sondern einen weiteren Wohnbereich. Hinter der Tür gab es einen kleinen Vorraum, der in einen schwach beleuchteten, langen Flur mit Teppichboden und modernen Lampen mündete. Außerdem offenbarte sich ein wahrlich riesiges Problem in Form eines Typen, wie man ihn aus Actionfilmen kannte. Der Mann war eine Kombination aus dümmlichem Gesichtsausdruck und deutlich zu vielen Muskeln.

Die Wache war zwar eine Hürde, zeigte Oskar aber, dass er hier richtig war.

Kapitel 32

Oskar atmete flach, zog die Kamera zurück und dachte nach. Auch wenn der Typ hinter der Tür so wirkte, als würde er im Sitzen schlafen, wäre es mehr als riskant, ihn anzugreifen. Und doch musste Oskar endlich in Erfahrung bringen, ob sein Zielobjekt hier gefangen gehalten wurde.

Das Problem waren nicht die beiden Männer, die heute Nacht diese Villa bewachten. Mit denen würde er spielend leicht fertig werden. Aber was dann? So eine Aktion würde niemals unbemerkt bleiben und das könnte alles in Gefahr bringen.

Die plötzlichen Stimmen von oben ließen ihn zusammenzucken und würden der Wache sicher auch nicht entgehen. Oskar tastete sich die Kellertreppe hinauf, sah den Flur entlang und entschied sich für die gegenüberliegende Tür, an der ein WC-Zeichen angebracht war. Zu sehen war niemand, aber vom Eingangsbereich schien jetzt Licht in den Flur. Außerdem hörte er die Stimmen von mindestens drei Männern und das Schluchzen einer Frau.

Die Sanitärräume wurden offenbar nicht privat, sondern nur für Feiern oder vom Personal genutzt. Oskar drückte die Tür ins Schloss, atmete durch und sah sich um. Im diffusen Licht wirkte der Raum wie die Sanitäranlage in einem hochpreisigen

Restaurant. Es gab drei geschlossene Toiletten und in dem Vorraum einige Waschbecken. Mit etwas Glück war das eine Damentoilette und keine der Wachen kam herein.

Die Frauenstimme hatte gezeigt, dass die Männer nicht seinetwegen hier waren. So weit, so gut, aber es brachte ihn gerade nicht weiter. Er ging durch den Raum, öffnete vorsichtig das Milchglasfenster und sah durch den Spalt. Der Klappstuhl der Außenwache stand nur wenige Meter von ihm entfernt, war aber leer. Es wäre eine Chance zur Flucht, doch dann hätte er nichts erreicht. Also öffnete er das Fenster ein Stück weiter, sah sich draußen um und schwang sich über das Fensterbrett hinaus. Von dort zog er das Fenster wieder zu und schlich an der Hauswand entlang bis zu einem großen Rhododendron, der die Terrasse begrenzte. Er duckte sich hinter die Zweige, drückte einige beiseite und hatte freien Blick in den riesigen Wohnraum, der jetzt hell erleuchtet war.

Die junge Frau kniete auf dem Boden und einer der Männer schlug ihr gerade derart heftig ins Gesicht, dass ihr Kopf zur Seite flog. Oskar hörte einige polnische Wortfetzen durch die geöffnete Terrassentür und übersetzte sie mit: … eigene Tasche … Kokain … und … unterschlagen. Die Frau, er schätzte sie auf höchstens achtzehn, schüttelte den Kopf, worauf ein anderer ihre Haare packte und ihr den Kopf nach hinten riss.

Oskar war so ein Gebaren nicht neu, und wenn seine Übersetzung stimmte und sie tatsächlich Drogen unterschlagen hatte, würde sie die Nacht nicht überleben. Doch ihn interessierte etwas anderes, denn nun betrat auch der Typ aus dem Keller den Raum. Er gab einen kurzen Befehl und die Männer ließen von der Frau ab. Dann sagte er etwas, das wie »Ich nehme sie erst noch mit nach oben« klang. Der Mann, der eigentlich draußen Wache halten sollte, lachte, verschwand kurz und kam gleich darauf mit einigen Bierdosen zurück. Währenddessen packte das Monster aus dem Keller die Frau am Nacken und schob sie in Richtung des Eingangsbereichs der Villa, wo er mit ihr verschwand.

Das war die Chance, die Oskar brauchte. Als sich die anderen vier Männer in Richtung Terrassentür bewegten, rannte er zurück zu dem Fenster und sprang in den Toilettenraum. Er schloss das Fenster, ging zur Tür und hoffte, dass sich der große Typ möglichst lange mit dem Mädchen unterhalten würde.

Seine Hoffnung wurde erfüllt, denn das Wimmern der Frau war kaum noch zu hören und kam aus der Richtung des Eingangsbereichs, wo die Treppe nach oben führte.

Wieder im Keller angekommen, mahnte sich Oskar weiter zur Vorsicht, aber jetzt war der Stuhl hinter der schweren Kellertür leer. Sollte allerdings jemand anders die Wache hier unten übernehmen, würde er in der Falle sitzen. Trotzdem ging er hinein, schloss die Tür und lauschte. Die Stille war bedrückend. Der vor ihm liegende Gang war etwa zwanzig Meter lang und wirkte wie ein Hotelflur. Alle paar Meter gab es auf beiden Seiten Türen, die allesamt geschlossen waren.

Oskar ging zu der ersten, drückte die Klinke herunter und fluchte tonlos. Dasselbe versuchte er bei drei weiteren, doch jede der Türen war verschlossen. Verunsichert ging er zurück zu dem leeren Stuhl und wollte den Keller schon wieder verlassen, als sein Blick auf eine kaum sichtbare, in die Wand eingelassene Platte fiel. Er drückte dagegen und entriegelte damit einen Schnappverschluss, sodass er die kleine Tür nach außen öffnen konnte. Dahinter hingen acht Schlüssel, die alle mit nummerierten Schildchen versehen waren.

Die Zahlen waren ihm zunächst nicht aufgefallen, aber bei genauerer Betrachtung der ersten Tür fand er sie direkt über dem Schlüsselloch. Der entsprechende Schlüssel passte und drehte sich fast geräuschlos. Oskar öffnete die Tür und befand sich augenblicklich in einer anderen Welt. Er wusste nicht, was er erwartet hatte, doch auf keinen Fall ein Kinderzimmer mit bunten Tapeten, einem Regal mit Spielzeug und einem Kinderbett mit Sternenhimmel.

Oskar zog seine Taschenlampe heraus, schirmte das Licht mit seiner Hand ab und warf einen Blick auf das schlafende Kind. Der Junge bekam davon nichts mit, drehte sich aber murmelnd auf die andere Seite.

Nach dem siebten Zimmer glaubte Oskar nicht mehr daran, hier Miranda zu finden. Er öffnete die letzte Tür und wurde wieder enttäuscht, denn hier lag der zweite Junge, den er schon von dem Video kannte, das er vor einigen Tagen durch das Loch in der Mauer gemacht hatte. Sechs Mädchen und zwei Jungs, doch Miranda war nicht dabei.

Konnte er es wagen? Oskar blieb nicht mehr ewig Zeit, er musste sich entscheiden. Also setzte er sich auf die Bettkante, legte seine Hand auf die Schulter des schlafenden Jungen und schüttelte ihn leicht.

Der etwa Achtjährige brauchte ein wenig, um zu sich zu kommen, und Oskar konnte seinen Schrei nur dadurch unterdrücken, dass er ihm die flache Hand auf den Mund drückte. Der Kleine sah ihn mit aufgerissenen Augen an, entspannte sich aber, als Oskar lächelte und eine beruhigende Geste machte.

»Sprichst du Deutsch?«

Der Junge deutete ein Nicken an und sagte gebrochen: »Nicht gut, aber ja.«

Oskar holte sein Handy heraus, suchte Mirandas Foto und hielt es ihm hin. »Kennst du dieses Mädchen?«

Er sah es eine Weile an. »Hab gesehen. Ist immer an Seite von Mutter.«

»Mutter?« – Oskar verstand nicht. Erst als der Kleine »Alte Mutter« sagte, ging ihm auf, dass er Lucia Król, genannt *die*

Böse, meinte. Er dachte kurz nach und fragte: »Wann macht ihr euren nächsten Ausflug?«

In den Augen des Jungen zeigte sich kurz Misstrauen, trotzdem erklärte er: »Wir heute haben mehr Essen bekommen. Bald!«

Oskar tat es nicht gerne, setzte aber eine strenge Miene auf und blickte dem Jungen fest in die Augen. »Wirst du erzählen, dass ich hier war?«

Der Kleine war offenbar lange genug bei dieser Familie und wusste, dass man hier am besten nichts sah und nichts hörte. Er schüttelte den Kopf. »Leon vergisst alles!«

»Sicher?«

Es folgte energisches Nicken. »Sicher. Ganz sicher«, danach kippte sein Blick ins Flehende. »Du … du mir helfen?«

Oskar tätschelte seinen Arm. »Bald, mein Junge«, damit stand er auf und verließ wortlos das als Kinderzimmer eingerichtete Gefängnis.

Der Weg durch die Sanitäranlagen war zweifellos der sicherste, auch wenn man sich später vielleicht über das offene Fenster wundern würde. Das Problem war nur, dass es sich die vier Männer auf der Terrasse bequem gemacht hatten und dort ihr Bier tranken. Oskar wartete, bis das Lachen am lautesten war, glitt hinaus und drückte sich eng an die Wand. Dann wandte er sich nach rechts und schlich zu einem Nebengebäude. Dort kauerte er sich neben einen Busch und warf einen Blick zurück.

Zu seiner Überraschung war der aufgepumpte Typ ebenfalls bei den Männern. Und als sich Oskars Augen an die Dunkelheit gewöhnt hatten, sah er auch, warum. Die junge Frau lag mit zerrissenen Klamotten und völlig regungslos etwas abseits auf einer Plane. Seine Finger gruben sich vor Hass auf diese Leute in das Gras, auf dem er kauerte. Natürlich war er einiges gewohnt, doch auch wenn er selbst nicht zimperlich war, hasste er derart sinnlose Opfer. *Für jeden eine Kugel, und zwar genau zwischen die Augen*, ging es ihm durch den Kopf. Aber er musste das Lachen der Männer aushalten und sich still verhalten.

Das schwache Glimmen der vielen Lampen im Außenbereich machte es nicht einfach, doch einige Minuten später konnte sich Oskar rückwärts wieder durch den Spalt in der Mauer nach außen schieben. Kurz bevor er hindurch war, verteilte er noch etwas Laub über der aufgewühlten Stelle.

Auf der anderen Seite stopfte er die Plane zurück in die Spalte und schaufelte so viel Sand hinein, dass diese nicht mehr als Durchlass erkennbar war. Danach holte er den Rucksack, war für einen kurzen Moment unaufmerksam und geriet in den überwachten Bereich. Der Bewegungsmelder erfasste ihn, hüllte ihn augenblicklich in das Licht eines starken Scheinwerfers und sorgte ganz sicher auch dafür, dass er von einer Kamera gesehen wurde. Er konnte es nicht mehr rückgängig machen und rannte los.

Bis die Verfolger über das Eingangstor nach draußen kamen, hatte Oskar schon ein gutes Stück Dünen zwischen sich und das Grundstück gebracht. Er hörte sie Befehle rufen, drehte sich aber nicht um. Hinter einem kleinen Hügel änderte er die Richtung, steuerte auf den Küstenwald zu und erreichte kurz darauf die ersten Bäume. Dort, wo er vor dem Licht des Halbmonds sicher war, lehnte er sich an einen Baum und rang nach Luft. Das Licht starker Taschenlampen zuckte über die Freifläche, die er gerade überquert hatte.

Möglicherweise hatten die Typen noch keinen Blick auf die Aufnahme ihrer Überwachungskamera geworfen und dachten, ein Tier hätte den Alarm ausgelöst. Denn schon wenige Minuten später erlosch drüben das Licht des Scheinwerfers und die Lichtpunkte der Taschenlampen bewegten sich zurück in Richtung Einfahrt der Villa. Oskar wischte sich den Schweiß von der Stirn und ging im Schutz des dichten Waldes zurück zu seinem Wagen.

Eine Dreiviertelstunde später passierte er einen kleinen unbewachten Grenzübergang nach Deutschland. Er fuhr zu seinem Versteck, machte sich eine Dose Cola auf und dachte nach. Im Grunde hatte er nichts erreicht und wusste auch nicht, wie er jemals an das Mädchen herankommen sollte. Lucia Król war ständig von ihren Männern umgeben, und wenn sich Miranda immer in ihrer Nähe befand, würde er einen wirklich guten Plan brauchen. Natürlich ginge es auch mit Gewalt, doch dann wäre die Tochter seines Auftraggebers kaum zu retten. Denn sie war der Schutzschild und die Verhandlungsgrundlage von Lucia Król.

Kapitel 33

David machte sich einen Kaffee. Die Tür zu dem kleinen Schlafzimmer des Ferienhauses stand offen, aber Catharina hatte einen gesegneten Schlaf. Sie lag halb aufgedeckt im Bett und ihm gefiel, was er sah.

Nach dem vergangenen Abend mit ihr war sein innerer Kampf nur noch stärker geworden. Der Rotwein hatte sie beide entspannt, trotzdem wusste er, dass es ihr genauso ging. Sie waren beide gebrannte Kinder, die Angst hatten, sich noch einmal die Finger zu verbrennen. Ein erster Kuss hatte die Leidenschaft entfacht, doch die Angst vor dem Danach hatte sie beide wieder eingeholt. Diese Sucht nach mehr und der gleichzeitig errichtete Schutzschild waren eine bittersüße Hölle. Sie hatten sich geküsst, sie hatten sich mit den Händen erkundet und trotzdem hatte keiner den nächsten Schritt gewagt.

Gegen Mitternacht war Catharina unter seinem Streicheln eingeschlafen. David hatte sie eine Zeit lang angesehen, in sich selbst nach seinen Gefühlen geforscht und sie schließlich in das einzige Bett getragen. Danach hatte er sich selbst auf das Sofa gelegt und war dank des Weines ebenfalls sofort in einen traumlosen Schlaf gefallen.

Draußen würde die Sonne bald über die fernen Baumkronen steigen. David setzte sich mit dem Kaffee auf die kleine Terrasse und dachte nach. Eine Viertelstunde später hörte er hinter sich, wie Catharina heraustrat. Er drehte sich um. Sie stützte sich auf eine Krücke, trug unter ihrem viel zu großen Shirt nur einen Slip – und der blaue Verband um ihr Knie konnte ihre schönen Beine nicht entstellen. Nach einem weiteren Schritt blieb sie neben seinem Stuhl stehen und fragte unsicher: »Wie … wie ist unser Abend ausgegangen? Der Wein … ich kann mich an nicht mehr viel erinnern.«

Er hatte selbst schon über das »wie weitermachen« nachgedacht, aber keine Lösung gefunden. Da sah er sie an und erklärte sachlich: »Du bist eingeschlafen und ich habe dich ins Bett getragen.«

»Mehr …?«

Bevor sie weiterreden konnte, schenkte er ihr ein Lächeln. »Nein. Mehr war nicht.«

Sie wirkte irritiert und gab offen zu: »Soll ich das jetzt gut oder schlecht finden?«

David stand auf. »Ich hole dir erst einmal einen Kaffee. Dann können wir …« Weiter kam er nicht. Sie hatte ihre Krücken an seinen Stuhl gelehnt, hielt sich jetzt an ihm fest und fragte vorwurfsvoll: »War der Abend so schlecht, dass es nicht einmal für ›Guten Morgen‹ reicht?«

David hielt ihrem Blick nicht stand, legte seine Hand an ihre Wange und gab ihr einen Kuss. Es war anders als nach einigen Gläsern Wein. Schöner, intensiver und echter. Sie löste ihre Lippen kurz von seinen, rang ein wenig nach Luft und forderte: »Komm mit rüber ins Schlafzimmer.«

Die Versuchung zerriss ihn fast, doch er wollte sie nicht für ein Mal Sex verlieren und zu mehr war er noch nicht bereit. Es fiel ihm unendlich schwer, trotzdem löste er sich etwas von ihr. Ihr enttäuschter Gesichtsausdruck brachte ihn erneut ins

Wanken, daher beeilte er sich zu sagen: »Bitte denke nichts Falsches. Ich würde jetzt nichts lieber tun, als mit dir zu schlafen. Aber es ist kompliziert und darüber müssen wir erst reden.«

Natürlich war es gut, dass sie nun ebenfalls die Kontrolle über sich wiedererlangte, aber irgendwie kränkte es ihn auch ein wenig. Sie atmete ein, zwei Mal tief durch und stellte mit etwas Humor in der Stimme fest: »Ich habe Berliner Jungs anders in Erinnerung, keiner von ihnen hatte je ein Stoppschild dabei.«

David wollte sich der Situation entziehen, gab ihr noch ein Küsschen auf den Mund, stand auf und ging nach drinnen. In der Küche atmete er seine Erregung weg, schenkte ihr eine Tasse Kaffee ein und ging wieder hinaus.

Catharina saß inzwischen auf dem zweiten Stuhl und sah ihm entgegen. Die aufgehende Sonne schien durch ihr dünnes Shirt und ließ ihre Brüste erahnen. David bemühte sich, das zu ignorieren, stellte die Tasse ab und setzte sich ebenfalls. Dann suchte er nach den richtigen Worten, doch sie war schneller und fragte ganz offen: »Also, was hält dich davon ab? Dein Körper schien mir gestern wie heute durchaus bereit zu sein.« Offenbar hatte sie doch nicht alles vergessen, was geschehen war.

Dieses Mal sah er sie nicht an. Er blickte auf irgendeinen Punkt am Horizont und sagte: »Es ist der Umstand, dass ich hier auf der Insel eigentlich nichts mehr verloren habe. Ich habe vorhin darüber nachgedacht und keinen Grund gefunden, länger hierzubleiben. Oskars Anklage ist vom Tisch. Natürlich reizt es mich, alles aufzuklären, aber im Grunde habe ich meinen Gefallen eingelöst und alles andere geht mich eigentlich nichts an. Ganz abgesehen davon, dass ich bald wieder einen bezahlten Job brauche, da sich sonst meine Rechnungen stapeln.« Er wagte doch einen Blick zu ihr, und da war er wieder, dieser kratzbürstige Ausdruck um ihre Augen, als sie erwiderte: »Das mit deinem Job verstehe ich, aber dass du keinen Grund gefunden hast, noch etwas hierzubleiben … echt jetzt? Bist du wirklich so ein Kontrollfreak? Kannst du dir nicht eingestehen, dass du vielleicht für uns noch ein wenig länger bleibst?«

David erkannte seinen Fehler, murmelte »Scheiße« und sagte dann lauter: »So ist das nicht. Ganz im Gegenteil. Es … du … Mann, wie soll ich das erklären?«

»So, wie du es meinst, und so, dass ich es verstehe«, blaffte sie ihn an.

Nun suchte er doch Augenkontakt. »Nein, ich bin sonst absolut kein Kontrollfreak. Es geht immer noch um den gleichen Grund, warum auch gestern Abend nichts passiert ist. Ich habe Angst davor, mit dir zu schlafen und dann in ein oder x Tagen zurückzufahren. Ich habe Angst vor den Gefühlen, die wir dann haben werden. Du bist nicht irgendeine für mich …« Er fand keine weiteren Worte.

Als Catharina aufstand und nach ihrer Krücke griff, dachte er, sie würde nun zu ihm kommen. Doch sie blieb vor ihm nur kurz stehen, sah zu ihm herab und erklärte nüchtern: »Bis Berlin sind es gerade einmal zweihundert Kilometer und keiner weiß, was sich überhaupt zwischen uns entwickelt hätte.« Damit ging sie zu der Terrassentür und fügte von dort aus hinzu: »Können wir in einer halben Stunde los? Ich will zurück nach Hause.«

David wusste, dass der Zug erst einmal abgefahren war. Er kannte Catharina nicht wirklich, wusste aber, dass sie zu dem stand, was sie sagte. Folglich brachte er das Haus in Ordnung, legte dem Vermieter das Geld für eine Nacht hin und informierte ihn telefonisch darüber, dass der Schlüssel im Briefkasten lag. Währenddessen sprach Catharina kein Wort mit ihm und tat, als wäre sie in ihr Handy vertieft. Erst als er ihre Tasche zum Auto brachte und sie aufforderte mitzukommen, sah sie ihn noch wütender an und fragte: »Keine Gegenwehr? Kein Versuch, mich umzustimmen? Hätte ich nicht gedacht.«

Es war der Klassiker, dass man als Mann nichts richtig machen konnte, und gleichzeitig einer der Gründe, warum ihm sein Singleleben gefiel. Außerdem ging ihm ihre Art auf die Nerven, daher reagierte er genauso pampig, wies auf das Handy in ihrer Hand und keifte: »Ich wollte dir keine WhatsApp schreiben.«

Die Fahrt verbrachten beide schweigend. Zwanzig Minuten später hielt er vor ihrer Einfahrt, stieg aus und holte ihre Tasche aus dem Kofferraum. Inzwischen war er etwas runtergekommen und bat: »Lass mich erst dein Haus kontrollieren. Vielleicht suchen die immer noch nach dieser Speicherkarte.«

Catharina reckte ihr Kinn noch ein wenig höher. »Ich dachte, die Sache hier geht dich nichts mehr an.« Damit lehnte sie eine Krücke an den Zaun, stützte sich auf die andere und hob ihre Tasche auf.

David blieb nichts weiter übrig, als ihr hinterherzuschauen, wie sie humpelnd den Garten durchquerte und im Haus verschwand. Trotzdem nahm er ihre andere Krücke, brachte sie bis zu der noch offenen Haustür und rief: »Ich fahr dann jetzt. Deine Krücke ist hier.«

Mehr als ein barsches »Tschüss« bekam er nicht zurück.

Der Rückweg zum Wagen fühlte sich schwer an. Er wollte an etwas anderes denken, doch es funktionierte nicht. Und als er den Motor startete, hoffte er, sie wenigstens noch einmal an der Tür zu sehen. Dann legte er den Gang ein, fuhr rückwärts aus der Zufahrt und auf der Hauptstraße des kleinen Dorfes in Richtung Bansin.

Die Umgebung wirkte unwirklich und wie in Watte gepackt. Hatte er tatsächlich so schnell Gefühle für Catharina entwickelt? David machte den ultimativen Test, schaltete das Radio ein und suchte nach einem Sender, der schnulzige Lieder brachte. Nach dem zweiten musste er abschalten, da er es nicht ertrug. Sein Blick fiel auf sein neues Handy, in dem auch ihre Nummer eingespeichert war. Er griff mit der rechten Hand danach, sah abwechselnd auf die Straße und das Display, entsperrte das Gerät und ließ es dann mutlos sinken.

Die Fahrt verlief wie in Zeitlupe und trotzdem zu schnell. Nachdem er Usedom verlassen hatte, suchte er nach positiven Gedanken. Er fand aber nur die Tatsache, dass sie sich wenigstens nicht noch näher gekommen waren, aber das war nicht wirklich ein Trost. Auch wenn er sich gar nicht ausmalen wollte, wie es ihm jetzt gehen würde, wenn er sich auch noch an ihren nackten Körper erinnern müsste.

Die Berliner Straßen raubten David die Zeit, die er auf der Autobahn gutgemacht hatte. Es war bereits kurz nach vierzehn Uhr, als er den Wagen bei einer Zweigstelle der Verleihfirma abgab. Danach fuhr er mit den Öffentlichen nach Hause, und das Einzige, worauf er sich wirklich freute, waren eine Dusche und ein kühles Bier. Ein Gedanke führte zum nächsten und damit zu der Kleidung, die Catharina für ihn gewaschen hatte. Er hätte sie dort lassen sollen, denn dann hätte er einen Grund gehabt, noch einmal nach Usedom zu fahren.

Kapitel 34

»Du hast was?« Clara schaffte es, sich, obwohl sie im Rollstuhl saß, vor ihm aufzubauen.

David hatte sich den Rest des Vortags seinem Kummer hingegeben, war heute aber ungewöhnlich früh ins Büro gekommen. Sein Kopf war noch nicht frei, aber es ging ihm besser. Nach dem Kaffee wollte er nach hinten in seinen Fitnessbereich gehen und dort die überschüssige Energie abbauen. Doch inzwischen war auch Clara erschienen und hatte sich seine Kurzversion des gestrigen Tages angehört.

Seine Assistentin schnaufte ein weiteres Mal, rollte zum Schreibtisch, holte ihren Laptop und kam zurück zum Pausentisch. Während sie das Gerät hochfuhr, schimpfte sie weiter: »Ein Anruf bei mir und ich hätte dir gesagt, dass du unbedingt bei dieser Polizistin bleiben musst. Ganz egal, ob wir dort Geld einnehmen oder nicht, du hättest sie niemals allein lassen dürfen. Noch dazu, da sie nicht auf den Schutz ihrer Kollegen vertrauen kann.«

David hatte langsam genug davon, dass ihn ständig eine Frau zurechtwies. Er knallte die Tasse heftiger als gewollt auf den Tisch und blaffte: »Was willst du eigentlich? Vor ein paar Tagen sollte ich mich nicht umsonst verkaufen und jetzt hältst du mir einen Vortrag. Zu deiner Erinnerung: Mein einziger Job war es, den offenen Gefallen von Oskar einzulösen. Als Dank ging mein Wohnmobil in Flammen auf und meine Kreditkarte wurde durch die Kaution für Oskar an ihr Limit gebracht. Darüber hinaus musste ich mir einen neuen Laptop und ein Handy kaufen – und einen Leihwagen bezahlen.« Er machte eine kurze Pause, in der er Clara wütend anstarrte. »Und jetzt erzählst du mir, ich hätte dort weitermachen sollen? Da wäre es lukrativer gewesen, diese bescheuerte Schafherde vor einem Wolf zu schützen.«

Sie fauchte: »Lass die Schafe da raus«, öffnete das Video von der Speicherkarte, welches das nächtliche Verladen einer mutmaßlichen Leiche zeigte. Nun tippte sie derart fest auf einen der Männer im Bild, dass sich der Monitor an der Stelle verfärbte. »Das ist ein Mitglied des Król-Clans, und vermutlich einer, der ziemlich viel zu sagen hat. Es gibt kaum Informationen oder gar Bilder von denen, was bedeutet, dass diese Fotos und Bilder hochbrisant sind. Wenn die auch nur ahnen, dass es diese Aufnahmen geben könnte, werden die vor nichts zurückschrecken, um sie aus der Welt zu schaffen.«

David war wenig beeindruckt. »Wer oder was ist dieser Clan? Ich habe noch nie etwas davon gehört.«

»Mann«, fluchte Clara, enttäuscht darüber, dass ihr Chef nicht weiterdachte. »Das ist ja der springende Punkt. Diese Familie tut alles dafür, nicht öffentlich in Erscheinung zu treten. Sie haben Handlanger, die sich bei ihrem Leben zum Schweigen verpflichten, damit man sie niemals mit der Kernfamilie in Verbindung bringt. Es geht um die unterste Unterwelt. Drogen, Menschenhandel und Geldwäsche.«

Langsam begriff David und wedelte mit der Hand: »Da gibt es doch noch ein paar Fotos von einer alten Frau. Hat die was damit zu tun?«

»Ziemlich sicher«, bestätigte Clara. »Aber wie ich schon sagte, habe ich so gut wie nichts über die gefunden. Ich kann nur vermuten, dass die Dame so etwas wie das Oberhaupt ist.«

»Also wohl keine heimliche Liebschaft Oskars.«

Clara antwortete lang gezogen: »Nein, das eher nicht. Und da wären wir auch schon beim nächsten Thema. Oskar von Thiemen.«

Der Name hing wie eine Drohung im Raum, bis Clara erklärte: »Wer er ist oder wo er herkommt, weiß kein Mensch. Wenn ich an den gefälschten Ausweis käme, den er offenbar bei seiner Festnahme vorgezeigt hat, könnte ich vielleicht einen Hinweis auf den Fälscher und damit zu Oskars echter Identität finden. Aber so bleibt auch er ein Phantom.«

David dachte lange nach, bevor er zugab: »Jetzt, wo du es sagst: Ich kannte ihn hier in Berlin nur von der Straße und habe ihn nie hinterfragt. Aber da ist etwas an ihm, das nicht zu einem Obdachlosen passt. Es ist schwer in Worte zu fassen, aber er wirkte immer irgendwie fehl am Platz.« Als er Clara ansah, kam ihm eine Idee. »Vielleicht gibt es eine Möglichkeit, etwas über ihn herauszufinden. Nicht in Usedom, aber er wurde auch einmal in Berlin verhaftet. Es ging um Diebstahl, den man ihm dann letztlich nicht nachweisen konnte.«

»Und was soll uns das bringen?«

David zuckte mit den Schultern. »Es müsste eine Akte darüber geben, und ein paar Freunde bei der Polizei habe ich noch. Vielleicht kommen wir so an eine Kopie seines Ausweises oder an weitere Daten zu ihm. Ich bin mir auf jeden Fall sicher, dass er hinter diesen Aufnahmen steckt, auch wenn er es abgestritten hat. Und so langsam muss ich ihm auch unterstellen, dass er diesen Udo als Ablenkungsmanöver genutzt hat.«

»Okay«, antwortete Clara gedehnt und resümierte: »Dann denkst du, er hat den Obdachlosen geopfert?«

David stand auf, ging einige Male im Büro auf und ab, bevor er sich wieder zu ihr wandte. »Jetzt, wenn ich mit ein wenig Abstand darüber nachdenke, passt alles zusammen. Man kann es sicher kaum nachweisen, aber ja, dieser Udo wurde vermutlich als Bauernopfer benutzt.«

Er setzte sich wieder und begann, laut zu spekulieren. »Wie klingt das für dich: Oskar fährt nach Usedom und spioniert, warum auch immer, diesen Clan aus. Er macht die Fotos und Videos, wird aber irgendwann dabei beobachtet. Er weiß das, kennt aber jemanden, der ihm einigermaßen ähnlich sieht. Eben seinen angeblichen Kumpel Udo. Dem schenkt er seine Jacke und eine Mütze, womit ihm Udo noch mehr gleicht. Keine paar Stunden später findet man Udo erstochen auf, wobei die Stichverletzungen auf einen Profi hinweisen.« Er machte eine Pause, ging noch einmal ein paar Schritte, drehte sich wieder zu Clara und fügte hinzu: »Außerdem sorgte Oskar in der Nacht des Mordes sogar noch für sein eigenes Alibi. Aber die Sache ging schief, weil die Dame Angst bekam und abhaute, während er schlief.«

»Bis hierhin kann ich dir folgen«, bestätigte Clara. »Aber zwei Punkte sind offen. Erstens hat Oskar einen anderen Unterschlupf als Udo. Warum also suchte der Mörder ihn in diesem baufälligen Haus? Und warum seid ihr, du und diese Polizistin Catharina Adler, zur Zielscheibe geworden?«

Bei Catharinas Namen zuckte David unmerklich zusammen. Doch er schob seine Gefühle beiseite und erklärte: »Es könnte beides aus demselben Grund passiert sein. Wenn der Mörder Oskar erst kurz vor dem Mord gefunden hat, verfolgte er ihn vielleicht nur bis zu Udos Unterschlupf. Folglich wusste er nichts von der Scheune. Und auch danach wurde weiterhin nur das Haus beobachtet. Catharina, also ich meine Frau Adler, hat mich dort dabei erwischt, wie ich nach meiner Ankunft auf Usedom nach Spuren suchte.«

»Catharina?« Clara wurde hellhörig.

Er sah ihr an, was sie gerade dachte, und sagte schnell: »Ja, wir sind per Du, aber das heißt nichts.«

Das stellte ihre Neugierde sicher nicht zufrieden, aber sie entschied sich offenbar, sachlich zu bleiben. »Also wenn das alles so in etwa stimmen sollte, dann musst du etwas unternehmen.«

Er atmete durch. »Und was schlägst du vor?«

»Überleben«, antwortete sie scherzhaft. Sie fuhr mit dem Rollstuhl ein wenig hin und her und schien nachzugrübeln, bis sie schließlich erklärte: »Ich brauche eine Zigarette, sonst kann ich nicht klar denken.« Damit holte sie die Packung von ihrem Schreibtisch und David folgte ihr bis vor die Tür.

Nachdem beide schweigend geraucht hatten, sah sie zu ihm hoch, und in ihrem sonst so fröhlichen Gesicht zeigte sich ungewohnter Ernst. Doch bevor sie etwas sagen konnte, gestand er: »Ich habe uns ungewollt ganz schön in die Scheiße geritten.«

»Hast du«, bestätigte sie unverblümt. »Trotzdem brauchen wir einen Plan. Außerdem musst du jetzt endlich diese Polizistin warnen.«

Er nickte. »Mach ich. Und dann werde ich wieder auf die Insel fahren und Oskar suchen. Ich bin mir sicher, dass er der Dreh- und Angelpunkt in dieser Sache ist. Einen Gefallen einzufordern ist das eine, aber uns in irgendein kriminelles Spiel hineinzuziehen, etwas ganz anderes.« David wollte schon zurück ins Büro gehen, als ihm noch etwas einfiel. »Sag mal. Auf einem Video ist doch diese Villa mit den Kindern. Hast du darüber etwas in Erfahrung bringen können?«

Clara sah ihn verwundert an. »Ich weiß nichts von einer Villa.«

Er bemerkte seinen Fehler und gestand: »Ach ja, wir haben die versteckten Aufnahmen erst gestern Abend gefunden. Egal. Benutze einfach die Funktion ›versteckte Dateien anzeigen‹, dann findest du noch mehr.«

»Es gibt noch weitere Aufnahmen? Warum weiß ich nichts davon?«

David erinnerte sich an den Abend mit Catharina. Er wollte es auf den Wein schieben, musste sich aber eingestehen, dass sie es gewesen war, die ihn abgelenkt hatte. Davon musste Clara allerdings nichts wissen, also erwiderte er nur: »Ja, auf der Speicherkarte befinden sich auch versteckte Dateien, die ich noch nicht auf unseren Server übertragen habe. Das Passwort lautet ›Annkathrin09‹, mit ›h‹.«

Er folgte Clara nach drinnen, holte den neuen Laptop aus seiner Tasche und stellte ihn ihr auf den Schreibtisch. »Die Speicherkarte steckt. Du kannst alles kopieren, während ich mit Catha… Frau Adler telefoniere.«

Bisher war er abgelenkt gewesen, doch als er nun sein Handy herauszog, wurde er nervös. Da war einerseits die Sorge um Catharina und andererseits wusste er nicht, wie sie auf ihn reagieren würde. Er suchte den Telefonbucheintrag heraus, über dem sein Finger vor einigen Stunden eine gefühlte Ewigkeit geschwebt hatte, ohne dass er den Mut gefunden hatte, einen Anruf zu machen. Heute war kein Platz für seine Zweifel und er drückte den Button.

Nachdem sie bis zum dritten Freizeichen nicht abgehoben hatte, zog sich sein Magen zusammen. Was, wenn …

»Hast dir Zeit gelassen!«

Er konnte ihre Stimmlage nicht deuten, doch seine Sorge um sie trat in den Hintergrund. Trotzdem fand er nicht gleich die richtigen Worte und stammelte: »Catharina … hallo … ich … also, es ist Folgendes.«

Von ihr kam nur ein schlichtes: »Ja?«

»Nun ja, es ist so. Meine Assistentin hat inzwischen einiges herausgefunden und ich befürchte, dass du in ernster Gefahr bist.«

»Fällt dir nichts Besseres ein …« Ihre Stimme klang schon wieder wütend. Dieses Mal ließ er sie allerdings nicht ausreden. Er erklärte ihr ungeachtet ihrer Warnung, aufzulegen, alles, was er inzwischen wusste. Und als es in der Leitung still blieb, fügte er hinzu: »Hör mal. Egal was du von mir hältst, möchte ich dich bitten, dein Haus abzuschließen und auf mich zu warten. Ich werde in drei Stunden bei dir sein und dann erkläre ich dir die Details.«

Wieder kehrte Stille ein, bis sie endlich sagte: »Ich habe gerade mein Auto von der Wache geholt und bin auf dem Weg nach Hause. Und ja, ich werde dort auf dich warten. Aber glaub ja nicht, dass du bleiben kannst.«

David war das angesichts der möglichen Bedrohung im Augenblick egal. Ja, er wollte sie sehen, aber es war viel wichtiger, dass sie ihre Lage verstand und keine Risiken einging. Daher stimmte er zu und sagte am Ende des Gesprächs: »Danke für dein Vertrauen und pass bitte auf dich auf.« Danach legte er auf und atmete erst einmal durch.

Kapitel 35

Sein Anruf war unerwartet gekommen, jedenfalls zu diesem Zeitpunkt. Und er kränkte sie fast ebenso sehr, wie er sie freute, denn wieder schien er nicht ihretwegen, sondern aufgrund der Umstände anzurufen.

Nachdem David gestern abgereist war, hatte sie lange auf ihrer Terrasse gesessen und über ihn nachgedacht. Irgendwie verstand sie ihn, denn offenbar quälten ihn ähnliche Geister aus der Vergangenheit wie sie selbst auch. Doch trotz der alten Narben längst vergangener Beziehungen hätte sie sich mehr Mut von ihm gewünscht. Mut, die Nähe zuzulassen und sich etwas Neuem zu öffnen.

Doch eine Sache war anders als sonst. Dieses Mal zweifelte sie nicht an ihrem Körper oder ihrem Aussehen. Sie hatte es am Vorabend in seinem Blick gesehen und es am gestrigen Morgen an seinem Verhalten gespürt. Sein körperliches Begehren konnte er nicht leugnen und sie wusste genug über Männer, um zu erahnen, welche Willenskraft er hatte aufbringen müssen. Doch genau das verstand sie nicht. Was hatte er schon zu verlieren, wenn er mit ihr schlief?

Sie hatte ihm erzählt, dass sie gerade auf dem Weg nach Hause wäre, was nicht ganz stimmte. Ihr lädiertes Knie schmerzte zwar bei jedem Schaltvorgang, trotzdem war ihr Ziel ein Strandabschnitt, den nur Einheimische kannten und wo man seine Ruhe hatte. Sie brauchte jetzt einfach den Wind, den Sand und die Wellen. Sie wollte, dass ihr Kopfkarussell zur Ruhe kam, auch wenn es gerade eben durch seinen Anruf wieder richtig Fahrt aufgenommen hatte.

Eigentlich war der Feldweg tabu, aber wenn sie ihre Dienstmarke hinter die Windschutzscheibe legte, sollte es keine Probleme geben. Sie stellte den Mini an der Baumreihe ab, stieg aus und humpelte in Richtung Meer. An den letzten Bäumen zog sie ihre Schuhe aus, versteckte sie und ging barfuß und mit nur einer Krücke weiter über den warmen Sand. Am Abhang der letzten Düne blieb sie stehen und blickte über den weitläufigen Sandstrand. Sie war so gut wie allein. Die einzigen Menschen waren zwei Leute mit Hunden, die aber einige Hundert Meter weit weg am Ufer entlangliefen.

Ihr Knie forderte eine Pause, also setzte sie sich in den Sand und erwischte sich augenblicklich dabei, David herbeizuwünschen. Sie schob die Vorstellung wütend beiseite und versuchte, sich wieder auf die Landschaft zu konzentrieren.

Die Zigarette schmeckte in der frischen Luft gut wie lange nicht mehr und entspannte sie ein wenig. Vor ihr gab es nichts als den Strand und das scheinbar grenzenlose Meer. Kleine Wellen glitzerten fast schmerzhaft hell in der Sonne, deren Wärme auch in sie eindrang. Es war einer dieser kostbaren Augenblicke, die sich so perfekt anfühlten, dass man sie am liebsten festhalten wollte. Für ein paar wenige Herzschläge gab es nur sie selbst und die Wärme ihres Körpers. Sogar die schwarzen Flecken auf ihrer Seele verblassten einen Moment lang zu hellen Grautönen. Jedenfalls so lange, bis Catharina im Augenwinkel eine Bewegung wahrnahm.

Die Frau war zwanzig Meter weiter aus einer der Mulden zwischen den Dünen aufgetaucht, blieb nun stehen und legte sich die Hand schützend über die Augen. Sie hatte eindeutig zu viel an und als sie winkte, erkannte Catharina sie wieder.

Kurz darauf stand Henrietta neben ihr, wobei sie feststellte: »Hab dich schon vermisst. Tobias hat gestern das Essen ausgegeben und bei dem bekommt man keinen Nachschlag.« Die Obdachlose deutete auf die Zigarettenschachtel und fragte: »Kann ich eine?«

Eigentlich wollte Catharina ihre Ruhe haben. Trotzdem nahm sie das Päckchen und hielt es Henrietta hin. Als Antwort auf die Frage, warum sie in den letzten Tagen nicht bei ihrer ehrenamtlichen Arbeit erschienen war, klopfte sie mit der Krücke gegen das Bein. »Hab mich beim Sport verletzt.« Dann sah sie die Obdachlose an. »Und was machst du hier? Ist ziemlich warm für einen Spaziergang durch die Dünen.«

Die Frau winkte ab. »Von wegen Spaziergang. Hier vergnügen sich nachts ziemlich viele Pärchen in den Dünen. Und vor lauter Leidenschaft merken die oft gar nicht, was sie so alles verlieren.« Damit hielt sie einen kleinen Stoffbeutel hoch und verkündete stolz: »Zwei Uhren, ein Handy und etwas Bargeld.« Dann hielt sie erschrocken inne und fragte vorsichtig: »Ich muss das doch nicht abgeben. Oder?«

Catharina begriff ihre Angst. Jeder hier wusste, dass sie bei der Polizei war, und so schenkte sie der etwa Vierzigjährigen ein Lächeln, ermahnte sie aber: »Also beim Bargeld gehe ich mit, aber das Handy und die Uhren solltest du abgeben. Auf dem Schwarzmarkt bekommst du nicht viel dafür und für die Leute ist der Verlust sicher verdammt schmerzhaft. Außerdem gibt es Finderlohn für solche Dinge.«

»Hm«, brummte Henrietta wenig glücklich, nahm einen Zug von der Zigarette und wischte sich unwirsch über den Mund, bevor sie erst unwillig zustimmte, dann aber fragte: »Sag mal. Ihr untersucht doch noch den Mord an Udo. Oder? Es ist so … also, was ich sagen will, ist, dass wir alle Angst haben. Udo war einer von uns und da nimmt es die Polizei ja oft nicht so genau.« Sie stockte und machte eine beschwichtigende Geste. »Also, ich will nicht sagen, dass du so etwas nicht ernst nehmen würdest, aber …«

Catharina versuchte, das Gespräch abzukürzen, indem sie erwiderte: »Ich weiß, was du sagen willst. Und ich kann dir versichern, dass wir nach dem Täter suchen. Ich versteh eure Angst. Leider darf ich dir nichts von den laufenden Ermittlungen erzählen. Aber sag den anderen, dass ich inzwischen nicht davon ausgehe, dass weitere Obdachlose bedroht sind. Udo war leider einfach nur zur falschen Zeit am falschen Ort.«

Henrietta deutete ein Nicken an. »Das ist gut. Das ist sehr gut.« Damit hielt sie ihre Tasche hoch und versprach: »Und das meiste darin werde ich beim Fundbüro abgeben. Es wird mich schmerzen, aber du hast ja recht.«

Catharina lachte und versprach, dass sie bald wieder das Essen austeilen würde und es dann auch wieder einen Nachschlag gäbe.

Mit Henriettas Ankunft war die Leichtigkeit des Moments verschwunden, und auch wenn Catharina es sich nicht eingestehen wollte, freute sie sich auf das baldige Wiedersehen mit David. Aber da war immer noch Oskar. Inzwischen wusste sie überhaupt nicht mehr, was sie von ihm halten sollte. Außerdem gab es diese Fotos und Videos, von denen irgendeine Art von Bedrohung ausging. Catharina sagte sich, dass das, was sie auf der Speicherkarte gesehen hatte, Sache der Polizei war. Dann schimpfte sie sich eine Närrin, weil sie ja selbst Polizistin war.

Sie gönnte sich noch eine Zigarette und beschloss, die ganze Angelegenheit mit Kriminalhauptkommissarin Ines Paulsen aus Anklam zu besprechen. Die Frau schien kompetent und befand sich nicht im Dunstkreis der Kollegen von der Insel. Damit dürfte dann auch David kein Problem haben, der sie vor zu viel Vertrauen in die eigenen Kollegen gewarnt hatte.

Bei einem Blick auf die Uhr stellte sie fest, dass es noch nicht einmal Mittag war und David sicher nicht vor vierzehn Uhr hier sein würde. Trotzdem sah sie ein letztes Mal über das Meer, dem ihre Probleme herzlich egal waren. Danach humpelte sie langsam zurück, zog an der Baumreihe ihre Schuhe an und ging zu ihrem Wagen.

Sie hatte die Hand gerade am Zündschlüssel, als ihr Handy einen eingehenden Anruf anzeigte. Sie nahm es vom Beifahrersitz, wusste mit der Nummer aber nichts anzufangen, daher meldete sie sich nur mit: »Ja?«

Sie hatte noch nie mit Oskar telefoniert, daher erkannte sie ihn erst, als er seinen Namen sagte. Da sie nicht recht wusste, wie sie reagieren sollte, wartete sie, bis er fragte: »Können wir uns unterhalten?«

»Sicher. Erzähl«, erwiderte sie knapp.

»Nicht am Telefon. Ich habe etwas, das ich dir zeigen muss.«

Ihre Zweifel blieben. »Worum geht es?«

»Udo …« Er stockte kurz. »Ich weiß jetzt ziemlich sicher, wer ihn erstochen hat.«

Catharina war jetzt ganz bei der Sache. »Wer?«

»Nicht am Telefon«, wiederholte er.

»Gut, dann komm in die Dienststelle. Dort können wir deine Aussage auch gleich ordnungsgemäß aufnehmen.«

Wieder wich er aus und erklärte noch ein bisschen leiser: »Das ist auch keine gute Idee. Wirklich, du musst mir vertrauen, die Sache ist größer, als du denkst.«

Catharina sah einen Moment lang über die angrenzenden Felder. »Und wo und wann willst du mich treffen?«

»Am besten jetzt gleich.« Er ließ wieder eine kurze Pause entstehen, bevor er fragte: »Du wohnst doch in Balm, oder?«

Obwohl sie sich darüber wunderte, dass er das wusste, sagte sie: »Ja.«

»Okay, das ist gut. Ein Freund von mir hat auf dem Achterwasser ein kleines Boot. Ich darf es zurzeit als Unterschlupf nutzen und auch damit fahren. Wenn es dir passt, könnte ich in einer halben Stunde am Hafen von Balm sein.«

Catharina dachte an die Angst der Obdachlosen und auch ein bisschen an ihre Karriere. In der Hoffnung auf die Aufklärung eines Verbrechens stimmte sie zu und legte auf.

Sie schaffte die Strecke in zwanzig Minuten und stellte ihren Wagen direkt neben dem einzigen Anleger ab. Der sogenannte Hafen des kleinen Örtchens verdiente die Bezeichnung nicht. Im Grunde war es nur ein Bootssteg, an dem im Moment zwei kleine Privatboote festgemacht waren. Von Oskar keine Spur.

Catharina ging bis zum Ende des Steges und blickte über das Wasser. Für einen Augenblick genoss sie auch hier die Stille, bis sie ein leises Brummen vernahm, das langsam lauter wurde.

Als das Schiff, ein älterer Fischkutter, hinter einer Trauerweide, die am Ende einer kleinen Landzunge stand, zum Vorschein kam, fragte sie sich einmal mehr, wer dieser Oskar eigentlich war. Sie kannte jedenfalls nicht viele Leute, die einem anderen so ein Boot anvertrauen würden. Und doch war er es, der hinter der schmutzigen Scheibe am Ruder stand.

Er legte gekonnt an, warf ihr eine Leine zu und sprang, nachdem sie diese um eine Klampe gelegt hatte, auf den Steg.

Sie musterte ihn von oben bis unten und fragte angesichts seiner einfachen, aber hochwertig aussehenden Kleidung: »Wo hast du denn den Obdachlosen Oskar gelassen?«

Er winkte ab. »Ist eine lange Geschichte. Lass uns erst Udos Mörder fangen und dann erzähle ich dir alles.«

Catharina sah ihn skeptisch an. Er atmete kurz durch, machte einen Schritt auf sie zu und bat, nachdem er sich nach allen Seiten umgesehen hatte: »Wie ich schon sagte, du kannst mir vertrauen. Wir beide stehen auf der gleichen Seite des Gesetzes. Aber das sollte dringend unter uns bleiben.«

Sie spürte, wie sich ihre Stirn in Falten legte, und erinnerte sich an eine Diskussion mit David, in der sie darüber gesprochen hatten, was oder wer Oskar sein könnte. Daher entschloss sie sich zur Offensive und sagte: »Erzähl mir jetzt nicht, dass du verdeckter Ermittler oder so etwas in der Art bis.«

Er hob die Hände und erwiderte vielsagend: »Alles möglich. Und wenn es so ist, wäre es schrecklich geheim.«

Sie nickte. »Also, dann zeig mir, was du hast.«

Er trat an den Rand des Steges, stieg mit einem Bein auf das leicht schaukelnde Schiff, hielt ihr seine helfende Hand entgegen und bat: »Komm mit rüber.«

Catharina zögerte. »David hat mich angerufen. Er ist auf dem Weg hierher und in etwa einer Stunde da. Vielleicht sollten wir lieber auf ihn warten.«

Oskar winkte ab. »Wozu? Du kannst ihn gerne anrufen und wir erzählen ihm dann alles. Aber jetzt sieh dir erst einmal an, was ich habe.«

Kapitel 36

Ja, er vermisste sein altes Wohnmobil, aber Ünal hatte ganze Arbeit geleistet. Der ebenfalls in die Jahre gekommene BMW lag jetzt wie ein Brett auf der Straße und das Chiptuning ließ ihn deutlich besser beschleunigen. Was den Spaß allerdings bremste, waren Baustellen, die es gefühlt seit Jahren gab und auf denen irgendwie nie gearbeitet wurde. Außerdem irritierte David die Tankanzeige, denn Ünal legte offenbar mehr Wert auf Power als auf den Benzinverbrauch.

Aus den erhofften zwei Stunden wurden drei, bis er endlich über die Zecheriner Brücke fuhr und Catharina langsam näher kam. Auf den letzten zwanzig Kilometern meldete sich zudem sein Magen. Nicht weil er Hunger hatte, sondern weil er dem bevorstehenden Wiedersehen nervös entgegensah. Aber seine Gefühle mussten warten, es ging jetzt um Catharinas Sicherheit und nicht um … na ja, das, was er sich eigentlich so sehnlich wünschte.

An der Ortseinfahrt von Balm fragte David sich kurz, ob er in dieser Gegend und diesem winzigen Ort leben könnte. Und wie hielt es eine junge, lebenslustige Frau wie Catharina hier aus? Im Grunde wusste er nicht viel von ihr. Nur dass sie eigentlich aus Berlin kam und dort, den Fotos in ihrem Haus nach, ziemlich viel Spaß gehabt hatte. Lag es tatsächlich nur an dem geerbten Haus oder war sie vor etwas geflohen?

Er erreichte die Einfahrt zu dem Schotterweg, der nach etwa zweihundert Metern an ihrem Haus endete. Dort sah er schon von Weitem ihren Mini im Vorgarten stehen, was ihn zugleich beruhigte und aufwühlte. Sie hatten sich am Tag zuvor nicht gerade freundschaftlich verabschiedet und er hatte keine Ahnung, wie sie jetzt auf ihn reagieren würde.

Kurz vor ihrem Gartentor, das zugleich die Einfahrt auf ihr Grundstück bildete, stoppte er den Wagen und stieg aus. Eigentlich wollte er seine Waffe im Handschuhfach lassen, aber ihre Haustür stand offen. David wusste zwar, dass sie schon aus Trotz nicht auf ihn hörte, doch so viel Leichtsinn traute er ihr nach seiner Warnung nicht zu. Also holte er die Waffe doch heraus und sah sich um.

Im vorderen Bereich war niemand, was nichts heißen musste. Er beschloss, nicht ins Haus zu gehen, sondern erst einen Blick hinten durch die Terrassentür zu werfen. Die Obstbäume standen in voller Blüte, doch dafür hatte er keinen Blick. Er hielt sich dicht an der Hauswand, ging seitlich am Haus vorbei und sah dann vorsichtig um die Ecke.

Ihre kleine Terrasse wirkte wie immer, doch irgendwie reflektierte die Scheibe der Tür die Sonne auf seltsame Weise. David ging noch einen Schritt weiter, konnte die Glasfront und die Tür jetzt besser sehen und fluchte: »Scheiße.« Dann hob er die Waffe auf Brusthöhe und näherte sich der Türscheibe, die zum Großteil gesprungen war und in der auf Höhe der Klinke ein Loch klaffte.

Als die schützende Mauer endete, hielt er kurz inne und blickte dann nur kurz ins Wohnzimmer.

Der Anblick erschreckte ihn, denn es wirkte nicht durchwühlt, sondern so, als hätte ein Kampf stattgefunden. Er rief:

»Catharina, bist du da? Geht es dir gut?« Die Antwort war ein leises Stöhnen, das aber zu tief klang.

David umfasste seine Waffe fester, atmete noch einmal durch und stieg über die Scherben. Eine kurze Bewegung hinter dem Sofa, gefolgt von einem weiteren Stöhnen. David brachte noch mehr Spannung in seinen Körper, machte noch einen weiteren Schritt und drehte sich zu der Stelle, wo eigentlich der flache Couchtisch stand.

Dort sah er Oskar liegen, der die Arme hochriss und dabei rief: »Nicht schießen … bitte …«

David war überrascht, blieb aber aufmerksam. Den Eingang zum vorderen Flur des Hauses fest im Blick, fragte er: »Wo ist sie? Ist noch wer hier?«

Oskar setzte sich stöhnend auf und drückte dabei seine Hand auf den Hinterkopf. Dann räusperte er sich und erklärte mühsam: »Du kommst zu spät, sie haben sie mitgenommen.«

Trotz der üblen Nachricht ignorierte ihn David und ging in den Flur. Das Tageslicht schien auf der anderen Seite durch die offene Haustür herein, sonst war nichts zu sehen. Er hob die Waffe zur Brust und stieg in den ersten Stock hinauf. Auf Catharinas Bett, in das er sich noch während der Herfahrt hineingewünscht hatte, lagen einige aus dem Schrank gerissene Kleidungsstücke. Im Badezimmer zeigte sich das gleiche Bild. Das einzige Möbelstück, ein kleines Schränkchen, stand offen und der Inhalt lag davor auf dem Boden.

Kurz darauf stieg seine Anspannung noch einmal an, doch auch im Keller gab es außer den Anzeichen einer Durchsuchung keine Spur von Catharina oder ihren Häschern.

Oskar hatte sich inzwischen aufs Sofa gesetzt und drückte ein nasses Küchentuch an seinen Hinterkopf. David betrachtete ihn einen Augenblick lang und fragte dann trotz seiner Wut: »Ist es schlimm? Brauchst du einen Arzt?«

Der Mann versuchte ein Kopfschütteln, das ihn zusammenzucken ließ. »Nein, geht schon. Der Schlag war hart, aber die Kopfhaut hat gehalten. Mir dröhnt nur der Schädel.«

David starrte ihn eine Weile an, wobei ihm erst jetzt die einfache, aber hochwertige Kleidung auffiel. Die dunkle Jeans war sauber und passte perfekt, ebenso das Shirt und die dünne Jacke, die sich um einen trainierten Oberkörper schmiegte. Nichts deutete mehr auf den Obdachlosen hin, den er zu kennen glaubte. David fühlte sich verraten und zischte mit unterdrücktem Zorn: »Wer bist du?«

Oskar atmete durch. »Kein Obdachloser. Nur jemand, der das als Tarnung nutzt.«

»Wer bist du?«, wiederholte David, wobei sich seine Finger noch fester um den Griff der Waffe schlossen.

»Verdeckter Ermittler«, presste Oskar heraus. »War ich schon damals in Berlin. Ich verfolge seit Jahren das Treiben einiger krimineller Clans.«

David hätte das gerne hinterfragt, aber etwas anderes war wichtiger. »Was ist hier passiert? Du sagtest, sie haben Catharina mitgenommen. Und was machst du überhaupt hier?«

»Ich wollte sie warnen. Hab mich vorhin mit ihr getroffen und wir sind dann hierhergefahren, um auf dich zu warten.« Oskar nahm das nasse Tuch von seinem Kopf, lehnte aber Davids Angebot ab, sich die Stelle anzusehen. »Die drei Polen waren schon im Haus und haben uns vorne an der Eingangstür überrascht. Es ging alles so schnell, dass ich nichts tun konnte. Das Letzte, woran ich mich erinnere, ist der Schlag auf den Kopf. Ich bin erst kurz bevor du gekommen bist aufgewacht und habe das hier gefunden.« Er beugte sich mit schmerzhaft verzogener Miene zum Boden und hob einen Zettel auf.

David nahm ihn entgegen und entzifferte den krakeligen Text. Darauf stand:

»Haben Frau. Bekomen geggen Film. Rufen: +48283664432«

David atmete durch, zählte eins und eins zusammen und stellte wütend fest: »Erst Udo und jetzt Catharina. Willst du sie auch opfern?«

Oskar hielt seinem Blick stand. »Udo hatte Leberzirrhose im Endstadium und trank immer weiter. Der Król-Clan tötet unzählige Menschen. Manche direkt, doch die meisten durch die Drogen, die sie verkaufen. Dazu kommen Menschenhandel und Zwangsprostitution.« Oskar nickte. »Ich dachte mir schon, dass du die Sache mit Udo irgendwann durchschaust, aber wenn es dich beruhigt: Er starb nur ein paar Wochen früher, als es ohnehin passiert wäre, und wenn uns jetzt nicht alles um die Ohren geflogen wäre, gäbe es genug Beweise, um diesen Clan auszuheben.«

David sah ihn angewidert an. »Bist du Gott? Sind das jetzt die Mittel unseres Staates?« Er erhob sich. »Boah, du kotzt mich an!«

Wenn der Mann ein Gewissen hatte, ließ er sich das nicht anmerken. Oskar stemmte sich auf die Beine, ging zu Catharinas Küche und ließ ein Glas mit Leitungswasser volllaufen. Dann trank er einen großen Schluck, drehte sich um und fragte: »Und, was willst du jetzt machen? Fährst du zurück nach Berlin und vergisst die Sache oder arbeitest du mit mir zusammen und wir holen Catharina zurück?«

Davids Kieferknochen mahlten, dann sagte er gepresst: »Sie kann nichts für deine schmutzige Arbeitsweise, also wirst du sie zurückholen.«

Oskar blickte ihn kurz überrascht an und lächelte dann. »Du hast Gefühle für sie!«

Die selbstgefällige Art brachte David an den Rand seiner Beherrschung und er wäre am liebsten auf den Mann losgegangen. Doch sein Blick fiel auf eines der vielen Fotos, das in einem heruntergefallenen Bilderrahmen klemmte und Catharina vor dem Brandenburger Tor zeigte. Er atmete seine Wut weg und fragte: »Was willst du tun?«

»Hast du die Speicherkarte dabei?«

David nickte. »Hab ich. Aber glaubst du wirklich, die lassen es damit gut sein? Wir könnten inzwischen Hunderte Kopien davon gemacht haben.«

»Klar, und das wissen die auch«, entgegnete Oskar gelassen. »Denen geht es ja auch gar nicht so sehr darum, die Aufnahmen aus dem Verkehr zu ziehen.«

»Worum dann?« – David verstand es nicht.

»Sie wollen die Aufnahmen bekommen, weil es ihnen Möglichkeiten eröffnet«, blieb Oskar kryptisch. Doch bevor David erneut wütend wurde, erklärte er: »Meine Deckung flog auf, als ich ein paar Aufnahmen von einem Treffen machte, das für beide Seiten ziemlich brisant ist. Diese Leute sind nicht so blöd, sich gegenseitig zu filmen oder zu fotografieren. Bei ihren Begegnungen herrscht ein striktes Verbot von jeglichen Aufzeichnungsgeräten. Ich bekam einen Hinweis, folgte einem Berliner Clanchef zu einem dieser Treffen und konnte ein paar Fotos machen. Sie haben mich fast erwischt und einer der Bodyguards erkannte mich in Zinnowitz wieder. Das war der Tag, bevor Udo erstochen wurde.«

David dachte kurz darüber nach. »So weit, so gut. Aber ich versteh immer noch nicht, was sie mit den Aufnahmen wollen?«

Oskar machte eine ausladende Geste. »Ist doch klar. Wenn die ein Druckmittel gegen die andere Seite haben, können sie die Preise und Bedingungen diktieren. Außerdem ist es eine Sicherheitsgarantie dafür, nicht verraten zu werden. Und genau diese Druckmittel befinden sich auf der Speicherkarte, die du kurz vor dem Brand in dem Schuppen gefunden hast.«

»Hm«, brummte David. »Aber du hast die Aufnahmen doch bestimmt schon an deine Behörde weitergeleitet.«

Oskar schüttelte den Kopf. »Nein. Ich hätte es tun sollen, aber es wäre nicht genug für den ganz großen Schlag gegen das organisierte Verbrechen. Ich wollte mehr und habe es noch zurückgehalten. Dass es für unseren schwerfälligen Staat zu wenig ist, heißt aber nicht, dass der Król-Clan nichts damit anfangen könnte.«

David ließ das Gehörte im Raum stehen, stieg über die Scherben und ging hinaus auf die Terrasse. Er fummelte eine Zigarette heraus, zündete sie an und dachte nach.

Kapitel 37

Oskar gab ihm etwas Zeit. Als David ihn hinter sich aus dem Haus kommen hörte, drehte er sich um und fragte: »Was können wir tun? Wie bekommen wir Catharina zurück?«

Oskar machte eine beruhigende Geste. »Wir geben ihnen, was sie wollen.«

»Und deine Ermittlungen? Musst du das nicht mit irgendwem absprechen?« David blieb skeptisch.

Oskar lehnte sich an den Terrassentisch, dachte kurz nach und erklärte: »Du hast mir einmal erzählt, warum du aus dem Polizeidienst ausgeschieden bist. Und ja, ich kann es verstehen. Man kann es als Polizist eigentlich nicht richtig machen. Mir geht es im Grunde genauso, aber ich liebe diesen Job. Was allerdings nicht heißt, dass ich mich stumpf an die Gesetze und Vorgaben halte. Denn würde ich das tun, wäre ich ein schlechter Ermittler und käme an nichts und niemanden heran.« Es folgte eine weitere Geste, begleitet von der Aussage: »Wie heißt es so schön, es ist alles Auslegungssache. Außerdem ist es bei Catharina nicht wie bei Udo. Sie hat ihr Leben noch vor sich und war hier immer für die Menschen da. Sie hat es schlicht nicht verdient, in diesen Dreck hineingezogen zu werden.«

Die Sonntagspredigt wirkte fast glaubwürdig, doch David erwiderte giftig: »Sie steckt doch dank deiner Arbeit bereits bis zum Hals drin. Und noch einmal: Soweit ich weiß, war dieser Udo ein guter Kerl, und dass du ihn auf diese Art geopfert hast, finde ich krank! Du hättest das hier abbrechen können. Es gibt sicherlich noch andere wie dich, die das hätten übernehmen können. Aber nein, der stolze Oskar versucht lieber einen Taschenspielertrick und bringt damit andere in Lebensgefahr – oder ins Grab!«

Oskar hielt eine Rechtfertigung offenbar für nicht nötig und sagte: »Dann hätten wir das ja jetzt geklärt«, deutete nach drinnen und fragte: »Auch einen Kaffee?«

Das starke Gebräu schmeckte fade, und hier Catharinas Kaffee zu trinken fühlte sich falsch an. Oskar hatte den Zettel der Entführer auf den Tisch gelegt und fragte irgendwann: »Bereit?«

David deutete ein Nicken an, holte die Speicherkarte aus seiner Geldbörse und legte sie ebenfalls auf den Tisch.

»Sind da die Aufnahmen auch wirklich drauf? Die werden es sicher vor einer Übergabe kontrollieren und ich will Catharina nicht in Gefahr bringen.«

»Ja, sicher«, gab David zurück, entdeckte aber eine Unstimmigkeit. »Du? Wieso du? Ich komme mit!«

Der Mann, den er noch vor einer Woche halbwegs zu kennen geglaubt hatte, musterte ihn einen Augenblick lang, grinste dann und entgegnete: »Kannst du gerne machen, ich wollte dich nur nicht unnötig in Gefahr bringen.«

David steckte die Karte wieder ein. Oskar stand auf, nahm den Zettel mit der Telefonnummer und sagte locker: »Na dann, wünsch mir Glück.« Er tippte die Nummer in sein Handy und ging auf die Terrasse, sodass David nur Bruchstücke des Gesprächs hören konnte.

Als der Mann nach einigen Minuten wieder das Haus betrat, wirkte er angespannt. »Heute Abend um zweiundzwanzig Uhr. Wir treffen uns auf einem Parkplatz bei Gosań in Polen.«

»Kennst du den Ort?«

»Kennen ist zu viel gesagt. Gosań ist eine alte Bunkeranlage auf einem Hügel nah beim Meer. Der Parkplatz befindet sich etwa zweihundertfünfzig Meter davon entfernt an einer leicht befahrenen Straße.«

David gefiel das nicht. »Klingt nicht ideal. Wie weit ist es von hier?«

»Circa vierzig Kilometer, aber wir sollten schon gegen einundzwanzig Uhr los. Man kommt nicht gut voran.«

»Und woher weißt du das alles? Woher kennst du den Platz?«

Oskar sah ihn an. »Hast du alle Aufnahmen gesehen?«

David wusste, worauf er anspielte. »Ja, du solltest öfter mal dein Passwort ändern.«

Oskar ließ nicht erkennen, ob es ihn ärgerte, dass David an die Videos herangekommen war. »Dann hast du auch die Villa an der Ostsee gesehen. Sie gehört dem Król-Clan und die Bunkeranlage Gosań liegt auf dem Weg dahin. Ich bin auf meinen Beobachtungsfahrten oft daran vorbeigekommen und hab mir die Anlage auch einmal angesehen.«

David brauchte einen Moment, bis der Groschen fiel. »Du ermittelst auch in Polen? Ist das erlaubt?«

Oskar setzte sich wieder an den Tisch, nahm einen Schluck Kaffee und verzog angesichts der kalten Brühe das Gesicht. Dann nickte er. »Ja, klar. In den letzten Jahren hat sich bei der internationalen Zusammenarbeit viel getan. Sie haben langsam eingesehen, dass es keinen Sinn macht, wenn jeder sein eigenes Süppchen kocht. Allerdings ist das mit manchen Ländern so eine Sache. Ich lege jedenfalls keinen Wert darauf, mich in Polen mit den Behörden herumschlagen zu müssen. Und offizielle

Anfragen dauern immer noch ewig, also nehme ich es damit nicht ganz so genau.«

»Und warum hast du keine Übergabe auf der Insel ausgehandelt?«

Oskar grinste freudlos. »Weil wiederum der Król-Clan kein Interesse daran hat, derartige Sachen auf deutschem Boden abzuwickeln. Aber letztlich ist es egal. Hauptsache, wir bekommen Catharina unverletzt zurück.«

David war immer noch nicht überzeugt, kratzte sich an seinem Dreitagebart und fragte: »Und wer sagt uns, dass die Übergabe funktionieren wird? Ich meine, wir sind zu zweit und die Kerle, die ich in Ahlbeck und auf deinen Aufnahmen gesehen habe, könnten uns zum Frühstück vernaschen.«

Oskar lehnte sich zurück, breitete die Arme aus und verkündete: »Weil ich nicht blöd bin und gerade eben mit der Chefin des Clans verhandelt habe. Die alte Lucia Król ist zwar ein Phantom, aber trotzdem weiß ich, dass sie nicht dumm ist. Folglich habe ich ihr klargemacht, was passiert, wenn etwas schiefgehen sollte. Ich habe vielleicht nicht genug Material gegen die Organisation, um ihnen das Handwerk zu legen, aber für mächtig Ärger würde es reichen. Und wenn ich es morgen nicht stoppe, bekommt das Bundeskriminalamt schon sehr bald Post.«

Irgendetwas war faul, doch David musste Oskar Catharina zuliebe vertrauen. »Und was passiert, wenn wir Catharina haben? Wirst du hier weitermachen und deine bisherigen Ergebnisse weiterleiten?«

Dieses Mal wirkte Oskar nicht so souverän. Er machte eine ratlose Geste und befand: »Ein Schritt nach dem anderen. Aber so viel ist sicher: Wenn wir uns bezüglich der Entführung an die Behörden wenden, wäre es deutlich schlechter um Catharina bestellt.« Damit wollte er das Thema offenbar beenden und fragte: »Wir haben uns lange nicht gesehen. Wie kommt es, dass du nicht mehr bei der Polizei bist? Und wer war die nette Dame am Telefon, als ich dich vom Gefängnis aus anrief?«

David fühlte sich nach wie vor von diesem Mann verraten und antwortete mit der Gegenfrage: »Hast du mich damals in Berlin für deine eigenen Interessen benutzt? Ich dachte wirklich, dass du ein Obdachloser bist. Ich hab dir geglaubt, als du sagtest, dass du deine Tochter an die Drogen verloren hast und uns deshalb hilfst.«

Oskar gab sich gelangweilt. »Ach, komm schon, lass doch die alten Geschichten ruhen. So oder so hat es uns beide weitergebracht und ihr konntet mehrere dieser Dealer verhaften.«

Obwohl Oskar recht hatte, blieb der bittere Beigeschmack. Doch bevor David noch etwas dazu sagen konnte, bat sein Gegenüber erneut: »Komm, erzähl mir etwas über dein neues Leben.«

»Da gibt es nicht viel zu erzählen«, sagte David ausweichend. »Aber wenn ich sehe, was du so treibst, bereue ich meine Entscheidung noch weniger. Es ist die Art, wie der Staat mit Kriminellen umgeht und wie wenig die Kollegen bei der Polizei füreinander eintreten, die mich zu dem Schritt getrieben hat. Meine Assistentin Clara, das ist die junge Frau, mit der du telefoniert hast, ist das beste Beispiel dafür. «

Er erzählte Oskar davon, wie Clara damals in den Rollstuhl geprügelt worden war und die Täter durch ihre Geständnisse kaum Konsequenzen erfahren hatten. Und mit welcher Würde und Gelassenheit seine Assistentin ihre neue Lebenssituation angenommen hatte.

Danach holte er ein Glas Wasser, nippte daran und ergänzte: »Clara und ich blieben in Kontakt. Wir wurden Freunde und sie brannte darauf, mich bei dem Aufbau meiner Detektei zu unterstützen. Seitdem arbeitet sie für mich und ist quasi das Hirn meines Geschäfts. Im Internet macht ihr keiner etwas vor und ich liebe ihre lockere Art, mit dem Leben umzugehen. Ich bin zufriedener jetzt als früher bei der Polizei.«

Oskar nickte wissend. »Kann ich verstehen. Es ist ja nicht so, dass ich keine Zweifel hätte. Aber irgendjemand muss für Ordnung sorgen.« Dann wurde er nachdenklich und fragte: »Was, wenn dich einer von denen, die du damals jagen musstest, jetzt um Hilfe bittet? Ist doch nicht so abwegig, oder? Als Privatermittler bekommst du doch sicher häufiger Anfragen von zwielichtigen Mandanten.«

David schüttelte den Kopf. »Ich würde keinen Job von denen annehmen. Und wie du sicher am besten weißt, haben die ihre eigenen Leute. Es kam in den letzten zwei Jahren tatsächlich nur einmal vor, dass ich Zweifel an einem Mandanten hatte und ablehnen musste.« Damit hatte er genug von dem Thema und ging auf die Terrasse, konnte den Sonnenschein aber nicht genießen. Sein Blick fiel auf die Scherben und das Loch in der Scheibe der Terrassentür. So wollte er Catharinas Haus nicht zurücklassen! Bis zu ihrer Abfahrt blieb noch Zeit, also ging er wieder hinein, runter in den Keller und suchte dort zusammen, was er brauchte.

Eine Stunde später hatte er den Rest der Scheibe herausgeschlagen und ein provisorisches Brett angebracht. Oskar fragte gar nicht erst, ob er helfen konnte. Erst als David fast fertig war, schlug er vor: »Einer der Obdachlosen hier war früher Glasermeister. Wenn ihr eine Scheibe besorgt, kann er sie bestimmt einbauen.«

David hielt inne und sah von seiner Arbeit auf. »Das heißt, du verschwindest, wenn wir Catharina zurückhaben?«

Oskar hob die Hände. »Hab ich nicht gesagt. Ich bin einfach davon ausgegangen, dass du noch eine Weile bei ihr bleibst. Ich meine, ihr beide seid doch …«

»Sind wir nicht, aber die Idee mit dem Glaser ist gut. Kennt sie ihn?«

»Ja, klar. Sag ihr einfach, sie soll Henri fragen, wenn sie ihn bei der Essensausgabe sieht.«

Natürlich wollte David daran glauben, dass es für Catharina bald wieder ein normales Leben geben würde. Doch die unaufgeregte Art, wie Oskar über die ganze Sache redete, beunruhigte ihn irgendwie.

Kapitel 38

Je näher der Zeitpunkt für die Übergabe der Speicherkarte kam, umso nervöser wurde David. Nicht weil er Angst vor diesen Typen hatte, sondern wegen seiner Sorge um Catharina. Er hoffte inständig, dass man sie gut behandelte.

»Bereit?« Oskar war noch einmal auf die Toilette gegangen.

»Bereit«, bestätigte David. Er sah sich noch einmal um, versicherte sich, dass die Terrassentür verschlossen war und er die Waffe am Mann hatte. Auf Oskars Anraten ließ er sein Handy zurück, damit man ihm später nichts nachweisen konnte, sollte etwas schiefgehen.

Dass Catharinas Schlüsselbund noch immer außen an der Eingangstür am Schloss hing, bemerkte er erst, als Oskar das Haus damit verschloss. Die beiden mussten tatsächlich unmittelbar nach ihrer Ankunft überfallen worden sein.

Sie hatten ausgemacht, dass sie Davids BMW für die Fahrt nehmen würden. Er entriegelte ihn, stieg ein und startete den Motor. Oskar ließ sich auf den Beifahrersitz sinken, sah sich im Wagen um und stellte gleich fest, dass die Tankanzeige dem Minimum sehr nahe war.

»Ich weiß«, entgegnete David, verfluchte Ünals Chiptuning und fügte hinzu: »Aber bis nach Polen reicht es noch.«

»Jepp«, gab sich Oskar locker. »Ist auch besser, wenn wir dort tanken. Dann sind wir auf keiner deutschen Überwachungskamera zu sehen.«

David sah ihn von der Seite an, bemerkte die angespannten Züge des Mannes und fragte misstrauisch: »Wovor hast du Angst?«

Oskar erwiderte den Blick: »Angst habe ich keine. Aber wie du vielleicht weißt, übergebe ich jetzt einem kriminellen Clan Beweismittel. Und das ohne Rücksprache mit meinen Vorgesetzten. Da ist es mir ganz lieb, wenn niemand außer uns beiden davon weiß.« Er stockte, deutete auf den Griff der Waffe, der unter Davids dünner Jacke herausschaute, und fügte hinzu: »Das Ding solltest du irgendwo verstauen. Die Polen reagieren ziemlich allergisch auf Waffen und es würde mich nicht wundern, wenn sie uns durchsuchen.«

»Hast du keine?«, wunderte sich David.

»Die haben sie mir abgenommen. Aber es würde eh nichts bringen. Die kommen sicher nicht nur zu zweit und wir hätten keine Chance.«

»Sehr beruhigend«, brummte David. Er zog die Waffe aus dem Holster und legte sie ins Handschuhfach. Dann fuhr er den Schotterweg bis zur Hauptstraße, bog ab und gab Gas.

Kurz nach der Grenze tankte David den Wagen voll. Er wollte auf alles vorbereitet sein, auch wenn das ein weiteres Loch in seine momentan mauen Finanzen riss.

Etwa fünf Kilometer vor dem Ziel deutete Oskar auf einen Waldweg und bat: »Lass uns hier kurz warten. Wir haben noch eine halbe Stunde, und je weniger wir auf dem Parkplatz der Bunkeranlage gesehen werden, umso besser ist es.«

David lenkte den Wagen auf den Waldweg und stellte den Motor ab. Er stieg aus, ging ein Stück in den Wald und erleichterte sich an einem Baum. Als er zum Wagen zurückkehrte, stand

Oskar ebenfalls draußen und machte ein paar Dehnübungen. Davids fragenden Blick beantwortete er mit: »Man kann ja nie wissen. Manchmal muss man rennen, und dann ist es besser, wenn die Muskeln warm sind.«

David reagierte mit: »Wie auch immer«, zog eine Zigarette heraus und zündete sie an. Eigentlich hatte er seine Nerven gut im Griff, aber hier und jetzt ging es nicht um irgendeinen Mandanten. Zwischen ihnen und sich baute er immer eine Mauer, die keine emotionale Bindung zuließ. Bei Catharina war das inzwischen unmöglich. Ganz egal, ob sie ihm noch eine Chance gab oder nicht.

Eine Viertelstunde später verkündete Oskar: »Bringen wir es hinter uns«, und stieg wieder ein. Die Uhr zeigte zehn Minuten vor zweiundzwanzig Uhr und es war inzwischen ziemlich dunkel.

David atmete noch einmal die frische Nachtluft ein, setzte sich hinter das Steuer und fuhr rückwärts zurück auf die Straße. Auf der weiteren Fahrt wurde der Wald immer dichter und es kamen ihnen nur zwei Fahrzeuge entgegen. Bald deutete Oskar nach vorne und sagte: »Dort ist es. Siehst du das Schild?«

David hatte einen abgelegeneren Parkplatz erwartet. Er bremste ab, steuerte den Wagen auf den gerade einmal fünfzig Meter langen abgegrenzten Parkstreifen neben der Fahrbahn und blieb stehen. »Hier?«

»Ja, hier!«, bestätigte Oskar. »Es erschien mir etwas sicherer als irgendwo im Nirgendwo und der Clan hat bestimmt dafür gesorgt, dass keine Streife vorbeikommt.«

David stellte den Wagen so in eine der eingezeichneten Parkbuchten, dass die Kühlerhaube zur Straße zeigte und sie im Notfall schnell losfahren konnten. Sie hatten im Vorfeld über vieles gesprochen, aber nicht, wie das hier ablaufen sollte. Daher fragte er: »Wie wollen wir es machen? Gehen wir beide oder bleibt einer hier?«

Oskar starrte einen Augenblick lang in den dunklen Wald und beschloss: »Ich gehe und regle die Übergabe. Du bleibst hier hinter dem Steuer, falls doch etwas schiefgeht. Es kann sein, dass dich einer von denen abcheckt. Bleib dann auf jeden Fall ruhig und lass dich nicht provozieren. Du hast ja die Jungs im Park von Ahlbeck erlebt. Die sind … na ja … etwas grobschlächtig und dumm.«

David war es einerseits ganz recht, wenn er in der Nähe seiner Waffe bleiben konnte. Andererseits hätte er Catharina gerne in Empfang genommen. Trotzdem zog er seine Geldbörse heraus, entnahm die kleine Speicherkarte und überreichte sie Oskar mit den Worten: »Pass auf Catharina auf.«

Beide schwiegen, als sich aus östlicher Richtung erst ein, dann ein zweites Scheinwerferpaar näherte. Die Vorhut bildete ein großer SUV, dahinter hielt eine schwarze Limousine.

Oskar brummte: »Los geht's.« Er stieg aus, legte seine Jacke ab und hob die Hände. Aus dem SUV, der in etwa fünfundzwanzig Metern Entfernung gehalten hatte, stiegen zwei beeindruckend breite Männer. David, der die Fenster seines Autos geöffnet hatte, hörte einen von ihnen rufen: »Umdrehen«, dann deutete der Fremde auf den BMW und forderte: »Anderes Mann aussteigen.«

David, der den Mann gegen das Scheinwerferlicht des SUV nur als Umriss erkennen konnte, hoffte, dass es nicht der Typ war, den er vor Kurzem im Park nach Drogen gefragt hatte. Da er aber keine Wahl hatte, stieg er ebenfalls aus, trat neben seinen Wagen und legte seine Jacke ebenfalls auf die Kühlerhaube. Und bevor es gefordert wurde, drehte auch er sich einmal mit erhobenen Händen um sich selbst.

Nachdem das geklärt war, ging Oskar langsam zu den Männern. Einer von ihnen tastete ihn noch einmal sorgfältig ab, legte ihm die Hand auf die Schulter und führte ihn so zu der Limousine, die ein Stück weiter weg stand. Dort öffnete sich das hintere Fenster auf der Beifahrerseite. David sah, dass Oskar mit jemandem im Inneren redete, dann vermutlich die Karte hineinreichte und wartete.

Aus dem Wagen drang ein schwacher Lichtschein, der vermutlich von einem Laptop herrührte. Eine gefühlte Ewigkeit passierte nichts, und als David nach seiner Jacke greifen wollte, rief eine der Wachen, die ihn im Auge behielten: »Nein!«

Er zog seine Hand zurück und beobachtete weiter das Geschehen hinter dem SUV. Irgendwann ging endlich die Innenbeleuchtung der Limousine an, was bedeutete, dass eine Tür geöffnet wurde. Allerdings wurde die gesamte Fahrerseite von dem SUV verdeckt und David wagte es nicht, seine Position zu ändern. Nun ging Oskar um das Fahrzeug herum.

Kurz bevor er aus Davids Sichtfeld verschwand, sah er aber zu ihm herüber und bedeutete ihm mit erhobenem Daumen, dass alles in Ordnung sei.

Zehn Sekunden später erlosch die Innenraumbeleuchtung, die Limousine setzte zurück, wendete und fuhr davon. Auch die beiden Hünen hatten es plötzlich eilig. Sie stiegen in den SUV und fuhren erst auf David zu, dann an ihm vorbei und verschwanden in der Nacht. Die plötzliche Dunkelheit machte es David schwer, etwas zu erkennen. Nach wenigen Augenblicken konnte er wieder etwas ausmachen. Oskar und Catharina standen etwa dreißig Meter von ihm entfernt und der nahe Wald schirmte das wenige Mondlicht ab.

Für David gab es kein Halten mehr, er rannte auf die beiden zu und schon wenige Meter später wurde ein ungutes Gefühl zur Gewissheit. Wer auch immer da neben Oskar stand, war nicht Catharina, sondern ein etwa fünfzehnjähriges Mädchen, das ihm mit scheuem Blick entgegensah.

Er blieb stehen, verstand, dass er einmal mehr von Oskar verarscht worden war, und spürte unendliche Wut in sich aufsteigen.

Bei einer Sache hatte er sich nicht an Oskars Anweisungen gehalten. Seine Waffe der Wahl war nicht ohne Grund eine kleine, handliche SIG Sauer, und die steckte jetzt wieder hinten unter dem Gürtel und seinem Shirt. Er zog sie, zielte auf Oskars Kopf und schrie: »Du kleines Arschloch, was hast du mit Catharina gemacht? Was soll das hier und wer ist das Mädchen?«

Zu seiner Überraschung ließ sich Oskar nicht beeindrucken. Er sagte leise zu dem Mädchen, dass sie zum BMW gehen solle, und schob sie ein wenig in Richtung des Wagens. Nachdem sie die Hälfte der Strecke geschafft hatte, zog Oskar ebenfalls eine Waffe und verkündete triumphierend: »Die haben sie mir überlassen, damit die Kleine auch sicher nach Hause kommt.« Dann zielte er auf David und forderte: »Dreh dich um!«

Kapitel 39

David sah in den Lauf der Waffe. In seinem Inneren tobte ein Kampf zwischen Wut, Sorge um Catharina und Hass auf diesen Mann. Und selbst als Oskar seine Forderung, er solle sich umdrehen, wiederholte, rührte er sich nicht. Seine Hand umklammerte den Griff der kleinen SIG und er war kurz davor, dem Mann in den Kopf zu schießen.

Oskar atmete durch und sagte ruhig: »David, es tut mir leid, dass ich dich da mit reingezogen habe, und ich verspreche dir, dass es Catharina gut geht.«

»Halt dein verlogenes Maul!« David hörte seine eigenen Worte wie aus weiter Ferne. Er sah seinem Gegenüber in die Augen, senkte die Waffe ein Stück und drückte ab. Anstatt des erwarteten Knalles kam nur ein leises Klicken.

Oskar machte mit der freien Hand eine anerkennende Geste. »Wow, hätte nicht gedacht, dass du wirklich abdrückst.« Dann nickte er zu der SIG Sauer, wobei er erklärte: »Der fehlt der Schlagbolzen. Du hättest vorhin nicht so lange pinkeln dürfen. Und jetzt dreh dich bitte um, sonst muss ich etwas tun, was ich nicht tun will. Ich glaube, es reicht, wenn deine Assistentin im Rollstuhl sitzt.«

In Davids Kopf verbanden sich die Gedanken zu einem einzigen Brei, bis einer dabei war, der seine Gesundheit retten wollte. Er ließ die Waffe fallen, drehte sich um und spürte kurz darauf, wie Oskar einen Kabelbinder über seinen Handgelenken zuzog. Dann packte ihn der Mann an der Schulter und schob ihn zu dem BMW, neben dem dieses Mädchen stand und alles wortlos mit ansah.

Oskar befahl ihr: »Steig in das Auto und setz dich auf den Beifahrersitz. Dann verschließt du es von innen und wartest, bis ich zurück bin. Es wird nicht lange dauern. Anschließend bringe ich dich zu deinem Vater.« Er sah ihr in die Augen. »Hast du mich verstanden?«

Sie löste sich aus ihrer Schockstarre, doch bevor sie einsteigen konnte, drückte ihr Oskar noch Davids Waffe in die Hände, wobei er erklärte: »Sie funktioniert zwar nicht, aber als Abschreckung taugt sie noch.«

Die Art, wie das Mädchen die Waffe entgegennahm, wirkte auf David ziemlich geübt. Sie stieg ein und verriegelte die Türen.

»Gehen wir«, bestimmte Oskar, nahm die Jacken von der Kühlerhaube und legte eine davon David über die Schultern. Dann schob er ihn über die Straße und weiter einen ausgetretenen Waldweg entlang. In der Dunkelheit war es schwer, etwas zu erkennen, und David stolperte mehr als einmal über eine dicke Wurzel.

Als vor ihnen ein unförmiges Gebilde aus Beton auftauchte, blieb er stehen und fragte über die Schulter: »Und was wird das jetzt? Erschießt du mich und lässt mich dann in diesem Bunker verschwinden?«

Die knappe Antwort lautete: »Blödsinn. Erstens mag ich dich und zweitens werde ich nicht ohne Not einen Mord begehen.« Damit stieß Oskar ihn weiter zu einer Tür, die sich ohne

Probleme öffnen ließ. In dem kleinen Raum im Inneren des Bunkers war es stockdunkel, doch Oskar knipste eine kleine Taschenlampe an und forderte: »Setz dich dort drüben in die Ecke.«

David tat es, und als ihm auch noch Kabelbinder um die Fußknöchel gezogen wurden, überlegte er kurz, ob er nach Oskar treten sollte. Allerdings war dieser geübt in dem, was er tat, und schneller fertig, als David einen Entschluss fassen konnte. Sein Widersacher trat ein Stück zurück, sah auf ihn herab und sagte: »Sorry, ich brauche einfach etwas Vorsprung. Spätestens morgen früh kommen die ersten Touristen, dann wirst du befreit. So lange hält es auch Catharina noch aus. Du findest sie auf einem alten Fischkutter, den ich gemietet habe und der an einem Anleger in Balm festgemacht ist.« Oskar wandte sich ab, doch David fragte: »Warum, Oskar? Was hat es mit dem Mädchen auf sich? Das ist doch unmöglich die Vorgehensweise eines verdeckten Ermittlers. Was bist du?«

Der Mann drehte sich tatsächlich noch einmal um und erklärte lächelnd: »Ich habe ehrlich gesagt keine Ahnung, warum du mir das geglaubt hast. Im Grunde mache ich das Gleiche wie du, nur für eine andere Klientel.« Damit deutete er zur Tür. »Das Mädchen dort unten in deinem Auto ist die Tochter eines Mannes, der sich nicht besonders gut mit dem Król-Clan versteht. Er wollte sie hintergehen und dafür nahm man ihm die Tochter weg. Also beauftragte er mich, sie zurückzuholen. Ich bringe Miranda jetzt zurück. Damit herrscht wieder Frieden und ich kann mir eine wirklich lange Auszeit leisten.« Oskar tat so, als würde er einen imaginären Hut abnehmen, und verabschiedete sich mit: »Auf bald, David. Du bekommst bald eine Mitteilung, wo du deinen Wagen findest. Ich bin ja kein Dieb.«

Der Ort, an den ihn Oskar gebracht hatte, war gut gewählt. Kaum ein Geräusch drang herein und ziemlich sicher auch keines hinaus. Diese absolute Dunkelheit war erdrückend und es war ziemlich kühl. Offenbar wurde der zur Besichtigung freigegebene Bunkerraum oft für Feiern genutzt, denn es roch nach Lagerfeuer, Pisse und Bier.

David war kein ängstlicher Mensch, stand aber trotzdem kurz vor einer Panikattacke. Die Dunkelheit und Stille setzten ihm zu. Er zwang sich zur Ruhe, atmete die Angst weg und begann nachzudenken.

Seine Gedanken kreisten eine Weile um Oskar, der ihn benutzt und hinters Licht geführt hatte. Er hätte es sehen müssen, es hatte einige Anzeichen dafür gegeben, dass der Mann ein falsches Spiel trieb. Doch da war auch Catharina und das, was er für sie empfand. Oskar war offenbar nicht schlecht in dem, was er tat, denn er hatte diesen Schwachpunkt gewittert und ihn eiskalt ausgenutzt.

Davids Wut auf sich selbst entlud sich in einem Schrei, den die dicken Betonmauern aufnahmen und absorbierten. Dann saß er lange einfach nur da und hing seinen dunklen Gedanken nach. Ihm kamen Bilder des letzten gemeinsamen Abends in den Sinn. Bilder von Catharina, wie sie ihn küsste. Bilder von dem Verlangen in ihren Augen. Ein Verlangen, das sie beide spürten, dem sie aber nicht nachgaben. Bilder von ihr, wie sie am nächsten Morgen nur mit einem Shirt bekleidet auf die Terrasse des Ferienhauses kam. Er hörte noch einmal, wie sie ihn aufforderte, mit ihr zu schlafen, und sauer wurde, als er nicht den Mut dazu fand.

Dieses letzte Bild ließ ihn endlich aktiv werden, denn er wollte sie, und jetzt hatte er keine Angst mehr vor dem, was daraus entstehen könnte. Er wollte sie so sehr, dass er begann, an seinen Fesseln zu zerren. Doch egal was er tat, die Kabelbinder hielten.

Irgendwann schmerzte die Haut unter den Plastikriemen so sehr, dass er aufhören musste. Aber er gab nicht auf und begann, mit den Händen den Boden abzutasten. Seine Finger fanden einiges. Erst ein paar kleine Steine, dann Holz, das sich verkohlt anfühlte, und schließlich auch eine Scherbe. Der Versuch, damit den Kabelbinder um seine Handgelenke zu bearbeiten, scheiterte daran, dass ihm die Scherbe immer wieder herunterfiel. Also rollte er sich auf den Rücken und versuchte, die zusammengebundenen Hände über seine Füße zu schieben, aber was in Filmen so einfach aussah, wollte ihm nicht gelingen. Er bekam jedes Mal einen fürchterlichen Krampf, wenn er kurz davor war, es zu schaffen. Irgendwann blieb er schwer atmend liegen und wollte schon aufgeben, als er direkt hinter der Holztür etwas hörte.

Die männliche Stimme war nur Gemurmel und die weibliche sagte etwas auf Polnisch, das so klang, als versuchte sie, ihren Begleiter von etwas abzuhalten. Unter der Tür schien kurz ein Lichtschimmer in den Raum, doch niemand kam herein. David brauchte eine Sekunde, dann erkannte er seine Chance und begann, um Hilfe zu rufen.

Das Licht verschwand, die Frauenstimme wurde energischer, aber auch immer leiser, bis David schließlich wieder nur absolute Stille umgab … sie waren weg. Einfach gegangen und hatten ihn zurückgelassen.

Der Beton schluckte Davids Flüche ebenso unbeeindruckt wie zuvor seinen Schrei.

Sekunden vergingen und wurden zu Minuten, in denen es nur seinen eigenen Atem gab. In der Hoffnung auf Hilfe hatte er die Scherbe fallen lassen und fand sie nun nicht wieder. Er drehte sich noch einmal auf den Rücken, zog die Beine so weit an, wie er konnte, und versuchte erneut, die Hände vor den Körper zu bringen. Als die Handfesseln die Mitte seiner Fußsohlen erreichten, setzte der Krampf in seinen Schultern ein und ließ ihn schreien. Er dachte an Oskar und seine Wut auf den Mann, dann hatte er es geschafft. Die Hände waren vor seinem Körper, der Krampf ebbte ab und nun hatte er eine Chance.

Im selben Augenblick öffnete sich die Tür und er sah genau in das Licht einer starken Taschenlampe.

Kapitel 40

Das Licht der Taschenlampe machte David genauso blind, wie er es zuvor in der Dunkelheit gewesen war. Er riss seine gefesselten Hände nach oben, sah aber erst einmal nur Sterne.

»Brauchen Sie Hilfe?« Die Stimme an der Tür klang jung, männlich und nicht unsympathisch. Die Frau, die sich nun auf Polnisch einmischte, wirkte dagegen panisch.

Der Lichtstrahl wurde nun an die Decke des niedrigen Bunkerraums gerichtet und langsam erkannte David die Konturen seines Gegenübers. Dieser kam etwas näher und fragte verwundert: »Sind Sie gefesselt?«

David fand endlich seine Stimme wieder, überlegte kurz, was er erzählen könnte, und spielte den Verängstigten: »Ja … sie waren zu zweit. Ich … ich wollte Fledermäuse fotografieren und sie wollten meine Kamera.« Er schluckte. »Ich hab sie ihnen gegeben, aber sie fesselten mich und nahmen mir auch alles andere weg. Bitte helfen Sie mir.«

Aus den Konturen war inzwischen ein junger Mann geworden, der sich unruhig umsah und besorgt fragte: »Sind sie noch hier? Die Männer, die Sie überfallen haben, sind sie noch hier?«

David schüttelte den Kopf und log: »Ich glaube nicht, aber man kann ja nie wissen.« Dann streckte er seine Hände nach vorne aus. »Haben Sie ein Messer dabei?«

Nun schüttelte der junge Mann seinerseits den Kopf, drehte sich zu seiner Begleiterin, die draußen stand, und fragte etwas auf Polnisch. Kurz darauf sah David eine Frauenhand, die seinem Retter eine Nagelschere gab.

Zwei Minuten später konnte David endlich aufstehen. Er klopfte sich den Staub aus den Klamotten, wischte seine Hände an der Jeans ab und streckte dem Mann die Rechte entgegen. »Ich bin David. Danke für deine Hilfe!«

»Ich bin Tim, und das«, er deutete durch die Tür, »ist meine Freundin Hanna.«

David gab auch ihr die Hand, wandte sich wieder zu Tim und lobte: »Du sprichst sehr gut Deutsch.«

»Ich studiere in Heidelberg«, erwiderte Tim mit einem Grinsen.

David beließ es dabei und beschloss: »Wir sollten von hier verschwinden, nicht dass die Typen zurückkommen. Habt ihr ein Auto?« Damit trat er aus dem Bunker und konnte die Frau erst jetzt richtig sehen. Sie hatte eine Decke unter dem Arm und eine Flasche Wein in der Hand; offenbar hatte es eine romantische Nacht unter dem Sternenhimmel werden sollen.

»Wir haben ein Auto«, bestätigte Tim. »Aber wir wollten eigentlich zum Strand.«

David musste sich etwas einfallen lassen. Er sah sich unruhig um. »Keine gute Idee. Jedenfalls nicht hier. Die beiden, die mir meine Sachen weggenommen haben, sahen nicht aus, als würden sie vor einer Frau haltmachen.« Er sah erst zu der jungen Frau, die offenbar ein bisschen etwas verstanden hatte, und dann zu Tim. Der wechselte einen schnellen Blick mit seiner Freundin, bevor er fragte: »Sollen wir dich zur Polizei bringen, da kannst du … können Sie Anzeige machen?«

David tat, als würde er darüber nachdenken. »Du … du kannst ruhig du zu mir sagen. Aber ich glaube, es ist besser, wenn ich hier nicht zur Polizei gehe.«

Der junge Mann sah ihn misstrauisch an, daher machte David eine beruhigende Geste und fügte schnell hinzu: »Es ist nichts Kriminelles. Mein Personalausweis ist abgelaufen und das könnte Ärger geben. Und meine Kamera habe ich ehrlich gesagt schon aufgegeben. Die findet niemand mehr.«

Oskar hatte ihm zwar die Waffe abgenommen, aber den Geldbeutel gelassen. Diesen holte David heraus, griff nach dem Ausweis und fragte: »Willst du es sehen?« Und als Tim den Kopf schüttelte, schlug er vor: »Ich weiß, dass ihr Besseres vorhattet, und es tut mir leid, dass ich eure Nacht störe. Aber was würdest du davon halten, wenn ihr mich rüber nach Usedom fahrt und ich euch dafür, sagen wir …« David warf einen schnellen Blick auf sein Bargeld. »… hundert Euro gebe. Ich müsste nach Balm, da wohnt eine Freundin von mir. Das ist ungefähr vierzig Kilometer von hier.«

Im Blick des Mannes zeigte sich noch mehr Misstrauen. Er machte einen Schritt zurück und fragte: »Warum hast du deinen Geldbeutel noch? Ich dachte, diese zwei Männer haben dir alles abgenommen.«

David hatte eigentlich keine Zeit für weitere Diskussionen und hätte sich für diesen Fehler ohrfeigen können. Catharina saß gefangen auf irgendeinem Kutter und er musste sich hier mit einem Studenten herumschlagen. Also beschloss er, aufs Ganze zu gehen, und sagte barsch: »Okay, ich war nicht ganz ehrlich zu dir. Aber ich muss wirklich dringend nach Balm. Wenn ihr mich fahrt, gehören die hundert Euro euch, und die Familie Król wäre dann sicher auch zufrieden.«

Bei dem Namen Król kam Leben in die Freundin des Mannes. Sie redete in schnellem Polnisch auf ihren Freund ein. Der antwortete etwas, sah wieder David an und sagte folgsam:

»Also gut. Hanna kommt aus der Gegend hier und meint, es wäre besser, dir den Gefallen zu tun.«

Der kleine Fiat hatte die besten Jahre hinter sich, doch David war heilfroh, in einem Auto zu sitzen. Die Frau setzte sich nach hinten, er nahm auf dem Beifahrersitz Platz und Tim setzte sich hinter das Steuer. Die Straßen waren jetzt nach Mitternacht deutlich leerer und sie kamen gut voran. An der Grenze winkte sie ein müde wirkender Beamter einfach durch, was alle drei entspannen ließ. David entschuldigte sich bei seinem Fahrer für die Umstände, doch dieser ließ sich auf kein längeres Gespräch ein und wollte die Sache offenbar einfach nur hinter sich bringen. Vierzig Minuten später hielten sie vor der Einfahrt zu Catharinas Haus.

David reichte dem Mann den Hunderter, und als dieser ihn nicht nehmen wollte, legte er ihn einfach auf den Beifahrersitz. Danach sah er den beiden nach, bis die Lichter des Wagens hinter der nächsten Kurve verschwunden waren, und wandte sich zur Einfahrt. Am Himmel schaffte es das Mondlicht kaum durch eine dünne Wolkendecke und abgesehen von ein paar entfernten Tierlauten war es still.

Von Weitem sah er Catharinas Wagen vor ihrem Haus stehen. Der Garten lag im Dunkeln, wobei die Obstbäume wie Monster wirkten. David hatte in den letzten Stunden genug erlebt, was ihm zur Vorsicht riet. Er näherte sich dem Haus langsam und so geräuschlos wie möglich. Bei jeder Bewegung der Pflanzen im Wind hielt er inne und konzentrierte sich auf seine Umgebung.

Am Haus angekommen fiel ihm ein, dass Oskar vor ihrem Ausflug nach Polen die Tür verschlossen hatte. Er schlich ums Haus, sah in jedes Fenster und war sich ziemlich sicher, dass ihm hier niemand auflauerte. Auf dem Gartentisch lag noch der Hammer, mit dem er das Brett über der kaputten Scheibe angebracht hatte. Er nahm ihn, nutzte die beiden Zinken des Hammers und zog die Nägel wieder aus der Tür.

Kurz darauf betrat er das Haus, blieb stehen und lauschte. Dann ging er mit dem Hammer als Waffe durch alle Räume und inspizierte jeden Winkel vom Dach bis in den Keller. Erst als er sich absolut sicher war, dass niemand hier war, sah er sich nach dem um, was er suchte.

Sein Handy lag noch immer in der Küchenschublade. Oskar hatte ihm geraten, es nicht mitzunehmen, um keine digitalen Spuren zu hinterlassen. Da hatte er dem Mann noch geglaubt und der Gedanke daran brachte Davids Blut augenblicklich zum Kochen. Er drückte seinen Ärger weg, startete das Gerät, und während er die Nummer seiner Assistentin wählte, kamen immer mehr Nachrichten über verpasste Anrufe herein.

Clara meldete sich fast sofort: »Wo zur Hölle warst du?« Sie schaltete auf Videoanruf um und hielt die Kamera auf ein Geschehen, das er nicht sofort einordnen konnte. Erst nachdem sich die Kamera auf die neuen Lichtverhältnisse eingestellt hatte, sah er im flackernden Blaulicht die Frontseite seines Büros. Er brauchte einen Moment, um das zu verarbeiten, dann schrie er fast in das Gerät: »Clara, geht es dir gut? Was ist passiert?«

Diese antwortete nun wesentlich ruhiger: »Alles gut, Chef. Mir ist nichts passiert, aber es hat die Computer erwischt. Es gab vor einer Stunde einen Einbruch, bei dem alle Geräte mitgenommen wurden. Ünal kam spät aus seiner Werkstatt und hat die Polizei gerufen, er hat aber nur noch einen Kleintransporter wegfahren sehen.«

David dachte an den offenen Kredit für die beiden Computer und den Server, mit dem Clara ihre kleinen Recherchewunder vollbrachte. Er schluckte und fragte: »Wirklich alles? Ist alles weg? Unsere Geräte, unsere Daten, unsere Akten und die Fotos von dieser Speicherkarte? Alles weg?«

Warum seine Assistentin nun zum Selfiemodus wechselte und in die Kamera lachte, verstand er nicht. Sie zwinkerte und sagte: »Du sagst doch immer, dass ich ein Genie bin. Und vielleicht hast du recht.«

Er riet: »Du hast eine Sicherungskopie?«

»Besser!« Nun lächelte sie triumphierend und erklärte: »Nachdem du gestern losgefahren bist, wurde mir bewusst, in was du da reingeraten bist. Und mir wurde klar, dass dieser Król-Clan bezüglich der Fotos und Bilder sicherlich keinen Spaß versteht. Also habe ich Ünal gebeten, unsere Geräte in seine Werkstatt zu bringen. Danach bin ich mit ihm zu dem Schrotthändler vorne an der Ecke und habe dem drei uralte PCs abgekauft.« Claras Lächeln wurde zu einem breiten Grinsen, als sie sagte: »Sollten die Einbrecher also von diesem Clan sein, werden sie nur langweilige Urlaubsfotos und ein falsches Buchhaltungsprogramm finden, das ich auf die Festplatten kopiert habe.«

David wollte etwas sagen, doch sie fiel ihm ins Wort: »Und es kommt noch besser. Wir können nämlich behaupten, unser echtes Zeug wäre geklaut worden, und bekommen den Gegenwert von der Versicherung ersetzt.«

David musste seine Fassungslosigkeit nicht spielen. Nach einigen Sekunden stummen Staunens sagte er: »Du bist zwar kriminell, aber ein Genie. Ich liebe dich.«

Es wirkte fast, als würde Clara etwas rot werden. »Na, na, na, Chef. Wir wollen doch Freunde bleiben.«

Er schaffte ein echtes Lachen, wurde aber ernst und erzählte Clara die Kurzfassung seiner Erlebnisse. Dann bat er sie: »Kannst du herausfinden, ob jemand in oberen Kreisen eine Tochter namens Miranda hat, die etwa vierzehn oder fünfzehn ist?«

Clara blähte die Backen. »Boah, wo soll ich da anfangen?«

»Bei viel Geld und eventuellen Verbindungen zur Clankriminalität«, schlug David vor. »Ich weiß, das ist nicht viel, aber ich bin noch nicht mit Oskar fertig und das ist meine einzige Spur.«

Sie versprach es, wünschte ihm viel Glück und legte auf. David ging zur Haustür, wo der Autoschlüssel für Catharinas Mini an einem Schlüsselbrett hing. Doch während er zur Hintertür hinausging, kam ihm ein schrecklicher Gedanke. Wenn dieser Król-Clan von seinem Büro wusste, dann vielleicht auch, wo Oskar Catharina zurückgelassen hatte. Er rannte los.

Kapitel 41

Mit Catharinas Mini brauchte David keine drei Minuten zu seinem Ziel. Dafür, dass es inzwischen ein Uhr morgens war, befanden sich ungewöhnlich viele Leute auf den Straßen des kleinen Ortes. Und je näher er dem kleinen Hafen kam, umso mehr drang der Geruch von Rauch durch die Lüftung des Wagens ins Innere.

Vor dem einzigen Anleger standen drei Feuerwehrautos und ein Streifenwagen. David beschlich eine böse Ahnung und er flüsterte immer wieder: »Nein … nein.« Er stellte den Wagen etwas abseits der Einsatzfahrzeuge neben einem Gartenzaun ab, sprang hinaus und rannte bis zu einem Absperrband, das im Wind flatterte. Die Feuerwehr hatte zwei starke Scheinwerfer aufgestellt, die den Anleger beleuchteten. David ahnte, welches Boot Oskar für seine Aktion gemietet hatte. Der noch immer qualmende Fischkutter war das einzige Schiff, das noch schwamm. Daneben zeugten nur noch zwei Aluminiummasten, deren Spitzen aus dem Wasser schauten, von den kleinen Segelbooten, die hier festgemacht gewesen waren.

Von dem Kutter selbst waren nur noch der stählerne Rumpf und andere Aufbauten aus Metall übrig. Von dem Führerstand und sämtlichen anderen Holzteilen blieben nur qualmende

Reste. Auf dem Bug stand ein Feuerwehrmann mit Atemschutz über eine geöffnete Luke gebeugt und leuchtete mit einer starken Taschenlampe in das Innere des Schiffes.

In David tobte ein Sturm aus Gefühlen. Er konnte und wollte nicht akzeptieren, dass Catharina dort drüben umgekommen war. In seinem Kopf drängten sich Bilder, die er kaum ertragen konnte. Bilder von Rauch, einem Meer aus Flammen und aufgeplatzter Haut. Bilder von ihrem weit geöffneten, schreienden Mund und versengten Haaren.

Von den Gesprächen der um ihn herumstehenden Anwohner drang nur Gemurmel zu ihm durch. Einer jammerte um sein abgebranntes Segelboot, andere rätselten, wem der Kutter gehören mochte und warum er hier festgemacht war. Nichts davon interessierte David.

Als einer der anwesenden Polizisten ein paar Worte mit dem Feuerwehrmann auf dem Kutter wechselte und dann zurückkam, erkannte ihn David als einen von Catharinas Kollegen. Es war der, der ihn im Krankenhaus zu dem Brand in der Scheune befragt hatte. David folgte dem Absperrband, bis er dem Mann nahe genug war, und rief: »Entschuldigen Sie bitte.«

Der Beamte orientierte sich kurz, kam dann näher und fragte: »Ja, was gibt es?«

David nickte zu dem qualmenden Schiffswrack. »Können Sie mir sagen, ob jemand an Bord war?«

Die Augen des Mannes verengten sich. »Sind Sie nicht der, dessen Wohnmobil abgebrannt ist?« Er deutete zum Steg. »Wissen Sie etwas über das Boot?«

Bevor er nicht sicher wusste, ob Catharina tatsächlich an Bord gewesen war, wollte David nicht zu viel preisgeben und log: »Nicht wirklich. Ich habe mir nach dem Brand meines Wohnmobils hier eine Ferienwohnung genommen und fände es schrecklich, wenn hier jemand verbrannt ist.« Dann stockte er kurz, hatte eine Idee und fügte hinzu: »Ich war gestern Abend spazieren und habe einen Mann auf dem Boot gesehen, daher meine Sorge.«

Dem Beamten erschien das offenbar plausibel. »Nein, bis jetzt haben wir Gott sei Dank noch niemanden auf dem Boot gefunden. Aber ganz ausschließen können wir es noch nicht.«

Davids Magen zog sich zusammen, er murmelte ein Dankeschön und wollte sich gerade abwenden, doch der Beamte wirkte plötzlich nachdenklich und fragte: »Wie kommt es eigentlich, dass Sie immer in der Nähe sind, wenn es irgendwo brennt?«

David wollte diese Diskussion unbedingt vermeiden, auch weil sich seine Gedanken nur um Catharina drehten. Daher zuckte er mit den Schultern und erwiderte: »Keine Ahnung. Aber Sie haben ja meinen Namen und falls Sie noch Fragen haben, können Sie mich jederzeit anrufen.«

Der Mann deutete ein Nicken an und antwortete knapp: »Das werden wir!« Damit sah er David ein letztes Mal in die Augen und ging zurück zum Unglücksort.

Für die nächsten Minuten konnte David nichts tun, außer einfach dazustehen und auf die Szenerie zu starren. Der Fischkutter erschien ihm wie ein Schandfleck. Über ihm leuchteten der Mond und zahlreiche Sterne. Die kleinen Wellen des Achterwassers schwappten friedlich ans Ufer, und das Schilf rechts und links des Anlegers beugte sich im schwachen Wind. Und inmitten dieser friedvollen Stille schwamm ein übergroßer, völlig verkohlter und von Oskar gemieteter Sarg.

David entfernte sich wie in Trance ein Stück, zog eine Zigarette heraus, zündete sie mit zitternder Hand an und dachte, wie sinnlos plötzlich alles war …

»Bekomme ich auch eine?«

Er dachte, sein Kopf spiele ihm einen Streich. Er wandte sich zur Seite und starrte sie an, als würde ein Geist vor ihm stehen. Ihr Haar triefte und irgendein Grünzeug hing darin. Die

Klamotten klebten nass an ihrem Körper. Außerdem zitterte sie vor Kälte.

David öffnete den Mund, schloss ihn wieder und schaffte es schließlich, wenigstens ihren Namen zu sagen. Dann nahm er sie ungeachtet ihrer nassen Klamotten in den Arm und drückte sie an sich. Irgendwann löste sie sich von ihm. Ihr Zustand machte ihm ein wenig Angst, daher deutete er zu einem bereitstehenden Rettungswagen und bat: »Komm mit, wir lassen dich untersuchen. Die haben sicher auch Decken.« Doch sie sah ihm in die Augen, schüttelte den Kopf und erklärte: »Das geht nicht, aber ich bin echt froh, dass du hier bist.« Sie nickte zu den Häusern und fragte: »Ist das mein Wagen? Lass uns dort reden.«

Am Wagen holte sie eine Decke aus dem Kofferraum und setzte sich auf den Beifahrersitz. David stieg auf der anderen Seite ein, schloss die Tür und nahm, bevor er etwas sagte, ihre Hand. Er schaffte endlich ein Lächeln und fragte: »Wie bist du da rausgekommen und warum willst du nicht mit deinen Kollegen reden?«

Ihr stand der Schock noch ins Gesicht geschrieben, doch sie erklärte ruhig: »Weil ich Zeit zum Nachdenken hatte. Und ich habe keine Ahnung, wie ich das alles erklären soll, ohne dass wir beide Schwierigkeiten bekommen. Es sind so viele Dinge passiert, die ich sofort hätte melden müssen. Allein diese Fotos und Filme von der Speicherkarte sind eindeutige Beweisstücke, die wir unterschlagen haben.«

Er nickte: »Verstehe. Lass uns jetzt erst mal losfahren. Du brauchst eine heiße Dusche und auf der Fahrt zu dir kannst du mir erzählen, wie du es von dem Kahn geschafft hast.« Damit startete er den Motor und fuhr los.

Catharina zog die Decke etwas enger um sich und erklärte: »Da gibt es nicht viel zu erzählen. Oskar hat mich unter Deck in einem Lagerraum eingesperrt. Irgendwann hörte ich Schritte auf Deck und zwei Männer, die sich auf Polnisch unterhielten. Dann roch ich Benzin und mir wurde klar, was die vorhatten. In dem Lagerraum stand eine große alte Blechwanne für den Fisch. Also brachte ich das Ding in die hinterste Ecke, stülpte sie über mich und begann zu beten. Die erste Verpuffung sprengte glücklicherweise die Luke auf, und da es im vorderen Bereich des Bootes kaum etwas Brennbares gab, schaffte ich es nach draußen und sprang ins Wasser. Dann schwamm ich ins Schilf und wartete dort, wo ich war, bis die Typen weg waren. Anschließend hab ich mich auf den Weg nach Hause gemacht, sah dich aber mit meinem Wagen zum Hafen fahren und bin wieder zurückgelaufen.« Ihre Hand suchte seine auf dem Schaltknüppel. In der Dunkelheit hörte er sie schniefen, bevor sie sagte: »Danke, dass du zurückgekommen bist. Ich meine nicht nur jetzt, sondern auch gestern Nachmittag. Wir hätten Oskar, oder wie er auch immer heißt, nie vertrauen dürfen.«

»Das weiß ich jetzt auch«, erwiderte David zerknirscht und bog in die Einfahrt zum Haus ein.

Als Catharina auf die Haustür zusteuerte, erklärte David: »Wir müssen hinten rein. Oskar hat den Schlüssel, außerdem hat er die Scheibe deiner Terrassentür eingeworfen und mir vorgespielt, dass du entführt wurdest. Ich habe ihm geglaubt und dabei geholfen, die Tochter von irgendeinem deutschen Kriminellen freizubekommen.«

Sie war offenbar zu müde, um sich aufzuregen, und sagte nur: »Was für eine Nacht.«

Am Hintereingang nahm David wieder den Hammer und bat: »Warte noch kurz.« Da er keine weiteren Überraschungen befürchtete, durchsuchte er das Haus weniger vorsichtig und war kurz darauf zurück. Er trat vor Catharina, nahm sie noch einmal in den Arm und schlug vor: »Gönn dir eine heiße Dusche und ich werde in der Zwischenzeit das Brett wieder annageln.«

Er sah auf seine Uhr. »Es ist gleich zwei Uhr, wir sollten dringend etwas schlafen. Wir müssen morgen über einige Dinge nachdenken und zusehen, dass wir nicht mit dem ganzen Mist in Verbindung gebracht werden. Oskar hat für den Transport dieser Mafiatochter natürlich meinen Wagen genommen, was es nicht einfacher macht.«

»Ist gut«, erwiderte Catharina geschafft. Sie ging zu ihrer offenen Küchenzeile, entkorkte einen bereits offenen Wein und trank direkt einen Schluck aus der Flasche. Danach schob sie ihre nassen Sneaker von den Füßen, ging zur Treppe und drehte sich dort noch einmal um. »Kommst du in einer Viertelstunde noch einmal hoch?«

»Mach ich«, bestätigte David, nahm das Brett und nagelte es von draußen an die Tür. Danach rauchte er noch eine Zigarette in der kühlen Nachtluft, nahm ebenfalls einen Schluck Wein, zog die Schuhe aus und stieg die Treppe hoch.

Catharina kam gerade im Bademantel aus dem Bad und fragte: »Willst du auch schnell duschen? Du riechst schon wieder nach Rauch.«

David lachte kurz und freudlos: »Ja, das Thema zieht sich irgendwie durch. Aber dieses Mal war es nur alte Asche. Und ja, eine Dusche wäre toll.«

Als er nach zehn Minuten aus der Dusche stieg, fiel ihm auf, dass er gar keine frische Kleidung hier oben hatte. Er wickelte sich das große Badetuch um den Körper, ging hinaus und fragte in das dunkle Schlafzimmer hinein: »Hast du noch irgendwelche Klamotten hier, die mir passen könnten? Meine riechen nach Räucherschinken.«

Catharina knipste ihre Nachttischlampe an, schlug die Decke ein wenig zurück und sagte: »Du brauchst keine Klamotten«, und als er nicht sofort darauf einging, fügte sie hinzu: »Die letzten Stunden haben gezeigt, wie schnell das alles zu Ende sein kann, und ich werde heute kein Nein akzeptieren.«

Sie schaltete das Licht wieder aus und David verharrte noch kurz im Türrahmen. Er hatte sich die perfekte Stimmung für den perfekten Augenblick gewünscht, aber das Leben hatte ihm wieder einmal gezeigt, dass man nicht warten durfte. Er trat in den Raum. Durch das Fenster kam nur wenig Licht, sodass er Catharinas Körper nur schemenhaft unter der Decke vermuten konnte. Er ließ das Handtuch fallen und legte sich neben sie, und als Catharina ihre Decke über ihn hob, merkte er, dass der Bademantel verschwunden war. Dass sich ihre nackten Körper so unvermittelt berührten, überforderte beide für einen kurzen Augenblick. Und als David seinen Arm über sie legte und sie noch etwas näher zu sich heranzog, spürte er, wie sich ihr Atem beschleunigte. Trotzdem bat sie nach einem langen und leidenschaftlichen Kuss: »Ich will, dass wir uns Zeit lassen.« Sie legte sich auf den Rücken, zog ihn auf sich, doch als sie ihn zwischen ihren Beinen spürte, beschloss sie: »Scheiß aufs Zeitlassen. Ich will dich schon viel zu lange.«

Kapitel 42

Nach ihrem ersten Sex waren beide zu erschöpft und gleichzeitig zu zufrieden, um noch über irgendetwas von dem, was sie erlebt hatten, zu reden.

Catharina wachte frühmorgens einmal kurz auf und brauchte einen Augenblick, bis sie wieder wusste, wo sie war und was passiert war. Dann schmiegte sie sich an Davids starken Körper und schlief mit einem Gefühl von Geborgenheit wieder ein.

Das nächste Mal erwachte sie erst wieder, als auch David sich das erste Mal regte. Der Wecker zeigte neun Uhr morgens und der Himmel draußen vor dem Fenster hing voll schwerer Regenwolken. Ihr erster Gedanke galt den vielen Problemen, die auf sie warteten.

David ging es offenbar genauso, er wirkte im ersten Moment fröhlich, aber dann bekümmert. Catharina stemmte sich seitlich auf ihren Ellbogen, sah David in die Augen und streichelte über sein kurzes Haar. Als er etwas sagen wollte, legte sie ihm erst einen Finger auf den Mund, ersetzte diesen gleich darauf durch ihre Lippen und forderte zwischen zwei Küssen: »Noch nicht! Unsere Probleme können auch noch eine Stunde warten.«

Der erwartete Protest blieb aus, was sie damit belohnte, dass sie sich auf ihn setzte und die Bettdecke über sich zog.

Knapp eine Stunde später standen sie zusammen in der Küche und hielten jeder eine dampfende Tasse Kaffee in der Hand. Nachdem ihr David noch einmal ausführlich erzählt hatte, was ihm am Vortag mit Oskar widerfahren war, sah Catharina eine Weile nach draußen, wo der Regen inzwischen gegen die Scheibe prasselte. Dann sagte sie seufzend: »Hätte ein gemütlicher Tag werden können. Hast du eine Idee, wie wir jetzt weitermachen?«

In Davids Gesicht arbeitete es, dann schlug er vor: »Lass uns erst eine Art Bestandsaufnahme machen.« Er lehnte sich an die Arbeitsplatte und resümierte nach einer Weile des Nachdenkens bedrückt: »Die Tatsache, dass diese Leute nach der Übergabe der Speicherkarte mein Büro aufgesucht und das Boot angezündet haben, lässt uns eigentlich nur zwei Möglichkeiten. Entweder wir gehen zur Staatsanwaltschaft, erzählen alles und bitten dann um Zeugenschutz. Oder wir sorgen irgendwie dafür, dass man diese Leute aus dem Verkehr zieht, ohne dass man das Ganze mit uns in Verbindung bringt. Oskar dachte – oder hat zumindest behauptet –, dass alles nach dem Austausch ein Ende finden würde, aber die haben offenbar nicht vor, es auf sich beruhen zu lassen.«

»Hm.« Catharina stellte ihre Tasse ab. »So wie ich es sehe, geht es vor allem um die Bilder und Filme, die Oskar gemacht hat. Was, wenn wir deine Kopien an eine Nachrichtenagentur schicken? Dann gibt es keinen Grund mehr, danach zu suchen, und die hören vielleicht auf. Außerdem wäre dann der öffentliche Druck so groß, dass man den Clan hochnehmen müsste.«

»Könnte man anonym machen«, stimmte David zu. »Bleibt allerdings noch das Problem mit meinem BMW. Sollte man den finden und mit der Sache in Verbindung bringen, hätte ich auch ein Problem mit der Justiz.«

»Du meinst, Oskar könnte ihn als eine Art Faustpfand behalten?«

Davids Zorn war ihm ins Gesicht geschrieben, als er erwiderte: »Bei dem schließe ich absolut nichts mehr aus. Und er weiß, dass ich das nicht auf sich beruhen lasse. Also hat er ein Auto voller Spuren, mit denen er eventuelle Ermittlungen in meine Richtung lenken könnte, sollte dieser Clan bei der Verhaftung seine Person ins Spiel bringen. Außerdem hat er ja sogar meine Waffe. Vielleicht sollte ich beides als gestohlen melden. Das wäre ja noch nicht einmal gelogen.«

Catharina zermarterte sich das Hirn, fand aber nur Lösungen, bei denen sie entweder ihren Job verlor oder David schlimmstenfalls im Gefängnis landete. Irgendwann gab sie zu: »Ich habe keine Ahnung, aber bei einem Diebstahl könnte man dir in der Tat nicht viel anhängen.«

Er bestätigte: »Dann mache ich das.« Er begann zu grinsen, und als sie nach dem Grund fragte, sagte er: »Die Nacht war trotzdem schön … sehr schön.« Er fuhr sich über seinen Dreitagebart und fragte kleinlaut: »Glaubst du mir jetzt, dass die Sache in dem Ferienhaus nichts mit dir zu tun hatte? Ich war mir einfach nicht …«

Weiter kam er nicht. Catharina machte einen Schritt auf ihn zu und brachte ihn mit einem Kuss zum Schweigen. Sie musste sich dazu auf die Zehenspitzen stellen, zuckte dabei zusammen und fluchte: »Dieses blöde Knie tut seit …«, sie stockte, dachte an den Sex nach dem Aufwachen und beendete den Satz mit: »… seit heute Morgen wieder weh.«

Er hob die Hände. »Ich hab dich zu nichts gezwungen«, worauf ihre Antwort lautete: »Stimmt.«

Das Thema lenkte nur kurz von ihren Problemen ab. Davids Handy meldete sich mit einem sanften Klingelton, der

Catharina zum Schmunzeln brachte. Er hob ab und fragte: »Clara, was gibt es? Ist alles in Ordnung?«

Er hörte kurz zu und antwortete: »Sperr den Laden zu und verschwinde von dort. Vielleicht kann dich Ünal irgendwo hinfahren, ohne dass euch jemand folgt.« Dann legte er auf und erzählte: »Es wird immer besser. Clara hat zwar unsere Computer und den Server verschwinden lassen, aber jetzt steht ein Wagen mit zwei Typen in der Nähe meiner Detektei. Wenn die Clara etwas antun, bringe ich Oskar höchstpersönlich um.«

Catharina legte beruhigend ihre Hand auf seine Schulter, atmete durch und schlug trotz der Konsequenzen vor: »Wir sollten mit der Hauptkommissarin reden, zu der ich die Obdachlose gebracht habe. Frau Paulsen ist in Ordnung, und vielleicht sieht sie einen Weg, den wir nicht sehen.«

David sah sie lange an. »Das wird dich den Job kosten. Du hast Beweismittel zurückgehalten, um private Ermittlungen anzustellen. Und du hast Oskar gedeckt, obwohl wir schon ahnten, dass er nicht der Obdachlose ist, für den er sich ausgab. Und als i-Tüpfelchen warst du dabei auch noch krankgeschrieben. Dich würde jeder Staatsanwalt auseinandernehmen.«

Sie nickte. »Und du hast bei einem Gefangenenaustausch der Mafia geholfen. Ich weiß, aber ich sehe keinen anderen Weg.«

Eine halbe Stunde später verließen sie das Haus und gingen niedergeschlagen zum Wagen. David wollte sich ganz selbstverständlich hinter das Steuer setzen, aber Catharina nahm ihm den Schlüssel mit den Worten ab: »Mein Wagen, ich fahre.«

Kurz bevor sie den Motor startete, sah sie noch einmal zu David. »Sicher?« Er erwiderte den Blick einige Sekunden lang, nickte dann, sagte aber: »Nein, sicher bin ich nicht, aber ich habe keine andere Lösung.« Als wolle der Himmel seine

Verzweiflung unterstreichen, fielen erneut dicke Tropfen zu Boden.

Catharina fuhr auf allen Straßen exakt die erlaubte Geschwindigkeit. Nichts zog sie nach Anklam zu dieser Kommissarin und mehr als einmal wäre sie am liebsten umgekehrt. Sie fühlte sich wohl mit David. Er war der erste Mann seit Langem, mit dem das der Fall war, und keiner wusste, wie das hier ausgehen würde. Alles, was sie wollte, war umkehren und sich mit ihm in ihrem Haus verkriechen. Doch auf der anderen Seite gab es diesen Clan, der im Augenblick noch glaubte, dass sie auf diesem Boot verbrannt war. Doch wie lange könnte sie ihre Existenz verbergen? Auf zwei der Fotos von Oskar war ein Polizist zu sehen. Und wenn der aus ihrer Dienststelle kam …

Davids Handy meldete sich dieses Mal mit einem neutralen Klingelton und holte sie damit aus ihren Gedanken. Sie waren kurz vor der Zecheriner Brücke, die Usedom mit dem Festland verband. Als David abhob und lauter als nötig ins Handy sagte: »Du wagst es, mich anzurufen?«, hatte Catharina bereits eine Ahnung, wer in der Leitung sein könnte. Sie sah vor sich den Parkplatz eines Restaurants, verließ die Straße und blieb stehen.

David hörte kurz zu und fragte dann: »Und warum zur Hölle sollte ich dir trauen?«, dann legte er Catharina schnell den Zeigefinger vor den Mund und log: »Ich weiß nicht, wie es Catharina geht. Ich wurde erst vor einer Stunde in dem verdammten Bunker gefunden und bin vor zwei Minuten in ihrem Haus angekommen.« Wieder trat kurz Stille ein, dann antwortete er: »Du meinst also tatsächlich, dass ich sie aus diesem Kutter befreie und wir uns danach treffen? Wie kommst du darauf und wo bist du überhaupt?« Endlich kam David auf eine naheliegende Idee und aktivierte den Lautsprecher. Catharina kannte Oskar schon eine ganze Weile, doch so kraftlos hatte er noch nie geklungen, als er sagte: »Bitte, David. Ich hätte euch da nie mit reinziehen dürfen. Es ist etwas schiefgegangen. Wenn du … wenn ihr aus der Sache rauskommen wollt, müsst ihr euch beeilen und herkommen. Ich schwöre, dass das keine Falle ist. Dein Wagen ist auch hier und sollte verschwinden.« Dann machte er eine kurze Pause und erklärte: »Überleg es dir. Ich habe ein kleines Haus in der Nähe von Lassan gemietet. Dort findet ihr mich. Meldet euch, wenn ihr in der Nähe seid, dann schicke ich euch die genaue Adresse.« Damit legte er auf und David starrte noch einige Sekunden auf sein Handy, bevor er feststellte: »Der Mann hat Nerven. Er muss doch wissen, wie wütend ich auf ihn bin.«

»Und er weiß offenbar noch nicht, dass dieser Fischkutter abgebrannt ist. Und das spricht wiederum dafür, dass er sich tatsächlich irgendwo verkriechen musste«, gab Catharina zu bedenken. Dann atmete sie tief durch und fragte: »Also, was machen wir? Immerhin haben wir jetzt vielleicht eine Option mehr und Kommissarin Paulsen weiß nicht, dass wir auf dem Weg zu ihr sind. Also können wir da später auch noch hin.«

Er dachte darüber nach. »Wie weit ist es bis Lassan?«

»Nicht weit. Eine Viertelstunde, würde ich schätzen.«

Kapitel 43

Kurz vor dem Ortsschild von Lassan lenkte Catharina den Wagen auf einen Feldweg und blieb stehen. David zog das Handy heraus, doch sie legte ihre Hand auf seinen Arm. »Noch nicht.«

»Warum?«

»Weil Oskar denkt, du musst mich noch von dem Kutter holen, da könnten wir unmöglich schon hier sein.«

Sie hatte recht, aber eigentlich spielte es keine Rolle mehr. David legte das Handy auf das Armaturenbrett und erklärte: »Es ist völlig egal, ob er das merkt. Ich habe ihn vorhin nur angelogen, weil ich wissen wollte, ob er etwas mit dem Brand auf dem Kutter zu tun hat. Da er aber offenbar nichts davon wusste, ist wenigstens das nicht auf seinem Mist gewachsen. Ich trau ihm zwar immer noch kein Stück, aber vielleicht meint er es wirklich ernst und er will uns tatsächlich helfen.«

Während Catharina darüber nachdachte, fielen wieder erste Tropfen vom Himmel. Sie sah eine Weile durch die Windschutzscheibe, hinter der die Felder immer mehr verschwammen. Schließlich nickte sie, fragte aber: »Ist wenigstens noch Zeit für einen Kuss? Ich würde jetzt viel dafür geben, wenn wir einfach eine Bettdecke über uns ziehen könnten.«

David schenkte ihr ein Lächeln, drehte sich zum Fahrersitz und nahm sie in den Arm. Die Nähe des anderen tat beiden gut und sie hielten sich lange einfach nur gegenseitig fest.

Catharina zögerte ein wenig, als es darum ging, sich wieder von ihm zu lösen. Dann wischte sie sich eine Träne aus dem Augenwinkel und versuchte, entschlossen zu klingen, als sie bestimmte: »Jetzt kannst du ihn anrufen.«

Das Gespräch dauerte keine Minute und kurz nach dem Auflegen bekam David eine SMS mit GPS-Koordinaten. Er übertrug diese in Google Maps, wartete kurz und erklärte: »Wir müssen auf dieser Straße ein Stück zurück und dann auf eine kleine Straße nach rechts abbiegen.«

Catharina sah ihn ein letztes Mal an, startete den Motor und folgte für die nächsten zehn Minuten seinen Anweisungen.

Laut Navi befand sich Oskars Unterschlupf am Ende einer Sackgasse, in der es nur einige wenige Häuser gab. Die meisten Gärten waren ungepflegt und alles wirkte, als hätte es die Wende nie gegeben. Das schiefe und etwas verrostete Schild mit der Aufschrift »Ferienhaus zu vermieten« an dem Haus, in dem Oskar sich angeblich befand, zeugte davon, dass der Versuch, am neuen Wohlstand teilzuhaben, nicht geklappt hatte.

»Das muss es sein«, sagte David mit Blick auf sein Handy, dann sah er sich um. Sein BMW stand auf einem Schotterweg, der zwischen zwei verlassenen Häusern hindurch auf ein Feld führte. »Da hat er schon mal nicht gelogen. Mein Wagen steht dort drüben, auf dem Schotterweg zwischen den Häusern. Vielleicht sollten wir deinen auch dort abstellen?«

Catharina folgte dem Vorschlag und bog auf den Weg, schräg gegenüber von Oskars angeblichem Unterschlupf. Dort parkte sie den Mini nur knapp hinter Davids BMW.

Sie stiegen aus, sahen sich um und überquerten die Straße. Aus der Nähe betrachtet sah das Ferienhaus noch verkommener aus, und es dürfte Oskar nicht viel gekostet haben, sich hier längerfristig einzumieten. Der Garten war halbwegs gepflegt, aber nicht schön. Die schmutzig graue Fassade passte zu den gelblich braunen Rollos, die überall fast ganz heruntergelassen waren.

Catharina kommentierte: »Wie einladend«, öffnete das quietschende Gartentürchen und betrat das Grundstück.

Auf halbem Weg durch den Garten öffnete sich die Haustür und Oskars Gesicht erschien in dem entstandenen Spalt. Er wirkte gehetzt, als er kurz die Umgebung abscannte. Dann verschwand er wieder, ließ die Tür aber offenstehen. David und Catharina warfen sich einen fragenden Blick zu, gingen aber weiter.

»Warte«, bat David, drückte die Tür nach innen auf und warf einen Blick hinein. Außer einem düsteren Flur, von dem links und rechts Türen abgingen, war nicht viel zu sehen. Alles, von den Tapeten über den Boden bis zu den Deckenlampen, wirkte alt und wie aus der Zeit gefallen.

Er zögerte kurz, ging bis zu der ersten Tür auf der linken Seite und blickte hinein. Dann winkte er Catharina zu sich, die eintrat und die Haustür hinter sich schloss.

Oskar saß an einem runden Esstisch, hatte eine halb leere Flasche Wodka vor sich stehen und wirkte gebrochen. Von dem Mann, wie sie ihn zuletzt kennengelernt hatten, war nicht mehr viel übrig.

Bei seinem Anblick verflog Davids Hass ein wenig und er fragte: »Oskar? Was ist passiert?«

Dieser streckte den Arm in Richtung einer alten Couch aus, die im hinteren, düsteren Teil des großen Wohnzimmers stand, und sagte mit einem leichten Lallen in der Stimme: »Das ist passiert!«

David folgte dem Fingerzeig mit den Augen, sah aber nur ein Paar Füße, die in Sneakern steckten und auf der Armlehne des Sofas lagen. Er legte den altmodischen Lichtschalter um und ging zum Sofa. Dort lag das Mädchen, das Oskar mit der Speicherkarte von den Polen freigekauft hatte. Im ersten Moment dachte er, sie würde schlafen. Dann bemerkte er den angetrockneten Schaum um ihren Mund, die viel zu fahle Gesichtsfarbe und dass sich ihr Brustkorb nicht bewegte. Er murmelte: »Scheiße«, drehte sich zu Oskar und fragte unnötigerweise: »Ist sie tot?«

Oskar erhob sich, schwankte leicht und trat neben ihn. Auch er sah die Tote eine Weile an und sagte schließlich matt: »Das ist sie. Die haben mir ein faules Ei untergeschoben.«

»Was meinst du?« David verstand nicht.

Oskar nickte zu dem Mädchen. »Nachdem ich dich in dem Bunker eingesperrt hatte und zurück zum Auto kam, ging es ihr schon nicht mehr gut. Sie erzählte mir auf der Fahrt zur Grenze, dass sie vor der Übergabe etwas schlucken musste. Wir waren gerade wieder auf Usedom, als ihre Krämpfe begannen, und wenige Minuten später war sie tot.« Oskar atmete tief durch. »Eigentlich hätte ich es wissen müssen. Dieser elende Król-Clan schreckt vor nichts zurück, und das ist eine ihrer Maschen.«

»Welche Masche, wovon sprichst du?«

»Kinder und Drogen«, erwiderte Oskar, dieses Mal emotionslos. »Ich war vor ein paar Tagen in dieser Villa an der Küste. Du kennst sie von den Bildern.«

»Ja«, bestätigte David.

»Sie halten sich dort einige Waisenkinder, die sie als Drogenkuriere benutzen. Die Kinder müssen das Zeug als kleine Päckchen schlucken. Dann tarnen sie das Ganze als Bildungsausflug und fahren die Kleinen nach Deutschland. Wenn sie ihre Ware ausgeschissen haben, werden sie zurückgebracht und warten auf den nächsten Ausflug.« Oskar zuckte mit den Schultern. »Und wenn doch mal ein Päckchen platzt, interessiert sich kaum jemand für ein Kind ohne Eltern.« Nun nickte er wieder zu dem Mädchen. »Bei ihr haben sie sich vermutlich absichtlich nicht viel Mühe beim Verpacken gemacht. Mit ihrem Tod wollen sie mich bestrafen und ihrem Vater, Dimitri Wellcov, einem Clanchef in Hamburg, zeigen, was passiert, wenn man versucht, sie zu verarschen.«

Catharina stand ebenfalls in der Nähe und hatte deutlich Mühe, den Anblick des toten Mädchens auszublenden. Mit belegter Stimme fragte sie: »Dann ist das, was auf einem deiner Videos so wirkt, als würden die Kinder ein Abendmahl empfangen, in Wirklichkeit die Vorbereitung für einen Drogenschmuggel?«

»So ist es«, bestätigte Oskar.

Catharina trat neben den Mann. »Und du wusstest die ganze Zeit davon und hast niemandem auch nur einen Hinweis gegeben? Dir ging es die ganze Zeit nur um dieses Mädchen und deine Belohnung, wenn du sie zurückbringst?«

Oskar versuchte gar nicht erst, sich zu rechtfertigen. Er ging zurück zum Tisch, trank einen langen Schluck aus der Flasche und erklärte dann: »Ich wollte euch da nie mit reinziehen. Aber seitdem sie Udo erstochen haben, geriet alles außer Kontrolle. Eigentlich wollte ich nur Davids alten Gefallen einlösen und hätte die Sache dann nach meiner Haftentlassung allein durchgezogen. Aber ich hätte wissen müssen, dass David weiter herumschnüffelt. Wie hätte ich denn ahnen sollen, dass ihr beide etwas füreinander empfindet und gemeinsame Ermittlungen anstellt?« Oskars Blick wanderte zu Catharina. »Ja, ich habe dir die ganze Zeit den Obdachlosen vorgespielt, aber bitte glaube mir, dass ich dich mag. Ich wollte dich niemals in Gefahr bringen oder dass du deinen Job verlierst. Darum habe ich dich gestern auch auf dem Boot eingesperrt. Mir fiel nichts Besseres ein, um dich aus der Schusslinie zu bringen.«

David hatte genug gehört und brüllte: »Ach ja? Deine lieben polnischen Freunde haben das Boot kurz nach der Übergabe des Mädchens angezündet und Catharina konnte sich nur mit Glück befreien. Nennst du das *aus der Schusslinie bringen*? Du bist so ein verdammter Heuchler …« David deutete auf Catharina. »Sie wäre heute Nacht um ein Haar gestorben. Und nicht nur das, wir waren gerade auf dem Weg zur Kripo. Denn egal wie wir es drehen und wenden, wir sind deinetwegen am Arsch. Entweder wir schweigen, dann bringen uns die Polen um. Oder wir reden, dann kommen wir schlimmstenfalls ins Gefängnis.« David holte noch einmal Luft, die er mit den Worten: »Boah, was bist du nur für ein Mensch?«, wieder ausstieß.

Oskar hob die Arme. »Weiß ich alles, darum habe ich euch hergebeten. Und was dieses Boot angeht, weiß ich wirklich nicht, wie das passieren konnte. Ich war so vorsichtig wie nur möglich, aber diese Leute haben ihre Augen überall. Sie müssen mich auf diesem Kahn gesehen und gedacht haben, dass ich dort meine Beweise verstecke. Vermutlich ging es bei dem Brand nicht um Catharina, auch wenn das nur ein schwacher Trost ist.« Er ließ sich auf den Stuhl sinken, trank noch einen Schluck Wodka und sagte, dieses Mal in entschlossenem Tonfall: »Ich habe jetzt auch keine Wahl mehr und stehe zwischen den beiden Clans, was mein Todesurteil ist. Mirandas Vater wird mir den Tod seiner Tochter anlasten und die Polen wollen keine Zeugen. Also habe ich mich dazu entschlossen, mich der Staatsanwaltschaft als Kronzeuge anzubieten. Wenn es gut läuft, komme ich ins Zeugenschutzprogramm.«

»Und was haben wir davon?«, blaffte David.

Oskar hielt seinem Blick stand. »Ich werde dafür sorgen, dass die beiden Clans auffliegen, und euch dabei komplett raushalten. Das belastende Material und eine Schilderung, wie man die Clans ausheben kann, habe ich bereits an die Bundesstaatsanwaltschaft geschickt. Wenn ihr weg seid, werde ich die Kripo anrufen und um meine Festnahme bitten. Alles, was ihr beide tun müsst, ist, noch ein paar Tage den Kopf einzuziehen. Taucht irgendwo unter, bis diese Leute im Gefängnis sind. Ihr wart immer nur Randfiguren und ich glaube nicht, dass man sich an euch erinnert.« Sein Blick wechselte zu Catharina. »Es tut mir leid, aber einen anderen Ausweg gibt es nicht.«

Von draußen zerrissen Motorengeräusche die entstandene Stille. Oskar ging zu einem Fenster, sah durch den Schlitz unterhalb des Rollos und fluchte: »Scheiße, die sind zu früh. Das sind Dimitris Leute … und er höchstpersönlich. Ihr müsst sofort verschwinden.«

Kapitel 44

David wurde hellhörig. »Was heißt zu früh? Was ziehst du jetzt wieder ab?«

Oskar ließ sich auf keine Diskussion ein. Er zog Davids Schlüsselbund mit dem Autoschlüssel aus der Hosentasche, drückte ihm diesen in die Hand und mahnte: »Keine Zeit für Erklärungen. Es gibt einen Hinterausgang. Los, los.«

Damit eilte er zur Tür, wandte sich im Flur nach links und rannte bis zu einer Haustür auf der Rückseite des Gebäudes. Er öffnete diese einen Spaltbreit, spähte hinaus und schob sie dann ganz auf. Vorne donnerte bereits jemand mit der Faust gegen das alte Holz und hinter der Milchglasscheibe in der Tür sah man die Umrisse eines ziemlich breiten Kerls.

»Was läuft hier?«, fragte David erneut, doch Oskar schob bereits Catharina durch die Tür hinaus. Dann griff er Davids Unterarm, sah ihm in die Augen und raunte: »Bitte vertraue mir ein letztes Mal. Wenn das hier funktioniert, habt ihr weder von denen noch von der Polizei etwas zu befürchten.«

»Komm jetzt endlich«, drängte nun auch Catharina von draußen. David schüttelte nur den Kopf, verließ das Haus und hörte noch, wie Oskar die Tür ins Schloss drückte. Die beiden orientierten sich kurz, fanden ein Loch in der alten Hecke und schlüpften hindurch. Danach liefen sie hinten um das nächste Grundstück herum und dann wieder zur Straße. Nun waren sie zwar auf Höhe ihrer Autos, aber immer noch auf der falschen Straßenseite.

David warf einen schnellen Blick um die Ecke. Hinter den beiden vor Oskars Haus stehenden Limousinen konnte er in diesem Augenblick drei weitere Autos in die Straße einbiegen sehen, von denen er zwei wiedererkannte. Es waren der Mercedes und der SUV, mit denen die Polen das inzwischen tote Mädchen übergeben hatten.

David zog sich zurück und erklärte Catharina knapp: »Oskar hat uns schon wieder angelogen. Er will sich nicht stellen, er zettelt gerade einen Bandenkrieg an.« Dann wartete er einige Sekunden, spähte noch einmal auf die Straße und hielt den Zeitpunkt für günstig. Er packte Catharina am Handgelenk und raunte: »Lauf!«

Ein kurzer Blick die Straße entlang zeigte, dass die Polen sich in Stellung gebracht hatten und sich nur auf Oskars Unterschlupf konzentrierten. David hastete los, Catharina im Schlepptau, bis sie an der Einfahrt zu dem Schotterweg Deckung hinter einem großen Busch fanden. Beide kauerten sich dahinter und verschnauften kurz. Bis zu ihren Autos waren es jetzt nur noch zwanzig Meter, was ihnen ein wenig Sicherheit gab. David sah durch die Zweige. Etwa vierzig Meter weiter hatten sämtliche Beteiligten inzwischen Pistolen in den Händen. Catharina tat es ihm gleich und fragte: »Meinst du, die erschießen sich gegenseitig? Dann hätte Oskar zumindest ein bisschen recht und wir wären sicher.«

Dann passierten zwei Dinge gleichzeitig. Bei dem noch leisen Wummern dachte sich David nicht viel. Erst als am Ende der Straße nun auch noch drei graue VW-Busse auftauchten, ging ihm ein Licht auf.

Er hätte dem, was nun folgen würde, gerne beigewohnt, doch das Wummern wurde lauter. Vor einem Hubschrauber konnten sie sich nicht verstecken. Er spürte leichte Panik und sagte im Befehlston: »Wir müssen sofort hier weg. Fahr mir hinterher, aber trenn dich von mir, falls uns der Hubschrauber folgt.«

Nun begriff auch Catharina, was hier gespielt wurde. Sie rannte trotz ihres lädierten Knies zu ihrem Wagen, hechtete hinein und startete den Motor. David tat es ihr bei seinem BMW gleich, drückte den Gang hinein und fuhr auf dem Schotterweg weiter. Nach etwa hundert Metern hörte der Schotter auf und wurde zu einem ausgefahrenen Feldweg, in dessen Schlaglöchern das Regenwasser stand.

Als der Wagen das dritte Mal unsanft aufsetzte und dabei jedes Mal ungute Geräusche von sich gab, stieß David einige Flüche gegen Ünal aus, der das Auto ungefragt tiefergelegt hatte.

Am Ende des Feldes befand sich ein kleines Wäldchen, in dessen Schutz er stehen blieb. Er stieg aus, ging zu Catharina, die kurz hinter ihm zum Stehen gekommen war, und blickte zurück zu der kleinen Siedlung.

Catharina stieg ebenfalls aus und beide lauschten auf die in der Ferne gellenden Schüsse. Über dem Szenario stand der Polizeihubschrauber in der Luft, und sie stellten erleichtert fest, dass der Pilot sie entweder nicht bemerkt oder als unwichtig ignoriert hatte.

Catharina wischte sich trotz der kühlen Temperatur den Schweiß von der Stirn, wobei sie feststellte: »Das war verdammt knapp«, dann atmete sie durch und fragte: »Meinst du, Oskar überlebt das?«

David stellte fest, dass er selbst zitterte. Er zuckte mit den Schultern. »Keine Ahnung, ob er das überhaupt wollte.« Er drehte sich zu ihr und fragte: »Und was jetzt? Es wäre vielleicht wirklich kein Schaden, wenn wir für eine Weile untertauchen.

Selbst wenn sich die da drüben selbst erledigen, werden die Ermittlungen gegen die restlichen Mitglieder der Clans noch eine Weile dauern.«

Catharina schaffte es irgendwie, den Stress abzuschütteln, grinste ihn an und erwiderte: »Untertauchen klingt doch gut. Und von mir aus kann das ruhig eine Weile dauern.«

Ihre lockere Art holte auch David aus seiner Anspannung. Er dachte kurz nach und fragte: »Was hältst du von dem kleinen Ferienhaus, in dem wir schon waren? Wenn ich mich recht erinnere, wolltest du dort unbedingt mit mir schlafen, und ich finde, das sollten wir nachholen.«

Sie schlug ihm mit der Faust gegen die Brust. »Es wäre besser, ich würde etwas Bedauern in deiner Stimme hören. Immerhin hast du mir dort eine harte Abfuhr erteilt. Wie kommst du jetzt darauf, dass ich das immer noch will?«

Drüben wurden die Schüsse weniger und der Hubschrauber veränderte seine Position, weshalb David das kleine Streitgespräch unterbrach und fragte: »Also, was hältst du von dem Haus? Ich habe noch die Nummer des Vermieters und wir sollten langsam von hier verschwinden.«

Sie gab ihm noch einen schnellen Kuss auf den Mund und hauchte: »Ich folge dir, wohin du willst.« Damit stieg sie ein und wartete darauf, dass er losfuhr.

Auf dem Weg nach Zirchow kamen ihnen einige Streifen- und drei Krankenwagen entgegen, doch sie blieben unbehelligt. David rief während der Fahrt bei dem Vermieter an, der kurz nach ihnen an dem Ferienhaus eintraf. David entschuldigte sich für die überhastete Abreise vom letzten Mal. Der freundliche ältere Herr sah kurz zu Catharina und sagte dann mit einem Zwinkern: »Die Hauptsache ist doch, dass man sich wieder verträgt.« Und als ihm David dieses Mal das Geld für eine ganze Woche im Voraus gab, fügte der Mann grinsend hinzu: »Übernehmen Sie sich nicht, junger Mann.«

Nachdem der Vermieter gegangen war, betraten sie gemeinsam das Haus. Catharina zog ihre Schuhe aus, drehte sich zu David und sah ihm lange in die Augen. Beide hatten noch immer zu viel Adrenalin im Blut. Sie hielten den Blickkontakt nur wenige Sekunden aus, dann fanden sich ihre Lippen und während des heftigen Kusses fiel ein Kleidungsstück nach dem anderen auf den Boden. Als sie beide nackt waren, wandte sich Catharina ab und ging in das angrenzende Schlafzimmer. David holte sie kurz vor dem Bett ein, drückte sie sanft auf die Matratze und wollte zwischen ihren Beinen auf die Knie gehen. Sie sagte heiser: »Nein«, packte ihn am Haar und zog ihn hoch, bis er auf ihr lag. Dann schlang sie ihre Beine um seine Hüften und drohte, unterbrochen von einem Stöhnen: »Wehe, du bist schneller als ich.« Danach gab es nur noch sie beide und sie genossen es, solange sie es irgendwie aushalten konnten. Mit einem gemeinsamen Schrei löste sich schließlich jede Anspannung und keiner von beiden hätte gedacht, dass dieser Tag noch so etwas Wunderbares für sie bereithalten würde.

Kapitel 45

Es war noch immer gefährlich für sie auf der Insel, trotzdem fuhr David mit Catharinas Wagen am Abend noch kurz zu einem Supermarkt. Danach kochten sie sich ein einfaches Essen, tranken Wein und saßen dann eng umschlungen auf dem alten Sofa des Ferienhauses. Beide vermieden es, sowohl über das Geschehene als auch über die Zukunft nachzudenken. Irgendwann holte David die zweite Flasche, entkorkte diese und füllte ihre Gläser. Dann machte er einen Fehler, denn während er sein Glas gegen ihres stieß, sagte er: »Auf die Zukunft.«

Catharinas Blick verfinsterte sich ein wenig. Sie setzte sich auf, wobei die Decke herunterrutschte und ihre nackten Brüste freilegte. Ungeachtet dessen nippte sie zwar an ihrem Wein, fragte dann aber: »Und welche Zukunft wird das sein?«

»Was meinst du?« David wusste genau, worauf die Frage abzielte, wollte aber jetzt und hier weder darüber nachdenken noch darüber diskutieren.

Sie sah es ihm an und blieb hartnäckig. »Du weißt genau, was ich meine. Wird das eine gemeinsame Zukunft oder verabschiedest du dich nach einer Woche Sex und versprichst mir, dass du bald zurückkommen wirst?«

»Wie siehst du es?«, versuchte er auszuweichen.

Sie schüttelte den Kopf, trank einen größeren Schluck und erwiderte: »Ich habe dich gefragt.«

In David verkrampfte sich etwas und das Tauziehen zwischen Sehnsucht und Vorsicht aufgrund alter Wunden begann. Beziehung hieß Verpflichtung, hieß ein Stück weit Selbstaufgabe und Unfreiheit. Doch was war die Alternative? Ja, er konnte gut allein sein. Ja, er konnte die Momente der Einsamkeit wegdrücken, aber Glück ging tiefer, wenn man es mit jemandem teilen konnte. Er hatte es lange geleugnet, doch die letzten Tage hatten seine Mauern ein Stück weit eingerissen und einen Glanz in sein Leben zurückgebracht, den er fast vergessen hatte.

Er sah Catharina direkt in die Augen und fragte dann: »Schläfst du mit mir, wenn ich verspreche, dass ich für uns mutig sein will?«

Ihr Mundwinkel verzog sich kurz zu einem Lächeln, das wieder erstarb. »Musst du dich dazu zwingen? Ist das, was wir haben, nicht genug Anreiz?«

Er hielt ihrem Blick stand. »Du weißt, dass es nicht darum geht.«

Sie nickte. »Ja, das weiß ich. Und mir geht es nicht anders. Aber ich will diese alten Fesseln sprengen und zulassen, dass wir uns richtig kennenlernen.« Damit stellte sie den Wein weg, zog die Decke von ihrem Körper und sagte leise: »Und natürlich will ich deinem Mut ganz selbstlos etwas auf die Sprünge helfen.«

Am nächsten Morgen konnten sie sich nicht länger vor der Realität verschließen. David wartete, bis Catharina aus dem Badezimmer kam und sich neben ihn an den Esstisch setzte, wo bereits eine Kaffeetasse für sie bereitstand. Dann hielt er sein Handy so, dass sie es auch sehen konnte, und startete das Video der Pressekonferenz, das er im Netz gefunden hatte. Das Bild zeigte die Hauptkommissarin aus Anklam an einem Rednerpult. Sie räusperte sich, bevor sie nüchtern erklärte: »Wie bereits berichtet, gab es gestern eine Schießerei im Randgebiet der Gemeinde Lassan. Dabei handelte es sich um eine Fehde zweier verfeindeter krimineller Clans, deren Geschäftsmodell auf Drogen und Menschenhandel aufbaut. Dank guter Ermittlungsarbeit wussten wir von dem gestrigen Zusammentreffen und konnten fast alle Mitglieder festnehmen. Leider ist es dabei auch zu Schusswaffengebrauch gekommen, dem ein SEK-Beamter und zwei polnische Bürger zum Opfer gefallen sind. Da die Ermittlungen gegen die Vereinigungen noch nicht abgeschlossen sind, kann ich leider keine weiteren Fragen beantworten. Danke für Ihr Interesse.«

Damit faltete Frau Paulsen ihren Notizzettel zusammen, nickte noch einmal in die Kamera und das Video endete.

Catharina blieb einen Moment lang stumm und fragte dann: »Und was heißt das jetzt für uns?«

»Dass wir den Kopf unten halten sollten«, erwiderte David und fragte: »Wie lange bist du eigentlich noch krankgeschrieben?«

Ein lang gezogenes »Ach du Schande« war die Antwort. »Das habe ich in dem ganzen Chaos völlig vergessen. Mein gelber Zettel gilt wegen des Schichtdienstes bis morgen, und übermorgen hätte ich eigentlich Frühschicht.«

Da Oskar ihr das Handy auf dem Boot abgenommen hatte und es vermutlich verbrannt war, reichte ihr David seines. »Dann ruf an und jammere. Sag, dass du am Montag noch einmal zum Arzt musst, und vielleicht kannst du deine Kollegen auch gleich zu der Schießerei ausfragen.«

Catharina grinste ihn an. »Jetzt, wo du es erwähnst … mein Knie tut bei bestimmten Stellungen schon noch weh.«

David lachte kurz und machte eine abwehrende Geste. »Wirklich? Ist mir gar nicht aufgefallen. Oder waren das gar keine Lust-, sondern Schmerzensschreie?«

Sie boxte ihm gegen den Oberarm, sagte: »Depp«, nahm das Handy und erhob sich.

Das Gespräch dauerte länger als erwartet, denn ihr Lieblingskollege Michael erzählte bereitwillig alles, was er wusste.

Nachdem sie aufgelegt hatte, gab sie David sein Handy zurück und erklärte: »Also, offiziell weiß keiner etwas von einem Informanten und Frau Paulsens angegebene Opferzahl scheint zu stimmen. So wie ich es sehe, lassen sie Oskar völlig unter den Tisch fallen. Entweder weil er noch lebt und tatsächlich in ein Zeugenschutzprogramm kommt. Oder weil er tot ist, aber noch niemand wissen soll, dass er als Zeuge ausfällt. Wäre ja möglich, dass man seine Leiche im Haus gefunden hat.«

»Und die Clans?«, überging David das Thema. »Hat dein Kollege gesagt, wer alles festgenommen wurde?«

»Beide Anführer, das waren seine Worte. Ob es tatsächlich die Alte, diese Lucia Król, und der Typ, dieser Dimitri Wellcov, von dem Oskar sprach, waren, wusste er allerdings nicht. Die zuständige Ermittlergruppe hält ziemlich viele Details unter Verschluss.«

»Wundert mich nicht«, entgegnete David. »Sollte ihnen Oskar tatsächlich seine Fotos und Filme geschickt haben, werden sie auch die Aufnahmen von dem uniformierten Mann gesehen haben. Folglich können sie auch intern niemandem trauen.« David dachte kurz nach und beschloss: »Weißt du was? Wir werden deinen Kollegen ein wenig unter die Arme greifen und deiner Dienststelle zur Sicherheit auch noch unsere Kopien der Bilder und Filme zukommen lassen. Von der Kripo werden die vermutlich keine Beweismittel zu sehen bekommen. Clara bekommt das sicherlich so hin, dass wir als Absender unerkannt bleiben.« Dann fragte er: »Und wusste er, was jetzt seitens der Polizei geplant ist?«

»Auch nur Gerüchte. Aber es sieht wohl so aus, als würden in den nächsten Tagen sowohl in Polen als auch in Hamburg umfangreiche Razzien durchgeführt werden.« Catharina hielt inne, sah durch das Fenster zu ihren Autos und fragte sich laut: »Die kennen meinen Mini und deinen BMW. Wie soll ich für eine weitere Krankschreibung noch einmal zum Arzt kommen?«

»Kein Problem.« David nahm erneut sein Handy in die Hand, tippte ein wenig darauf herum und verkündete schließlich: »Wir bekommen morgen Vormittag einen Leihwagen vor die Tür gestellt. Und das Haus habe ich für eine Woche im Voraus bezahlt. Danach sind hoffentlich keine von den Leuten, die uns bei dieser Sache gesehen haben, mehr auf freiem Fuß. Ein gewisses Restrisiko bleibt, aber vielleicht hatte Oskar recht und wir kommen mit einem blauen Auge davon.« Damit stand er auf, nahm seinen Autoschlüssel und entschied: »Ich werde jetzt meine Assistentin anrufen und sie für eine Woche in den Urlaub schicken. Dann hole ich noch ein paar Sachen aus dem Wagen und danach tun wir einfach so, als wären wir ein Liebespaar, das hier Urlaub macht.«

»Wir tun, als wären wir ein Liebespaar?« Catharinas Ton klang bedrohlich.

David schaffte ein Lächeln, ging zu ihr, legte seine Hände sanft auf ihre Wangen und sagte: »Also gut. Wir sind dabei, ein Liebespaar zu werden«, dann schluckte er, sah ihr in die Augen und fügte mit klopfendem Herzen hinzu: »Und die Vorstellung gefällt mir.«

Er verlor sich ein wenig in ihren Augen, doch als sie sagte: »Dann gib dir gefälligst etwas Mühe, du doofer Kerl«, musste er lachen.

Das Gespräch mit Clara dauerte nicht lange. Seine Assistentin hatte, entgegen seiner Erwartungen, ganz und gar nichts gegen eine Woche Zwangsurlaub und sogar schon einen Plan in der Tasche. Offenbar war zwischen dem Schafzüchter, der seine Hilfe wegen des Wolfes gewollt hatte, und Clara eine Internetfreundschaft entstanden. Wobei Freundschaft vielleicht das falsche Wort war. David kannte Clara schon lange und ihre Wortwahl deutete eine gewisse Intimität zwischen den beiden an. David erwischte sich bei dem einen oder anderen eifersüchtigen Gefühl, wünschte ihr aber eine schöne Zeit. Außerdem mahnte er sie noch einmal zur Vorsicht, danach legten sie auf.

Er hatte das Gespräch im Vorgarten des Ferienhauses geführt, nun steckte er das Handy weg und sah zu den beiden Autos. Sie befanden sich in einer ruhigen Wohnsiedlung, in der die umgebenden Häuser nicht in Reih und Glied standen. Alle waren von mehr oder weniger großen Gärten umgeben und der Frühling ließ die Natur explodieren. Doch das interessierte David nicht wirklich. Seine Sorge galt noch immer den Polen, die ihn und sein Auto bei der Übergabe gesehen hatten. Und der Umstand, dass Catharinas Laptop bei ihr zu Hause entwendet worden war, zeigte, dass auch sie keine Unbekannte war. Also trat er auf die Sackgasse, die hier endete, und sah sich um. Die kleine Straße machte zweimal einen Knick, bevor sie auf die Hauptstraße traf, und das war gut. Von dort aus würde niemand zufällig ihre Autos sehen können und keiner konnte wissen, dass sie hier waren. Trotzdem beschloss er, die Wagen später irgendwo anders im Ort zu parken.

David begutachtete seinen BMW von außen, aber die Flucht über den Feldweg schien keine größeren Schäden hinterlassen zu haben. Dann wanderten seine Gedanken zu Oskar, der für ihn ein Arschloch blieb. Der Mann war für sein eigenes Wohl buchstäblich über Leichen gegangen und biederte sich vielleicht jetzt in diesem Augenblick einem Staatsanwalt an, um in den Zeugenschutz zu kommen.

Er drückte den Gedanken weg, öffnete den Wagen und zuckte erst einmal zurück. Bei der Flucht vor der Schießerei hatte er zu viel Adrenalin im Blut gehabt, doch jetzt sah er den Fleck auf dem Beifahrersitz. Dieses Mädchen musste sich vor ihrem Tod heftig übergeben haben, und das meiste davon lag noch auf der Fußmatte und dem Sitz. David zog die Matte nach draußen, öffnete das Handschuhfach und fand darin seine Pistole und den entfernten Schlagbolzen. Dann nahm er ein paar Taschentücher und wischte den Sitz damit ab.

Auf der Rückbank war nichts, was dort nicht hingehörte, also sah er in den Kofferraum und fand seine kleine Reisetasche. David nahm sie heraus, klopfte noch schnell die Fußmatte aus und legte sie zurück. Dann verschloss er den Wagen wieder und ging zurück ins Haus.

Auf der Suche nach frischer Kleidung zog er den Reißverschluss der Tasche auf und runzelte die Stirn. Die kleine Papiertüte gehörte dort nicht hinein und er hatte ein wenig Angst davor, was ihm Oskar dieses Mal untergejubelt haben mochte. Er nahm die Tüte vorsichtig heraus, öffnete sie und murmelte dann: »Das gibt es doch gar nicht.«

Catharina war zu ihm gekommen, und als sie fragte: »Was hast du da?«, zog er ein dickes Bündel Geldscheine heraus. Auf dem obersten Schein lag ein Zettel mit den Worten: »Sorry für alles. Ihr habt es euch verdient.«

Kapitel 46

Eine Woche später saß David in seinem Büro am Pausentisch und erzählte Ünal und Clara, was auf Usedom passiert war. Im Gegensatz zu ihm hatte seine Assistentin ein seliges Lächeln im Gesicht. Auf seine Frage, wie ihr Besuch bei dem Schafzüchter gewesen war und ob sie jetzt noch Single sei, antwortete sie aber nur: »Solange ich mir nicht sicher bin, ob ich Klaus oder seine Schafe lieber mag, würde ich noch nicht von einer Beziehung sprechen. Aber er akzeptiert meinen Rollstuhl und das ist schon viel wert.«

David wünschte, er könnte es ebenso locker sehen. Der Abschied von Catharina am Vorabend hatte sich angefühlt, als würde er zerrissen. Und die Aussicht, dass sie sich erst in ein paar Tagen wiedersehen würden, war, wie im Herbst einem langen dunklen Winter entgegenzublicken, bevor es endlich wieder Sommer wird.

Nach einem Augenblick nachdenklicher Stille fragte Clara: »Was weißt du über diese Clans? Denkst du, wir bekommen noch einmal Besuch von ihnen?«

David zuckte die Achseln: »Ausschließen kann ich es zwar nicht, aber in der letzten Woche ist viel passiert. Und auch wenn ich oft Zweifel an unserer Justiz habe, scheint es so, als würden sie ihre Arbeit dieses Mal ordentlich machen. In Hamburg und Polen wurden Anwesen der beiden kriminellen Familien auseinandergenommen und es gab weitere Festnahmen.«

»War da nicht auch etwas mit Kindern, die Oskar in der Villa am Strand gefilmt hat?«

»Ja«, bestätigte David. »Was Oskar uns erzählt hat, hat sich bewahrheitet. Wir gaben seine Informationen anonym an die Kripo weiter und sie fanden die Kinder in einer Berliner Pension. Die nette Familie Król hat acht polnische Waisenkinder bei sich aufgenommen und diese als Drogenkuriere benutzt. Sie ließen sie kleine Heroinpäckchen schlucken und tarnten die Fahrten nach Deutschland als Ausflüge. In Deutschland bekamen die Kinder dann Abführmittel und wenn sie sich ihrer Fracht entledigt hatten, wurden sie wieder zurückgebracht.«

Ünal fluchte etwas auf Türkisch und brummte dann auf Deutsch: »Bei Kindern hört Spaß auf. Diese verdammten Hunde. Ich hoffe, sie schmoren in Hölle!« Auch Clara schüttelte nur den Kopf. Dann wechselte sie das Thema und fragte: »Ich habe eine Einzahlung auf dem Konto gesehen. Hat dich doch noch jemand für diese Sache bezahlt?«

Über Davids Mund huschte ein wissendes Lächeln. »Jein. Das ist eine andere Geschichte.« Mit einem kurzen Blick zu Ünal bedeutete er, dass er jetzt nicht darüber reden wollte. Und um etwas davon abzulenken, sagte er zu dem Türken: »Hast du noch einmal Zeit für meinen BMW? Dein neues Fahrwerk ist zwar auf der Autobahn super, aber für Feldwege völlig ungeeignet.«

Ünal tat so, als würde er nach Luft schnappen, und polterte: »Du bist mit diesem schönen Wagen über einen Feldweg gefahren? Hast du keinen Respekt vor Technik?« Dann hielt er inne, hob den rechten Zeigefinger und erklärte geschäftig: »Ich habe einen SUV auf dem Hof stehen. Kostet ungefähr so viel, wie dein BMW wert ist. Kannst du gucken.«

David lächelte und versprach: »Ich überlege es mir. Und jetzt …«, weiter kam er nicht, da sein Handy die extra für Catharina eingestellte Klingelmelodie abspielte.

Er nahm das Gerät, hob ab und bat im Aufstehen: »Kleinen Moment, ich gehe kurz raus.«

Nach den ersten kaum verständlichen Worten dachte er, Catharina würde seinetwegen weinen. Doch es war ihr erster Arbeitstag nach der Krankschreibung, und soweit er wusste, hatte sie gerade Frühschicht. Also fragte er, als sie sich ein wenig gefangen hatte: »Was ist passiert? Wurdest du bedroht?«

»Nein, mir geht es gut.«

Er hörte, wie sie noch einmal schniefte und schließlich sagte: »Es geht um meinen Kollegen Michael. Ich habe dir doch von ihm erzählt, und auch, dass er der Einzige ist, war, dem ich hier wirklich vertraue.«

»Was ist mit ihm?«

»Sie, wir, haben ihn gefunden. Man hat ihn tot aus der Ostsee gezogen, und so, wie es aussieht, hat man ihn mit einem Kopfschuss hingerichtet. Weißt du, was das heißt?«

Natürlich wusste David das. Er atmete durch und sagte: »Dann war er der Mann in Uniform, den Oskar fotografiert hat.«

Catharina schniefte erneut. »Denke ich auch. Eine andere Erklärung gibt es nicht. Und als du mich damals gefragt hast, ob einer meiner Kollegen zu viel Geld hat, kam mir Michael nie in den Sinn. Dabei hatte er mir gerade erst von einer größeren Erbschaft erzählt. Das ist so … Mann, macht mich das wütend … ausgerechnet er.« Sie ließ eine weitere Pause folgen, bevor sie fragte: »Ich weiß, dass du auch einen Job hast, aber könntest du vielleicht herkommen? Ich möchte heute Abend nicht allein sein.« Ihre Stimme wurde noch leiser. »Denkst du, wir sind noch in Gefahr? Ich meine, wenn die sogar einen Polizisten hinrichten?«

David tat es nicht ab, erwiderte aber: »Wir sollten auf jeden Fall noch eine Weile vorsichtig sein. Aber mit den Aufnahmen, die sie auch von uns bekommen haben, werden unsere Behörden dort nachhaltig aufräumen. Und da die Fotos und Filme jetzt bei der Polizei sind, gibt es keinen Grund mehr, irgendwelche möglichen Zeugen aus dem Weg zu schaffen, da ohnehin alles offengelegt wurde. Wozu das Risiko eines weiteren Mordes, wenn alles schon bekannt ist?«

David hörte Catharina an, dass sie nicht restlos überzeugt war, und beendete das Gespräch mit dem Versprechen, zu ihr zu kommen.

Nach dem Telefonat ging er zurück in sein Büro, wo sich Ünal gerade verabschiedete. Als dieser verschwunden war, sagte er zu Clara: »Ich muss heute noch einmal nach Usedom. Haben wir neue Aufträge?«

Clara sah ihn mit einem wissenden Grinsen an, dann rollte sie zu ihrem Schreibtisch, öffnete eine Mail und erklärte: »Vielleicht, und auch wenn ich noch nicht weiß, worum es eigentlich geht, wird es dir gefallen.«

Da ihn Clara wieder einmal auf die Folter spannte, fragte David gereizt: »Sagst du mir vielleicht auch, warum es mir gefallen wird?«

Sie tippte auf den Bildschirm. »Weil die Anfrage von einer stinkreichen Politikerfamilie auf Rügen kommt. Und soweit ich weiß, ist das nicht weit von Usedom entfernt.«

David spürte, dass er etwas rot wurde, und erwiderte nur knapp: »Klingt gut. Schick mir die Sache in mein Postfach. Vielleicht kann ich den Besuch bei Catharina gleich damit verbinden.«

»Den Besuch«, äffte Clara ihn lachend nach, fragte dann aber noch einmal: »Mach ich, aber nur, wenn du mir jetzt sagst, wo die Einzahlung auf unserem Geschäftskonto herkommt.«

David setzte sich neben sie auf einen Stuhl und erzählte: »Als ich von Oskar den BMW zurückbekam, fand ich zehntausend Euro in meiner Reisetasche. Er muss sie mir in dem Wissen gegeben haben, dass er nicht mehr aus der Sache rauskommt. Schätze, es war ein Teil der Bezahlung, die er für die Befreiung der Tochter dieses Mafiabosses im Voraus bekommen hat.«

Claras Gerechtigkeitssinn stand seinem in nichts nach und sie sagte scharf: »Dann ist das schmutziges Geld. Außerdem hast du nur dreitausend für seine Kaution gezahlt.«

Er brachte sie mit einer Geste zum Schweigen. »Catharina und ich sahen das genauso. Darum beschlossen wir, nur so viel davon zu nehmen, wie uns der ganze Scheiß gekostet hat. Den Rest haben wir anonym an die Usedomer Tafeln gespendet. Wir dachten, es wäre auch in Udos Sinn, der dafür sein Leben gelassen hat. So haben wenigstens die Obdachlosen etwas von diesem Drogengeld.«

Drei Stunden später war David wieder auf der Autobahn. Da der Auspuff des BMW schon bei seiner Rückfahrt ungute Geräusche gemacht hatte, hatte er sich von Ünal den besagten SUV für eine längere Probefahrt geliehen. Das große Auto fühlte sich anders, aber gut an.

Gegen sechzehn Uhr hielt er vor Catharinas Gartenzaun, hinter dem ihr Mini stand. Da das Wetter wieder gekippt war und der Himmel ekligen Nieselregen fallen ließ, zog er seine Kapuze über den Kopf und ging schnellen Schrittes zum Haus. Dort klopfte er an die Tür, erhielt aber keine Antwort. Das nächste Mal klingelte und klopfte er gleichzeitig, und als auch darauf keine Reaktion kam, stieg Angst in ihm auf. Er legte seine Hand auf die Klinke und drückte diese gerade nach unten, als er unsanft von hinten gegen die Tür gestoßen wurde. Dann riss ihm jemand die Beine weg und er landete auf dem Boden. Anschließend wurde sein rechter Arm nach hinten gerissen und sein Handgelenk in eine so unnatürliche Richtung gedrückt, dass ihn der Schmerz aufheulen ließ.

Sein Angreifer zog ihm die Kapuze vom Kopf und ließ ihn dann so plötzlich los, dass er mit dem Gesicht erneut auf den Boden schlug. David drehte sich mühsam auf die Seite und sah nach hinten.

Catharina stand mit erschrockenem Gesichtsausdruck da und begann dann, fast wie eine Wahnsinnige zu lachen. Irgendwann fluchte sie: »Du hättest mir schreiben können, dass du mit einem anderen Auto kommst. Ich dachte, du bist einer von den Króls.« Dann lachte sie wieder und sagte mit Blick auf ihre erste Begegnung: »Jetzt steht es unentschieden. Und in Zukunft werfen wir uns bitte nur noch gegenseitig auf ein Bett.«

Folge dem Autor auf Amazon

Wenn dir dieses Buch gefallen hat, folge Mark Franley auf Amazon. Dann erhältst du eine Benachrichtigung, wenn der Autor sein nächstes Buch veröffentlicht. Um dem Autor zu folgen, gehe bitte folgendermaßen vor:

Desktop:

1) Suche auf Amazon.de oder in der Amazon App nach dem Namen des Autors.
2) Klicke auf den Namen des Autors, um auf die Autorenseite zu gelangen.
3) Klicke auf den »Folgen«-Button.

Smartphone und Tablet:

1) Suche auf Amazon.de oder in der Amazon App nach dem Namen des Autors.
2) Klicke auf einen Titel des Autors.
3) Klicke auf den Namen des Autors, um auf die Autorenseite zu gelangen.
4) Klicke auf den »Folgen«-Button.

Kindle eReader und Kindle App:

Wenn du dieses Buch auf einem Kindle eReader oder in der Kindle App liest, wird dir automatisch angeboten, dem Autor zu folgen, nachdem du die letzte Seite des Buches gelesen hast.

Printed in Poland
by Amazon Fulfillment
Poland Sp. z o.o., Wrocław

33813224R00170